Alexander Oetker

RUE DE PARADIS

Luc Verlains fünfter Fall

Roman

Hoffmann und Campe

3. Auflage 2021
Copyright © 2021 Hoffmann und Campe Verlag, Hamburg
www.hoffmann-und-campe.de
Umschlaggestaltung: © Hannah Kolling, Kuzin & Kolling,
Büro für Gestaltung, Hamburg
Umschlagabbildung: © Pierre Baudier
Karten und Illustrationen auf
Vor- und Nachsatz: Stefanie Bokeloh
Satz: Pinkuin Satz und Datentechnik, Berlin
Gesetzt aus der Albertina MT Pro
Druck und Bindung: C. H. Beck, Nördlingen
Printed in Germany
ISBN 978-3-455-01212-5

HOFFMANN
UND CAMPE

Ein Unternehmen der
GANSKE VERLAGSGRUPPE

In der Nacht vom 27. auf den 28. Februar 2010 brachte
Orkan Xynthia eine Sturmflut, die den kleinen Badeort
La Faute-sur-Mer von zwei Seiten umschloss.
Neunundzwanzig Menschen starben in jener Nacht –
sie ertranken in ihren Häusern, die in einem Kessel zwischen dem
offenen Atlantik und der Mündung des Flusses Lay lagen.
Einige Monate darauf verfügte der französische Präsident Nicolas Sarkozy,
dass über sechshundert Häuser in der Gemeinde abgerissen werden müssen,
um eine neue Katastrophe zu verhindern.
Die roten Kreuze an den zum Abriss verurteilten Häusern wurden
zum Fanal. Denn die Bürger des Strandortes verloren erst ihre
Angehörigen – und dann ihre Heimat.
Der Bürgermeister und andere Verantwortliche wurden zu
Haftstrafen verurteilt, weil sie von der Flutgefahr wussten,
ihre Bewohner aber weder warnten noch schützten.
Die Ereignisse jener Nacht zerrissen das Idyll
am Atlantischen Ozean.

Dieses Buch ist jenen gewidmet, die ihr Leben ließen,
genau wie jenen, die im Ahrtal und an der Erft im Juli 2021
eine schreckliche Flut erleben mussten.
Die Geschichte, die dieser Roman erzählt, ist an die Ereignisse in
La Faute-sur-Mer angelehnt – die Rue de Paradis am Cap Ferret,
ihre Bewohner und die Handlungsstränge
sind aber frei erfunden.

Prolog

NACHT DES 12. MÄRZ

Philippe Deschamps

Er sah mit sorgenvoller Miene aus dem Fenster, allerdings ohne wirklich etwas erkennen zu können. Es regnete seit Stunden, nein, es regnete nicht, es goss, so heftig, dass es ein einziges Krachen war, Wasser gegen Glas. Weltuntergangsstimmung.

Maire Deschamps war kein Mann, der ohne Grund Besorgnis verspürte. Er trug die Bürgermeisterschärpe des kleinen Ortes seit fast zwanzig Jahren – da hatte er genug erlebt, um ein winziges Problem nicht mit einer großen Katastrophe zu verwechseln. Das hier war nur schlechtes Wetter.

Die Wiederwahl im nächsten Jahr – die zu verlieren, das wäre eine Katastrophe. Obwohl nicht einmal klar war, dass überhaupt irgendjemand den Mumm haben würde, gegen ihn anzutreten.

Andererseits: Er konnte sich nicht erinnern, wann es zum letzten Mal anderthalb Tage durchgeregnet hatte – und zwar so, als seien sämtliche Schleusen des Himmels geöffnet worden.

Der Zivilschutz hatte einige Stunden zuvor den Bericht von *Météo France* an alle Bürgermeister des Département Gironde verschickt. Darin stand, dass in etwa die gleichen Regenmengen erwartet wurden wie sonst im ganzen Monat März – und zwar nur für diesen einen Tag.

Er trank das kleine Glas Rotwein aus, das Brigitte ihm vorhin ins Arbeitszimmer gebracht hatte, dann ging er leise in den Flur, nahm die schwere Öljacke vom Garderobenhaken und stieg in seine dunkelblauen Gummistiefel.

»Du gehst noch raus?«, fragte Brigitte aus dem Wohnzimmer.

»Ja, ich muss zum Leuchtturm, ich will sehen, wie sich das Wetter entwickelt«, rief er zurück.

»Müssen wir uns Sorgen machen?«

»Unsinn«, sagte er.

»Rufst du mich an, wenn du mehr weißt?«

»Natürlich!«

Genervt öffnete er die Tür, und sofort schlug ihm die Gischt des Regens ins Gesicht. Er zog den Reißverschluss der Jacke höher und stapfte hinaus. Unter der weißen Pergola hindurch, am Pool vorbei, über die Terrasse, von der aus sie am Nachmittag noch einen atemberaubenden Blick aufs Meer gehabt hatten, unter einem tiefhängenden dunkelgrauen Himmel mit dichten Wolkenbergen. Nun war nur noch Nacht und Regen.

Er hatte seinen stolzen Range Rover ein paar Meter neben dem Haus geparkt, doch als er endlich auf dem weichen Ledersitz saß, war er bereits komplett durchnässt. Er startete den Motor, und sofort gingen auch die blauen Xenonscheinwerfer an, das scharfe Licht verlor sich in dem Geflirr aus dem ihm fast waagerecht entgegenpeitschenden Wasser, er setzte zurück, die Reifen drehten ein paarmal durch, weil der Boden so aufgeweicht war, dann aber griffen sie doch, und der Wagen zog an, den kleinen Berg und die Rue de Paradis hinunter, links und rechts die Häuser, deren Lichter schwach gelb glommen, müde Zeugen einer düsteren Nacht. In der Senke angekommen, fuhr er an der Kreuzung nach links, es war kein Mensch unterwegs, kein Auto, niemand, kein Wunder, bei diesem Unwetter. Im Radiosender France Inter überschlug sich die Stimme der jungen Ansagerin beinahe.

»Sturm Yvette hat auf seinem Weg von den Kanarischen Inseln deutlich an Kraft gewonnen. Er trifft in diesen Stunden auf Frankreichs Westküste. Es werden so seit langer Zeit nicht mehr gemessene Windgeschwindigkeiten von ...«

Wütend stellte er den Sender ab. Katastrophenberichterstattung. Amateure. Er bog nach rechts auf die Départementale 106, die die Halbinsel in der Mitte durchschnitt. Die Scheibenwischer waren kurz vorm Aufgeben, es war ein absoluter Blindflug, doch Philippe Deschamps hoffte einfach, dass seines das einzige Auto war, das in diesem unwirtlichen Moment im Süden des Cap unterwegs war. Wenigstens gelang es ihm, sich an seinem Ziel zu orientieren, denn auf das helle Licht in zweiundfünfzig Metern Höhe war auch bei diesem Wetter Verlass. Es flackerte ringsum, alle fünf Sekunden, ein gespenstisches Bild in gewisser Weise, aber so wusste er, wohin er fahren musste. Nach weiteren zwei Minuten bremste er und parkte den Wagen auf dem Stellplatz, der für die Angestellten des Leuchtturms reserviert war. Er stieg aus und rannte über den schmalen Vorplatz. Das Tor stand offen, also war Albert schon da. Über ihm ragte der Leuchtturm in die Höhe, diese schlanke rot-weiß gestrichene Schönheit, die das Markenzeichen des Cap Ferret war. Sonst standen hier die Touristen Schlange, um später die Aussicht auf die spitze Halbinsel zu genießen. Heute Nacht aber war der Leuchtturm wirklich das, wofür er einst gebaut worden war: ein Lebensretter. Falls sich bei diesem Sturm überhaupt ein lebensmüder Kapitän auf See befand. Deschamps bezweifelte es. Er öffnete die knarzende

Metalltür und betrat den düsteren Vorraum. Nur das rote Notlicht glomm matt, es roch nach Moder. Er stieg die Treppenstufen hinauf, der Regen perlte von seiner Jacke und machte auch die steinerne Wendeltreppe zu einem Zeugen der Sintflut draußen. Der Leuchtturm war im Normalfall nicht mehr besetzt. Wie die meisten *phares* entlang der Küste war er mittlerweile unbewohnt, sein Licht wurde automatisch gesteuert. Nur der Leuchtturm draußen in der Gironde-Mündung, der *Phare de Cordouan*, wurde auf seinem Gezeiteneiland noch Tag und Nacht von zwei Männern bewacht, deren Hauptaufgabe es allerdings war, die Eintrittskarten der Touristen abzureißen. Hier am Cap Ferret hingegen hatten nur drei Leute den Schlüssel, die ab und zu nach dem Rechten sahen: Albert, der Leiter der Feuerwehr und Wasserwacht, außerdem der Monteur von der Beleuchtungsfirma – und er, Philippe Deschamps, der Bürgermeister der Gemeinde Cap Ferret, einer von elf kleinen Ortschaften, die sich auf der Halbinsel befanden. Je höher Deschamps stieg, sich mit den Händen an den hellen Sandsteinwänden abstützend, desto heftiger pfiff der Sturm. Wie aus Reflex zählte er jedes Mal aufs Neue, wenn er den Leuchtturm erklomm. Er wusste, wie viele Stufen es sein mussten, deshalb fluchte er, weil es diesmal, als er die letzte Treppenstufe nahm, nur zweihundertsiebenundfünfzig waren – er musste sich verzählt haben. Und ausgerechnet jetzt musste er über so einen Unfug nachdenken. Draußen vor der Scheibe war der Panorama-Umgang für die Touristen, doch nur ein Irrer hätte jetzt die Tür geöffnet. Philippe Deschamps hingegen schloss die kleine Tür in der Wand auf und stieg noch drei weitere Stufen empor, bis er in der Lichterhalle stand. Oben zuckte das Leuchtfeuer unter seiner Glaskuppel, darunter, der Bart gekämmt, die Uniformjacke allerdings falsch geknöpft, stand Albert und sah durch sein Fernglas hinaus.

»Na, Monsieur le Pompier«, begann Philippe ironisch, »bist du heute Nacht noch auf einen Einsatz aus, dass du dich so fein zurechtgemacht hast?«

»Sieh doch selbst, Philippe«, sagte der Leiter der freiwilligen Feuerwehr der Halbinsel, »so etwas sehen wir hier nicht alle Tage.«

Er reichte Philippe das Fernglas, und der beugte sich vor und starrte in die Nacht. Es war wirklich unglaublich. Obwohl Vollmond hätte sein müssen, war der Himmel tiefschwarz. Die dicken Schichten der Wolken rasten am Firmament entlang, als würden finstere Mächte sie anschieben. Die Bäume, von denen hier oben nur die Kronen zu sehen waren, wurden hin- und hergeworfen, dass es ein Wunder war, dass sie nicht einfach abknickten.

»Dort«, sagte Albert leise und zeigte gen Westen. »Sieh doch …«

Philippe richtete das Fernglas in die Richtung, die ihm der Feuerwehrmann wies. Westen. Da waren nur noch wenige Bäume, dafür begann ein weißes Feld, von hier oben konnte man meinen, es sei Schnee, doch er wusste natürlich, dass es die Düne war, die dort hinüberführte, erst hoch hinauf und dann wieder steil bergab, dorthin, wo es wieder ganz schwarz war, dort, wo der Ozean begann.

Doch es war gar nicht so schwarz wie vermutet, befand Philippe, der nun mit dem Fernglas die Strecke abfuhr, die er als den Küstenstreifen ausmachte. Es war vielmehr ein weißes Gekabbel, als sei da draußen ein großer Kampf im Gange. Wo sonst die Wellen in ästhetischer Gleichmäßigkeit an den Strand liefen, was von hier oben besonders majestätisch aussah, warfen sie sich jetzt übereinander, drängten gegeneinander, es war ein Auf und Ab – und die Wellen stiegen viel höher, als er es jemals zuvor gesehen hatte.

»*Merde*«, sagte er leise und spürte Alberts Atem in seinem Nacken. Er wandte sich um.

»Das sieht schlimm aus, wenn du mich fragst«, sagte der Feuerwehrmann. »Und hier … Es ist eine Warnung des Innenministeriums.« Er reichte dem Bürgermeister ein Fax. Der überflog es.

»Wir sollen den Küstenstreifen evakuieren?«, fragte er ungläubig.

»So steht es da.«

»Aber es ist mitten in der Nacht.«

»Der Sturm hat offenbar erst in den letzten zwei Stunden an Kraft gewonnen. Paris sagt, dass ihre Meteorologen ihn so nicht vorausgesehen haben. Zudem sollte er deutlich weiter südlich anlanden. Nun trifft er uns am stärksten.«

Noch einmal hob Philippe Deschamps das Fernglas an, betrachtete eine Weile das Meer, während der Sturm draußen an die Fenster schlug, dass er Angst hatte, sie würden jeden Moment bersten. Dann wandte er sich um und betrachtete lange das dunkle Bassin, das auf der anderen Seite der Halbinsel lag. Erst nach Minuten, in denen keiner der beiden Männer sprach, senkte er das Fernglas wieder und sah den Feuerwehrmann entschieden an.

»Albert, es ist ein Sturm. Ein fieser Sturm, sonst nichts. Wir haben schon schlimmere Sachen überstanden.«

»Ich kann mich nicht erinnern, dass wir so einen Sturm schon mal hatten. Das ist ein waschechter Orkan.«

»Trotzdem. Wir schaffen das.«

»Aber …«, stammelte der Pompier, »aber meinst du nicht, wir sollten etwas unternehmen? Die Anordnung aus Paris ist doch mehr als deutlich.«

Philippe Deschamps schüttelte knapp den Kopf und betrachtete Albert aus zusammengekniffenen Augen. So ein

Bär von einem Mann. Fast zwei Meter Körpergröße maß er, hatte Hände, Schenkel und Oberarme wie ein Holzfäller, die Gemeinde hatte eine extragroße Uniform für ihn bestellen – und bezahlen müssen. Dazu das dichte graue Haar, der graue Vollbart, die buschigen Brauen, alles an dem Mann war riesig. Und doch war er eine solche Mimose, dass es kaum auszuhalten war. Philippe fragte sich wieder einmal, wie um alles in der Welt Dominique es mit ihm aushielt, mit so einem Weichei.

»Pass auf, ich sage dir jetzt, wie es ist, mein lieber Monsieur Peronne«, sagte Philippe eine Spur zu laut, doch er hatte das Gefühl, er käme nur so gegen den Lärm an, der von draußen hereinschallte. »Unsere Häuser, meines und auch deines, dürfen nicht da stehen, wo sie stehen. Das weißt du ganz genau. Wenn wir jetzt alle Männer zusammentrommeln, um die gesamte Straße zu evakuieren, dann wird das nicht ohne großes Protokoll ablaufen. Dann rückt die Gendarmerie an, dann müssen wir Berichte schreiben, und dann wird sich der Präfekt auf einmal sehr dafür interessieren, warum es hier in der Naturschutzzone so viele Bauten gibt. Verstehst du? Wir können das nicht machen. Und deshalb gehen wir jetzt nach Hause – oder du gehst wie sonst auch in die Bar in L'Herbe – und morgen früh ist der ganze Spuk vorbei. Verstanden?«

Albert Peronne ließ sich seine Worte offenbar durch den Kopf gehen, er sah zu Boden, als schaffe er es nicht, Philippes Blick standzuhalten. Weichei.

Nach einer Weile nickte er stumm. »Ich hoffe, du hast recht.«

»Was soll denn passieren?«, fragte Deschamps. »Meinst du, dass wir alle absaufen?« Dann lachte er schallend. »Ach, komm, ich kann auch noch ein Glas vertragen. Los, fahren wir.«

Ohne auf den anderen zu warten, nahm er die Stufen der Treppe. Ein Cognac im »L'Escale« am Fähranleger würde ihn wieder aufwärmen. Nach den ersten fünfzig Treppenstufen hielt er inne. Von oben drang eine gedämpfte Stimme zu ihm herab. Er versuchte, den heftigen Wind auszublenden, der von außen das alte Gemäuer umtoste. Albert würde doch nicht seinen Anweisungen zuwiderhandeln? Hatte er das Weichei doch unterschätzt?

Doch dann fing er die paar Worte auf, die ihn beruhigten: »Dominique, weckst du Charlotte, und kommt ihr dann in die Bar am Hafen? Wir warten dort, bis der Sturm aufhört.«

Kurze Zeit später hörte Philippe das Geräusch von schweren Stiefeln auf der Treppe und stieg seinerseits weiter herunter.

Serge Lopez

»Die Letzte«, stöhnte er und hievte die gut dreißig Kilo schwere Kiste in den Kühlraum, dabei übersah er die Schwelle und verlor das Gleichgewicht, seine Hand rutschte ab, und die Kiste glitt zur Seite, sodass erst die Fische und dann das Eis unter lautem Getöse auf den kalten Boden fielen. Er sank sofort hinterher und rieb sich den schmerzenden Fuß.

»So ein verdammter Mist!«, rief er und blieb dort unten sitzen, irgendwas im Knöchel tat höllisch weh. »Ich hasse diesen Tag, aber echt.«

Er hatte einen sehr guten Fang gehabt in der vorangegangenen Nacht, es war fast so gewesen, als hätten die Fische dabei zusehen wollen, wie das Wetter umschlug. Manchmal vor großen Stürmen war das tatsächlich so. Doch dann hatte er auf dem Fischmarkt in Lège gestanden, vom frühen Morgen bis zum späten Nachmittag, und es war einfach niemand gekommen. Kein einziger Kunde. Die Touristen und Kurzurlauber aus Bordeaux hatten wegen des schlechten Wetters ihre Quartiere storniert, und die Haushalte des Cap Ferret schienen sich alle am selben Tag entschieden zu haben, doch lieber ein Steak zu servieren. *Quel horreur.*

Er fegte das Eis mit den Händen vom Boden zusammen und packte es zurück in die Kiste, dann griff er nach zwei Doraden, die mit ihren weit aufgerissenen Augen auf dem glatten Boden lagen. Vorsichtig bettete er sie auf das Eis, es waren schöne große Tiere, ihre Schuppen glänzten, sie wären phantastisch auf dem Grill, aber nun würden sie noch eine Nacht in ihrem kalten Grab verbringen. Dann griff er nach zwei Wolfsbarschen und packte auch die zurück. Er überschlug, was er alles auf Eis hatte: zwei Dutzend Doraden und Wolfsbarsche, sechs Steinbutt mittlerer Größe, zu groß für einen kleinen Haushalt, zu klein für die beiden Sternerestaurants, die er belieferte. Die rissen sich um seine Ware – während das Bistro der Nachbarn … Er hustete, gereizt von der Kälte – oder der Wut. Letzte Nacht hatte er zusätzlich reichlich Chipirons gefangen, die kleinen Tintenfische, die sich so herrlich grillen ließen. Es war Ware im Wert von gut dreihundert Euro. Doch verdient hatte er an diesem Tag nicht einen einzigen.

Und wenn er den Regen hörte, der auf sein Vordach prasselte, dann konnte er auch für den morgigen Tag nicht mit besseren Geschäften rechnen. Markttag in Lacanau. Wer würde bei dem Wetter einen Marktbummel machen?

»Die Hoffnung stirbt zuletzt«, murmelte er und ärgerte sich im selben Moment über diese Plattitüde.

Er trat hinaus und ließ die Kühltür einrasten, dann stand er im Schatten seiner kleinen Lagerhalle, die genau neben dem Holzhaus stand, in dem er lebte und das seit fünf Generationen seiner Familie gehörte. Es grenzte an einen winzigen Garten, den seine Mutter stets wunderbar bepflanzt und gepflegt hatte, der nun aber zusehends verwahrloste, weil Zeit und Muße für ihn beinahe schon Fremdwörter waren. Der vordere Teil war voller Werkzeuge und Netze und ging in den Steg über, an dem das große Boot lag und von dem aus er tagtäglich zusammen mit seinem letzten verbliebenen Angestellten zum Fischen hinausfuhr. Die *Poissonnerie Lopez* gab es so lange wie seine Familie, seit eben jenen fünf Generationen. Früher waren die Zeiten rosig gewesen, doch seit Jahren ging es bergab. Die großen Trailer fischten den Atlantik leer, zudem sanken die Preise auf den Märkten, weil auch in Frankreich die Discounter Einzug gehalten hatten und den kleinen Produzenten die Preise diktierten.

Deshalb ging es hierbei längst nicht mehr darum, ob er auf dem Markt einen guten oder einen sehr guten Verkaufstag erzielt hatte. Es ging vielmehr darum, ob er auch künftig dieses Haus würde behalten können, seine kleine Lagerhalle, das Boot. Es ging um den Namen der Familie Lopez. Um sein Erbe.

Seit Rita ausgezogen war, jagten ihn diese Gedanken noch öfter. Eigentlich jeden Abend, jede Nacht. Obwohl er schon um kurz nach drei aufstehen musste, um den Bootsmotor anzuwerfen.

Morgen früh aber wohl nicht. Der Regen würde sehr wahrscheinlich zu stark sein. Genau wie der Sturm. Ein Orkan, schlimmer als alle bisherigen in diesem Jahrzehnt. Er betrachtete das aufgewühlte Wasser unter seinem Steg, so weit unter dem Steg war es ehrlich gesagt gar nicht mehr, aber der Flutkoeffizient war hoch in dieser Nacht, deshalb wunderte er sich nicht. Serge ging hinein ins Haus, er musste dringend ein Bier trinken, vielleicht auch ein Eau de Vie. So richtig beachtete er den Sturm gar nicht, seine anderen Sorgen waren so viel größer.

Fanny und Yves Jean

»Brauchst du noch lange?«, rief er in die Küche hinein, die als einziger Raum im ganzen Haus noch immer hell erleuchtet war.

»Ja, wieso?«, fragte sie von drinnen.

»Ich wollte mal die Lichter löschen, das ist doch ein ziemliches Gewitter da draußen. Will nicht, dass die Sicherungen schon wieder alle rausfliegen.«

»Jetzt sei nicht so ein Schisser«, rief Fanny lachend. »Wenn es irgendwo einschlägt, dann doch wohl im Château. Seitdem der Bürgermeister sich noch das Spitzdach hat stuckieren lassen, sind wir fein raus.«

»Hast auch wieder recht«, gab er zurück, öffnete dann aber doch die Salontür, die aus dem Gastraum in die Küche führte, und ging hinein. »Was riecht hier überhaupt so verführerisch?«

»Ich bereite für morgen Confit de Canard zu. Bei diesem Wetter werden die Gäste morgen Lust auf etwas Deftiges haben. Hier, sieh mal …«

Er blickte in den großen Schmortopf, in dem ein kräftiger Sud aus Zwiebeln, Rotwein und Knoblauch garte. Eben gab Fanny die weißen Bohnen aus Tarbes hinzu, die zusammen mit den lange geschmorten Entenkeulen serviert werden würden.

»Hm, das sieht ja köstlich aus.«

»Als Vorspeise wird es Sellerie mit Remoulade und Nüssen geben. Suchst du uns einen guten Wein dazu aus? Wir haben Reservierungen für sechs Tische.«

»Ich gehe gleich in den Keller«, sagte Yves, der von jeher in ihrem kleinen Restaurant für die Weine und den Service verantwortlich war. »Ich glaube, wir haben noch sechs Flaschen von dem herrlichen Château Gloria Saint-Julien aus 2009. Der würde perfekt zu dem Fleisch passen.«

»Abgemacht. Ich brauche sicher nur noch eine Stunde, dann komme ich herüber.«

»Kann ich dir noch bei irgendwas helfen?«, fragte Yves liebevoll, allerdings, ohne ihr zu nahe zu kommen. Er wusste, dass Fanny in der Küche hochkonzentriert war und keinerlei Berührung zuließ. Hier, zwischen dem Herd und der Arbeitsplatte, war sie die Chefin.

»Nein, vielen Dank, Liebster. Hol nur den Wein hoch und vielleicht machst du schon die Tische zurecht. Dann haben wir morgen weniger zu tun. Wer weiß, wie der Garten nach dem Sturm aussieht, vielleicht müssen wir morgen früh erst mal aufräumen.«

»Gut«, sagte er und wollte gerade gehen, da zog sie ihn zu sich und küsste ihn. Nicht nur einmal, gleich mehrfach und so heftig, dass ihm beinahe die Luft wegblieb.

»Wofür war das jetzt?«, fragte er atemlos lächelnd.

»Einfach so, weil es mir so gut geht«, sagte sie und strahlte ihn an. »Ich glaube, wir haben das Gröbste überstanden. Diese Saison wird super, endlich werden wir aus den roten Zahlen kommen, und dann können wir uns nach einem langen Sommer einen wirklich schönen Urlaub leisten. Darauf freu ich mich einfach. Wir haben so dafür gekämpft.«

Sie küsste ihn noch einmal und sie hielten sich noch eine

Weile, bis er es nicht mehr aushielt, weil ihn der Schmorgeruch der Entenkeulen in der Nase kitzelte. Sie bezogen die Tiere von einem Bauern, der sie eine Stunde südlich von hier in den endlosen Wäldern des Landes aufzog – die Enten waren so schmackhaft, dass es kaum auszuhalten war.

»Ich gehe in den Keller«, sagte er und verließ die Küche, ging durch den kleinen Gastraum, sah noch, wie draußen die ersten Blitze zuckten, und hörte den Regen gegen die weite Fensterfront prasseln. Sieben Tische standen in ihrem Gastraum bereit, für zwei, vier und einer für zehn Personen. An der Eingangstür hing das umgedrehte Schild:

Fermé – Jour de repos
Geschlossen – Ruhetag

Später, im Sommer, hätten sie noch mal sieben Tische auf ihrer hölzernen Terrasse mit Blick über das Bassin – wie sehr sie sich dafür ins Zeug gelegt hatten. Er nahm die Treppe hinunter in den kleinen Weinkeller, der früher ein simpler Heizungskeller gewesen war. Yves selbst hatte die roten Steine verlegt und die Lüftung eingebaut, beides gewährleistete das ideale Klima für die wenigen Schätze, die schon hier lagerten – und für die vielen Schätze, die noch folgen sollten. Er plante, den Weinkeller in den nächsten Monaten richtig aufzustocken. Nach dieser Saison, wenn sie endlich liquide waren.

Fanny hatte recht. Die ersten drei Jahre waren der pure Kampf gewesen. Sie hatten ihre Jobs in Paris nach einer jahrelangen Diskussion aufgegeben: Warum sollten sie bis zur Rente weitermalochen, sie im Krankenhaus, er in einer Werbeagentur, von morgens um neun bis abends um acht, und weiter überhaupt nichts vom Leben haben? Also hatten sie entschieden, ihr liebstes Hobby zum Beruf zu machen: Gäste zu empfangen, zu bekochen, zu bewirten. Der Fund der Immobilie war ein Glücksfund im Internet – was für eine Gelegenheit. Sie hatten in ihren lukrativen Berufen ein erkleckliches Sümmchen zusammengespart – doch natürlich hatten sie das eigene Kapital hoffnungslos über- und die Kosten unterschätzt. So war der Kauf des Restaurants noch einigermaßen glattgelaufen, dann aber begannen die Probleme: Anmeldungen, Steuervorauszahlungen, teurer Wareneinsatz – und zuerst kamen nicht mal Kunden. Erst nach und nach liefen die Geschäfte besser, doch derweil begann der Streit mit dem Nachbarn. Einem sehr mächtigen Nachbarn.

Wenn er daran dachte, wurde er schon wieder wütend. Nächtelang hatte er wegen der Terrasse wach gelegen und den Mann verflucht, der ihnen Steine in den Weg legen wollte – so kurz vorm Ziel. Fanny hatte gescherzt, sie habe sogar Mordgelüste.

Doch die letzten Monate, über den Winter, hatte sich die Lage beruhigt. Würden sie ihren Traum nun endlich genießen können? Er hoffte es sehr.

Er spürte, wie sich sein Atem beruhigte, je länger er die liegenden Flaschen in den steinernen Regalen ansah, über die Etiketten strich und den Geruch von Staub und Kork und Wein genoss.

Schließlich griff er nach einer Flasche vom 2009er Château Gloria Saint-Julien und hielt sie gegen das Licht. Der Wein war tiefrot und ganz klar. Perfekt. Über sich hörte er den Sturm am Dach des Wintergartens rütteln. Beängstigend. Er nahm die Flasche und zwei weitere des gleichen Weins und trat den Weg zurück nach oben an.

Paul Mercier

»Die Windgeschwindigkeiten nehmen noch zu, was besonders bedrohlich ist, weil der Orkan erst in diesen Minuten auf Land trifft – und zwar am stärksten zwischen Hourtin-Plage und Biscarrosse-Plage. Die Orte, die entlang der Küste liegen, werden also am schlimmsten betroffen sein, so warnt der Meteorologe von France 2. Es ist nicht auszuschließen, dass Stromleitungen umgerissen und Bäume entwurzelt werden. Zudem könnten Passanten von herumfliegenden Gegenständen getroffen werden. Bleiben Sie, wann immer es geht, unbedingt daheim und verfolgen Sie die Nachrichten. Über Evakuierungen entscheiden die lokalen Behörden in den einzelnen Gemeinden.«

Laurent Delahousse, der blonde Nachrichtensprecher, dessen Frisur immer so verwegen nach dem jungen Alain Delon aussah, stockte kurz und las eine neue Nachricht von seinem Computer ab.

»Eben erfahren wir in dieser späten Sondersendung, dass unsere Meteorologen davon ausgehen, dass die Gefahr einer Sturmflut besteht. Das ergeben neue Analysedaten der Winde, die auf den sehr hohen Gezeiten-koeffizienten treffen, der in dieser Nacht besteht. Wir bitten daher alle

24

Anwohner der Küstengebiete des Département Gironde, alle notwendigen Vorkehrungen zu treffen. Bei einem Notfall wählen Sie die bekannte Rufnummer 18.«

Sturmflut, na, das fehlte noch. Paul Mercier betrachtete mit pochendem Herzen den Fernsehbildschirm, auf dem nun Bilder des Sturmes flackerten, riesige Wellen, die sich nördlich von hier bei La Rochelle an die Hafenmauer warfen. Das sah nicht gut aus. Er hatte ausreichend viele Winter an diesem Ort verbracht, um zu wissen, wann es schlimm werden würde. Sechzig Winter, genauer gesagt. Seit einigen Stunden machte er sich ernsthafte Sorgen. Den ganzen Nachmittag über hatte er den Himmel beobachtet. Das hatte die Sorgen eher vergrößert. Vor zwei Stunden war aus dem Niesel, der den ganzen Tag über angehalten hatte, heftiger Regen geworden. Erst waren dicke schwere Tropfen in seinen Vorgarten gefallen, dann waren es Bindfäden gewesen, unablässig, bis die Beete zu einem großen See geworden waren. Dabei hatte er erst vorgestern die Frühblüher gesteckt – und die ersten Tomatenpflanzen. Nun, da Claudette über eine Woche mit ihrer besten Freundin in Marokko war, hatte er endlich Zeit dazu gehabt. Die Blumen und die Tomatenpflanzen hatte er irgendwann am Abend abgeschrieben, morgen würde er die Fähre nach Arcachon nehmen und im »Gamm vert« neue Knollen und Zöglinge kaufen. Doch der Garten würde lange brauchen, bis all das Wasser versickert wäre. Morgen Abend würde Claudette in Mérignac landen. Besorgt sah er zum Fenster hinaus. Hinter der Scheibe lag alles in vollständiger Dunkelheit. *Sturmflut* hatte es auf France 2 geheißen. Er sah auf die Uhr. Kurz vor zehn. Bald würde sie anrufen. Aber er hatte das verflixte Gefühl, nach dem Rechten sehen zu müssen – immerhin hätte er ja eine Entschuldigung, wenn er Claudette verpassen würde: dieses Unwetter. Also: Er würde nach Olive sehen und dann auf die Düne gehen. Sie war immer so eingeschnappt, wenn man sich ihretwegen zu viele Sorgen machte. Andererseits: Er hatte dieses Bauchgrummeln, ganz tief drinnen.

Ich alter Narr, schalt er sich. So viele Stürme habe ich schon erlebt, und nun mache ich mir einen Kopf?

Doch dann behielt sein Bauchgefühl die Oberhand. Paul Mercier ließ den Blick durch das schlichte Wohnzimmer schweifen, der Esstisch war seit Tagen unberührt, er hatte vorhin eine kleine Käseplatte auf dem Sofa zu sich genommen, dazu ein winziges Glas Chablis. Nun ging er in den Flur, griff zu seinem Mantel und öffnete die Tür. Er würde fragen, wie es um sie stand, ob sie etwas brauchte, ob sie gemeinsam nach der Flut sehen wollten. Nur einmal fragen. Was sollte schon dabei sein? Der Regen traf ihn wie ein Schlag, und er legte einen Zahn zu, er müsste schnell sein, schnell unter ihrem Vordach. Paul rannte los, so gut er mit seinen fünfundsiebzig Jahren noch konnte. Die Rue de Paradis lag dunkel in ihrer Senke. Gestern Nacht, als er noch spät eine Runde zum Wasser gegangen war, hatte sie gänzlich still dagelegen, heute aber stürmte es nahezu ohrenbetäubend. Er blickte sich im dichten Regen um: Die niedrigen Bauten schienen alle verlassen, nur bei ihm zu Hause leuchtete ein Licht.

Sie sahen alle gleich aus: einstöckige Häuser aus Sandstein und Beton mit roten Flachdächern, der typische Baustil dieser Gegend. Nur das Restaurant schräg gegenüber war größer – und das Haus des Bürgermeisters, das alle hier spöttisch das Château nannten –, eine dreistöckige Monstrosität am Ende der Straße, von wo der Blick unverbaut auf Meer und Bassin hinausging.

Er trat vorsichtig auf, ein Sturz fehlte ihm gerade noch. Gegenüber schien niemand zu sein, was merkwürdig war. Aber doch, ja, die Fenster waren alle dunkel. War sie vielleicht schon aus dem Haus gegangen, aus Sorge vor dem Unwetter und der Springflut? Gut möglich, dass sie sogar bei ihm geklingelt, aber er es wegen des lauten Fernsehers schlicht nicht mitbekommen hatte. Er verfluchte die Schwerhörigkeit, er verfluchte sein Alter, wieder einmal.

Paul Mercier durchquerte den winzigen Vorgarten, den sie so hübsch pflegte wie er den seinen, da standen ein Rhododendron, mehrere Schneebälle und eine Minipalme, die sie ganz besonders ins Herz geschlossen hatte, wie er wusste. Die Holztür war verschlossen, wie sein Versuch ergab, also drückte er die Klingel. Er lauschte an der Tür. Sekundenlang. Nichts. Das Haus war verlassen. Er presste sein altes Ohr noch weitere fünf Sekunden an die Tür, aber kein Laut drang zu ihm. War sie also wirklich schon weggegangen? Sicher hatte sie ihm Bescheid sagen wollen. Verdammt. Wo war sie wohl? War sie in die Bar im Ortskern gegangen, wo sich die Bewohner des Cap Ferret bei allen Unwägbarkeiten des Lebens – Sturm, Feuer, Touristenschwemme – versammelten, um die Furcht oder den Ärger gleichermaßen zu ertränken und in ein vielkehliges Stimmengewirr zu versenken? Sicher, auch er würde gleich dorthin gehen, aber erst mal, und auch wenn ihm das Wasser schon von der Stirn lief, musste er noch einen Blick auf die Düne werfen. Er ging die Rue de Paradis gen Süden, es waren nur ein-, zweihundert Meter. Bis vor zwei Jahren war das mehrmals am Tag seine Wegstrecke gewesen, aber damals starb Ulysses, der kleine Dachshund und sein Gefährte, und seitdem ging er nur noch morgens und abends hinauf auf die Düne. Der Stichweg befand sich zwischen dem Restaurant und dem Château. Er schloss das winzige Gatter auf, für das nur Anwohner einen Schlüssel hatten. Touristen durften diesen Weg nicht mehr nehmen, das hatte der Bürgermeister entschieden. Offiziell ging es darum, die Düne vor Erosion zu schützen, damit sie nicht weiter abbrach, inoffiziell aber wussten alle, dass der Maire seinen Apéro gern halbnackt im Garten einnahm und dabei nicht von fotografierenden Urlaubern beobachtet werden wollte.

Der Weg hinauf war steil, und das Wasser lief in einem Sturzbach über den Beton, Pauls Atem beschleunigte sich. War der Sturm in der Straße schon schlimm gewesen, dann war es hier wie in einem Windkanal. Er hatte Mühe, sich auf den Beinen zu halten. Über ihm jagten die Wolken vorbei, dicht und schwer, monströse schwarzgraue Kissen, die sich ineinander verhakt hatten und immer noch mehr Niederschlag brachten. Als er endlich oben stand, genau an der Spitze der Halbinsel, hielt er den Atem an. So etwas hatte er noch nie gesehen.

Auf der einen Seite rauschte der Ozean heran, mit derart riesigen Wellen, dass sie sogar von hier oben, wo er stand, höher wirkten als das Château neben ihm. Es waren echte Brecher, die aber nicht ordentlich aufgereiht waren, so wie die Surfer sie liebten, sondern die sich wild gegeneinanderwarfen und sich dabei noch verstärkten, besonders auf der Sandbank kurz vorm Strand. Er beobachtete zwei, drei Brecher, sah, wie sie sich bereits an der Düne zu schaffen machten, an ihr nagten, sie zu unterspülen begannen. Doch das, was ihm die größten Sorgen bereitete, lag auf der anderen Seite: Das Bassin, das sonst so ruhig und wellengeschützt dalag, war so geflutet, dass es bereits den Stichweg überspülte. Daher vor allem kam also all das Wasser. Von innen wie von außen bedrängte es die Halbinsel mit der Kraft, die nur die Elemente haben konnten.

Der Vollmond ließ die Unterschiede von Ebbe und Flut besonders gewaltig ausfallen. Dass es nun aber ausgerechnet an diesem Tag so einen Sturm geben musste …

Er schüttelte den Kopf und wollte sich eben vom Meer ab-

wenden, als es geschah. Zwei Brecher unterspülten die Sand-
düne mit solcher Kraft, dass ein großes Stück davon abbrach.
Er konnte es förmlich hören, auch wenn er nicht sicher war,
ob ihm das Getöse des Sturms hier nicht einen akustischen
Streich spielte. Dann ging alles ganz schnell. Plötzlich klaffte
eine riesige Lücke im Schutzschild, und sofort ergossen sich
Tausende Liter des Bassins in die Brache, das Wasser flutete die
Rue de Paradis. Er wusste, dass es hier nichts mehr aufzuhalten
gab, er hatte zu viele Sturmfluten erlebt. Er musste Hilfe holen,
doch sein Handy lag natürlich daheim auf dem Couchtisch.
Und er musste weg hier, schnell, bevor der Rückweg versperrt
war. Ihm blieb nur der Rundweg auf der Düne am Bassin entlang, er hoffte, dass sie noch gänzlich intakt war. Er sah immer
mehr Wasser den Stichweg hinunterlaufen, der Garten des
Bürgermeisters, den Brigitte so hingebungsvoll pflegte, glich
schon einem Baggersee. Wieder und wieder sah er sich um,
auf keinen Fall wollte er von einer Welle von der Düne und ins
Meer gerissen werden. Doch das Wasser kannte nur noch eine
Richtung: den Berg hinunter – und in die Senke, die bis vor
einer Minute die Rue de Paradis gewesen war.

Olive Morel

Sie liebte das warme Wasser auf ihrer Haut, den Schaum, der sich bis über den Badewannenrand erhob. Aus dem kleinen Radio drang die Kantate 188 von Bach an ihr Ohr, *Ich habe meine Zuversicht,* sie liebte besonders die Stelle mit der Soloorgel. Auf dem Rand der Wanne stand ein Glas mit Rotwein aus dem kleinen Laden unten an der Rue des Goélands. Sie hatte ihn extra vorher kalt gestellt, weil sie den Kontrast so mochte: die warme Wanne und dazu das beschlagene Glas, aus dem jeder Schluck sie erfrischte. Vorhin hatte sie kurz geglaubt, es würde an der Tür klingeln. Sie musste sich verhört haben, wer wäre denn bei diesem Wetter und zu dieser späten Stunde draußen unterwegs.

Nach den 20-Uhr-Nachrichten von France 2 hatte sie den Fernseher ausgestellt und noch einige Seiten gelesen. Als der Sturm immer stärker wurde, hatte sie nur noch diesen einen Wunsch: in die Badewanne. Der Tag war so unwirtlich gewesen, überhaupt hatte sie das Gefühl, dass es seit Wochen nicht mehr richtig hell geworden war. Es reichte, der Winter hatte das Cap nun lange genug in seinen Fängen gehalten, außergewöhnlich lang in diesem Jahr. Jetzt wurde es Zeit für den Frühling, für ihren Garten, für lange Spaziergänge auf der Düne, bevor sich Richtung Sommer die Einheimischen wieder auf das eigene Grundstück zurückziehen würden – dann nämlich, wenn die Touristen in Massen auf der Insel einfielen.

Sie hatte keine Angst vor den Touristen, sie hatte lange genug mit und von ihnen gelebt. Als Fremdenführerin, als Leiterin des Informationszentrums für die Bunker des Cap. Nach dem Tod ihres Mannes war sie in Rente gegangen, weil sie einfach noch Zeit für sich und ihr Leben haben wollte. Sie hatte es keinen Tag bereut.

Nun genoss sie die innere Ruhe, während über ihr, über den Balken und den roten Ziegeln ihres Hauses das Unwetter tobte. Was gab es Besseres? Diese Gewalten, die man nirgendwo besser spüren konnte als hier am Cap Ferret, dieser Halbinsel am äußersten Rand Frankreichs, die so naturbelassen und echt war mit ihren gewaltigen Wäldern aus Seekiefern, den sandigen Dünen, mit all den Eidechsen, dem Wild – und eben dem Wetter: den heißen Sommern und den kräftigen Stürmen im Frühjahr und im Herbst. Sie liebte es, dieses Fleckchen Erde, auf dem sie aufgewachsen war. Wenn sie daran dachte, dass ihre Kinder mittlerweile beide in Paris lebten, dort wiederum Kinder bekommen hatten. Kinder, die auf einem engen Spielplatz zwischen den – zugegeben – sehr hübschen Häusern Haussmann'scher Bauart spielten statt hier, auf diesem gottgegebenen, großzügigen und grünen Land. Nun ja, ihre Kinder hatten es so entschieden – dafür kamen sie sie aber auch oft besuchen. Die Zeit im Jahr, die Olive am meisten genoss.

Sie hatte überlegt, in der Wanne zu lesen, es dann aber verworfen, weil sie lieber die Augen schließen und den Wein genießen wollte. Sie spielte ein wenig mit dem Schaum auf der Wasseroberfläche. Der Lärm und das Getöse ringsum wurden immer lauter, es war kein Plätschern mehr, eher schon ein

Rauschen, ein Geräusch, das sie so in der Rue de Paradis noch nie gehört hatte. Deshalb entschied sie nach weiteren fünf Minuten, die Wanne zu verlassen. Doch als sie herauskletterte, erschrak sie, weil sie auf einmal wieder im Wasser stand, in kaltem schmutzigem Wasser, das ihr bis zum Knie ging. Sie drehte sich um, wollte lachen, was für ein Missgeschick, sie glaubte, dass sie den Hahn von der Spüle aufgelassen hätte – oder war etwas mit der Waschmaschine? Aber nein, weit gefehlt, sie spürte, wie sie zu zittern begann, mit sich selbst zu sprechen, »beruhig dich«, sagte sie und griff mit fahriger Hand nach ihrem Morgenmantel. Als sie vorsichtig die Tür zum Flur öffnete, geschah es: Eine Flutwelle ergoss sich ins Bad, das ganze Haus stand voll Wasser, sie sah es, sie hörte es, das Rauschen war nicht draußen, es war drinnen, und das Wasser war kalt, eiskalt und salzig, es reichte ihr jetzt bis an die Oberschenkel, sodass sie Mühe hatte, sich vorwärts zu bewegen, auch weil sie fror, so sehr, sie war nicht sehr groß, sie schaufelte das Wasser mit den Händen, sah ihre Bücher in der Brühe schwimmen, sie spürte, wie es stieg, sekündlich, sie konnte dabei zusehen. Angst schoss ihr in den Kopf, nackte Angst, nun ging ihr das Wasser schon bis zum Bauchnabel, sie begann zu weinen und um Hilfe zu rufen, obwohl sie nur zu gut wusste, dass niemand sie hören konnte. Was war nur geschehen? Der Deich, die Düne, die verdammte Düne musste eingebrochen sein, zwischen ihr und der Haustür lagen zwanzig Meter, die musste sie schaffen. Das Wasser ging ihr nun schon bis zur Brust, sie bewegte sich, strampelte mit den Füßen, doch der Widerstand, die Strömung waren zu stark, sie glitt aus, tauchte unter, ihr Kopf unter Wasser, dann fanden ihre Füße den Grund wieder, sie stand auf und hustete, aber das Zittern hatte ihren ganzen Körper erfasst, sie konnte keinen klaren Gedanken mehr fassen, warum nur gab es keine Treppe, keine erste Etage, sie stand in ihrem Wohnzimmer, und es gelang ihr nicht mal, in den Flur zu kommen, das Wasser erreichte ihr Kinn. Da kam ihr der rettende Einfall: Die Couch, sie musste auf die Couch und dann laut um Hilfe rufen, sie bewegte sich langsam, das Wasser stieg und stieg, sie wusste, wo die Couch war, und sie fand sie, setzte den Fuß auf und zog sich hoch. Es gelang ihr, schon wollte sie schreien, doch dann rutschte der Fuß ab, es wurde schlagartig dunkel, sie begann zu husten, nackte, schwarze Panik überkam sie, einmal noch schaffte sie es aufzutauchen, sie rief seinen Namen, laut oder leise, sie konnte es nicht sagen, dann hatte das Wasser sie wieder erreicht, es stand drinnen so hoch wie draußen vor dem Fenster, der Weg hinaus hätte sie nicht gerettet, das erkannte sie, während ihr schwarz vor Augen wurde, ihr die Sinne schwanden, sie hinunterglitt, unter die Wasseroberfläche, für immer. Sein Name, dann Stille, nur noch das Rauschen des ewigen Wassers.

Albert Peronne

»Noch eine Flasche, Jean, komm, noch eine. Oder willst du uns bei dem Wetter etwa vor die Tür setzen?«

Philippe, der ihm gegenübersaß, schlug schon wieder den Bürgermeisterton an. Furchtbar fand er das, furchtbar und überheblich. Dominique trat unterm Tisch nach seinem Bein. Seine Frau fand es nämlich noch furchtbarer, hier sitzen zu müssen und den betrunkenen Philippe zu ertragen. Aber, bei Gott, der Maire hatte ja recht: Es regnete viel zu stark, sie waren hier gefangen. Seit beinahe anderthalb Stunden saßen sie im »L'Escale« genau am Fähranleger des Cap. Ihr Blick wäre hinüber nach Arcachon gegangen, hätten sie denn etwas sehen können. Aber derzeit betrug die Sichtweite hinter der großen Fensterscheibe gerade einmal einen Meter. Sie hatten Pizza gegessen, Charlotte daddelte auf dem Handy seiner Frau herum, und Philippe erzählte großspurig von einem neuen Bauprojekt hinterm Leuchtturm. Albert dagegen war nur noch genervt. Der Wirt brachte eine neue Flasche von dem Weißwein, einem simplen Entre-deux-Mers, doch Alberts Blick fiel auf etwas, auf jemanden. Der sich schnell bewegte, genau vorm Fenster. Er erkannte Paul, Paul Mercier, seinen Nachbarn von gegen-

34

über. Der alte Mann rannte beinahe, Albert spürte instinktiv, dass etwas ganz und gar nicht in Ordnung war. Er stand auf und ging Paul entgegen, der in diesem Moment quasi zur Tür hineinfiel. Er zitterte, war völlig außer Atem, als er rief: »Die Düne, sie … sie ist gebrochen, wir saufen ab …«

Albert nahm den alten Mann in den Arm und sagte: »Wer? Was ist passiert, Paul? Wer säuft ab?«

»Die Rue de Paradis«, sagte Paul, dessen Gesicht ein besorgniserregendes Grau annahm, bevor er auf den nächsten Stuhl fiel. Albert griff sofort zu seinem Handy und wählte die Nummer seines Stellvertreters. Vincent antwortete direkt.

»Ruf alle zusammen, wir müssen sofort los, Überschwemmung in der Rue de Paradis. Ich komme zu euch.« Er legte auf und drehte sich um – der Tisch, nein, das ganze Restaurant hatte mitgehört. Doch bevor sie ihn alle bestürmen konnten, straffte er die Schultern und sagte, mitten im Raum stehend, mit lauter Stimme:

»Teile von Cap Ferret stehen unter Wasser. Es betrifft die Südspitze, vor allem die Rue de Paradis. Ich rufe hiermit den Ausnahmezustand für die Halbinsel aus. Mitglieder der Feuerwehr und Reservisten fahren sofort ins Depot. Alle anderen bleiben hier oder gehen nach Hause – aber achtet auf umstürzende Bäume! Niemand nähert sich der Rue de Paradis. Habt ihr das verstanden?«

Sie alle nickten, sogar dem Bürgermeister hatte es die Sprache verschlagen. Täuschte Albert der Eindruck, oder sah ihn Philippe Deschamps in diesem Moment sogar anders an? Bewundernd, voller Respekt?

Er gab Dominique einen Kuss und strich Charlotte über den Kopf, ein Augenblick, den er voll auskostete, dann rannte er los. Er hatte keine Ahnung, wie schlimm es war, aber da er Paul noch nie so aufgelöst gesehen hatte, konnte es nur katastrophal sein. Er stieg in seinen Dacia-Jeep und raste sofort los, nahm die Einbahnstraße entgegen der Fahrtrichtung und bog dann auf die Départementale 106 ein. Die Feuerwache befand sich auf der kurvigen Straße nach fünfhundert Metern auf der rechten Seite. Als er ankam, trudelten die ersten Kameraden ein, und sofort gab er Anweisungen: Alle Autos aus der Garage! Ladet zwei Schlauchboote auf! Wir brauchen die Generatoren und Pumpen! Ruft Rettungswagen aus Bordeaux hinzu!

Er wusste nicht, wann er das letzte Mal so konzentriert und selbstsicher gewesen war. Die Hände der freiwilligen Feuerwehrleute griffen so fließend ineinander, dass Albert entschied vorzufahren. Er setzte das Blaulicht auf das Dach seines Autos und raste gen Süden, bog am Ende der Straße nach links ab, nun waren es nur noch wenige Hundert Meter. Die Straße fiel steil bergab in die Senke, die sein Zuhause war. Augenblicklich bremste er. Sein Gehirn brauchte einige Sekunden, um die Lage zu erfassen und zu verarbeiten, was die Augen ihm sagten. Dann erst fluchte er: »Verdammte Scheiße«, öffnete die Tür und stieg aus, blieb aber erst mal am Wagen stehen, dessen Scheinwerfer die Szenerie ausleuchteten.

Vor ihm fiel die Straße ab, die weiße Linie in der Mitte verlief schnurgerade, doch sie fiel … einfach ins Wasser. Das schwarze Meer stand mitten in der Straße. Die Rue de Paradis gab es nicht mehr.

Er blickte auf das Wasser, das weiter anzusteigen schien, doch anders, als er es erwartet hatte, war es im Anblick der Katastrophe ganz still, selbst der Regen schien aufgehört zu haben. Später würde er überlegen, ob es tatsächlich aufgehört hatte zu regnen, er konnte sich nicht mehr erinnern, zu gefangen war er von diesem Bild. Er suchte sein Haus und fand es nicht, er sah nur Dächer, von denen wiederum nur die obersten Ziegel aus der Flut schauten – und dort hinten, ganz am Ende der Straße

36

das Château, Deschamps' Haus, unbeeindruckt von den Wassermassen, die ohne Zweifel aus Bassin und Ozean über die gebrochene Düne hereingeflutet sein mussten. Die Häuser in der Straße standen alle unter Wasser. Sein Haus. Das Wohnzimmer. Er hatte das Parkett selbst verlegt. Das Badezimmer mit der neuen Wanne, die Fliesen hatte er selbst angebracht. Der Kamin mit den Holzpaneelen ringsum, die er aus dem Wald geholt hatte. Sein Garten. Merkwürdig, was ihm zuerst durch den Kopf ging, in diesem Moment, dachte er.

Albert wusste nicht, wie lange er am Rande der Straße gestanden hatte, doch endlich konnte er sich wieder bewegen, spürte, wie das Adrenalin ihn zu fluten begann. Er hörte die Sirenen aus der Ferne, doch es ging ihm alles viel zu langsam. Albert Peronne griff zu seinem Handy und wählte die Nummer der Leitstelle in Mérignac, am Rande von Bordeaux. Die Zentrale war rund um die Uhr besetzt.

»Hier ist der Leiter der Feuerwehr von Cap Ferret. Wir haben hier eine Katastrophenlage, eine Sturmflut hat Teile des Ortes überflutet. Wir brauchen sofort Verstärkung. Können Sie die Feuerwehren der umliegenden Orte informieren? Außerdem brauchen wir RTWs, falls möglich auch einen Helikopter.«

»Ich weiß nicht, ob der Heli starten kann, der Sturm ist immer noch direkt über uns«, sagte die Frau am anderen Ende. »Haben Sie Informationen über Opfer?«

»Bisher nicht. Ich warte noch auf meine Kräfte, dann gehen wir auf die Suche.«

»Gut. Ich schicke Ihnen alle Leute, die ich auftreiben kann. Aber ich muss Sie vorwarnen: Die Kollegen sind alle gut ausgelastet. Kann sein, dass Sie auf sich gestellt bleiben. Ich tue, was ich kann.«

Albert dankte und legte auf. In diesem Moment raste das erste Feuerwehrauto um die Ecke, ein Renault-Tanklöschfahrzeug, das eigentlich für einen Waldbrand vorgesehen war, mit seinen dicken Reifen und seiner Geländegängigkeit. Heute aber musste kein Wasser her, sondern das Wasser musste weg. Die Frauen und Männer sprangen aus dem Wagen, sie alle blickten betreten auf die völlig unter Wasser stehende Straße. Vincent, der stellvertretende Wehrführer, war der Einzige, der sich schnell bewegte. Er rannte auf Albert zu.

»Monsieur Mercier kam eben zu uns auf die Wache. Er war völlig aufgelöst. Er hat versucht, Madame Morel auf dem Handy anzurufen, aber er erreicht sie nicht. Das Gerät ist tot.«

Ein weiterer Feuerwehrwagen bog um die Ecke, sein Blaulicht zuckte über den dunklen Asphalt. Er hatte das Material dabei, das sie jetzt brauchten.

»Verdammt«, sagte Albert zu seinem Stellvertreter, »los, ladet die Boote ab, wir müssen uns beeilen. Ich hätte es nicht geglaubt, aber wir brauchen die Taucherausrüstungen.«

Die Feuerwehrleute begannen, die Autos abzuladen – sie nahmen die bereits aufgepumpten Schlauchboote herunter, drei Männer rüsteten sich mit Tauchermasken und Sauerstoffflaschen.

»Ich komme mit runter«, rief Albert und ging nach hinten zum Wagen, um sich umzuziehen. Es dauerte alles viel zu lange, dachte er, viel zu lange. Nach Minuten waren sie bereit, zwei Boote, vier Taucher, mehr hatten sie nicht. Sie würden auf die Verstärkung aus Lège und Lacanau warten müssen, vielleicht brauchten sie sogar Hilfe aus Bordeaux. Aber die Frau am Telefon hatte es ja gesagt: Die anderen hatten ihre eigenen Katastrophen, vielleicht waren Dünen und Deiche auch in anderen Orten gebrochen.

Je zwei Taucher stiegen in ein Boot, dazu kam jeweils ein Bootsführer. Der Bootsmotor surrte leise, Albert knipste die riesige wasserfeste Taschenlampe an, die er in der Hand hielt.

Sie fuhren los. Erst war das Wasser nur zentimetertief, dann aber, je weiter die Straße abfiel, waren es erst ein Meter, anderthalb, dann zwei Meter. Die Fahrrinne entsprach genau dem, was wenige Stunden zuvor noch die Rue de Paradis gewesen war, es ging quer durch die Vorgärten, die herausragenden Dächer boten Orientierung. Er hätte nie gedacht, je auf der eigenen Straße mit dem Boot entlangzufahren. Es war gespenstisch.

»Wir beginnen bei Madame Morel«, rief er gegen den Wind. »Ihr fahrt weiter, das Haus von Paul Mercier müssen wir nicht besuchen, seine Frau ist im Urlaub. Fahrt rüber zum Restaurant, oder: Seht besser zuerst nach Serge. Er geht immer früh schlafen, vielleicht ist er überrascht worden.«

Das zweite Boot überholte sie. »Hier«, rief hingegen Albert, »halt hier an.« Er hatte das Dach von Olive Morels Haus ausgemacht, darunter war noch der Name zu sehen, den sie und ihr verstorbener Mann ihm gegeben hatten, *Maison Bonheur*.

»Bereit?« Der andere Mann nickte.

Albert zog die Taucherbrille auf und setzte sich das Mundstück ein. Dann ließen sie sich, wie sie das einmal im Jahr trainierten, rückwärts vom Boot fallen. Es war kalt, das Wasser, eiskalt, der lange Winter hatte den Ozean noch fest im Griff. Doch Albert spürte weiterhin die Anspannung, das Adrenalin im ganzen Körper. Ohne diese Kraft wäre er wahrscheinlich sofort erfroren. Dramatisch war das Bild, das sich ihnen unter Wasser bot, all der Schlamm, all die Zerstörung. Nichts würde wieder so sein, wie es gewesen war, das war ihm bereits jetzt klar.

Er richtete die Taschenlampe auf das Haus, tastete sich schwimmend vorwärts, es ging beinahe mühelos, er fand die Tür, natürlich war sie verschlossen, er tastete sich weiter nach links zum Fenster, es war wohl das Schlafzimmer, wenn er sich richtig erinnerte. Er leuchtete hinein, sah das Bett, den Schrank, das Wasser stand bis zur Decke, natürlich, warum sollte es drinnen anders sein als draußen? Er wandte sich zu dem anderen Mann um und nickte, dann zog er sich zurück. Der andere nahm seine Taschenlampe und schützte sein Gesicht, dann schlug er die Scheibe ein, es war gänzlich still, als das Glas nach innen fiel und im Schlafzimmer herumzutreiben begann. Er vergrößerte mit der Lampe das Loch, dann tauchten sie durch die Öffnung, vorsichtig, um nicht den Taucheranzug zu zerschneiden. Innen trieben Gegenstände herum, Bücher, Bilder, das Radio, schwimmende Überreste eines Lebens. Sie tauchten durch das Zimmer, dann in den Flur, alles war dunkel, natürlich gab es hier keinen Strom mehr, die Tür zum Wohnzimmer, Albert wollte schreien, als er sie sah, aber er besann sich, er hatte schon viele Leichen gesehen, nach Bränden, auch tote Schwimmer, aber das hier, so etwas hatte er noch nie gesehen: Sie trieb inmitten des Wohnzimmers, nicht an der Oberfläche, nicht auf dem Boden, sie schwebte, als sei sie eine Puppe, die Augen waren weit aufgerissen, es gab keinen Zweifel: Olive Morel war ertrunken in ihrem eigenen Haus.

Sie trug einen Morgenmantel, die grauen Haare bewegten sich leicht im Wasser, er musste den Blick abwenden, weil er nicht ertrug, was er sah: Sie schien zu Tode erschrocken.

Er tauchte zu ihr, es gab nichts anderes zu tun, was dringender gewesen wäre – auch das hier war nicht mehr dringend, aber es war auch nicht zu vermeiden. Er griff nach ihr, fühlte ihre Haut, die Kälte, die Leichtigkeit, in der gleichzeitig eine Schwere lag, er war ihr nun ganz nah und sah in ihre Augen, vergaß dabei das Atmen, für einen kurzen Moment geriet er in Panik, er wollte auftauchen, aber es gab keine Luft in diesem Haus, sein Co-Taucher neben ihm sah ihn fragend an, und endlich zwang Albert sich wieder ins Hier und Jetzt. Er nahm einen Zug aus der Flasche, dann griffen sie beide die Tote, trugen sie zum Ausgang und retteten sich durch das zerschlagene Fenster. Erst einer, dann die Leiche, dann der andere – und endlich konnten sie auftauchen, der Körper war schon oben, nun hatte er Auftrieb bekommen, sie folgten ihm an die Wasseroberfläche, Albert riss sich das Mundstück heraus und nahm einen tiefen Atemzug, die kalte Nachtluft drang in seine Lunge, und er sah erst Madame Morel und dann das Boot. Der Bootsführer erschrak, doch dann fasste er sich gleich, griff nach dem Körper der Frau, zog sie ins Boot, den Blick leicht abgewandt, und Albert war froh, dass er nicht mit der Leiche allein sein musste, mit der Leiche und mit seinem Schmerz. Das alles dauerte keine Minute, und doch war es keine Sekunde zu früh, denn dort hinten, am Ende der Rue de Paradis, erklang in diesem Moment der Ruf: »Hierher, hierher!« Sie sahen die Lichter, Albert und der andere Taucher schwangen sich aufs Boot, und schon nahmen sie Kurs gen Süden.

Serge Lopez

Zwanzig Minuten eher und Serge Lopez hätte verschlafen. Ihn rettete nur, dass er die Füße nicht wie sonst auf dem bezogenen Hocker abgelegt, sondern sie aus irgendeinem Grund, den er später nicht mehr nachvollziehen konnte, auf dem Boden abgestellt hatte. So träumte er, als er vorm Fernseher bei einer Folge *CSI New York* eingeschlafen war, er sei auf seinem Boot, das leckgeschlagen war. Es dauerte, bis er aufwachte, und als er es tat, standen seine Füße längst im Wasser. Er sprang aus dem Sessel, die Wohnstube war schon dreißig Zentimeter hoch überflutet, und das Wasser stieg unaufhaltsam. Doch Serge war schnell, er watete durch das kalte Nass, war schon bei der Haustür, als ihm Gott sei Dank die Hintertür einfiel. Im Garten konnte die Flut noch nicht so hoch sein, sein Lager lag außerdem auf einer kleinen Anhöhe. Er zog die Tür mit aller Kraft auf und rannte in Richtung Anleger, mit einem Satz war er auf seinem Boot und ließ den Motor an. Statt wie sonst den Weg hinaus aufs Bassin zu nehmen, folgte er dem Meer, das wie von einem starken Magneten angezogen der Senke entgegenströmte. Der Regen peitschte das Wasser ringsum auf, der Wind ließ das Boot bedrohlich schaukeln. Er war nun am

Anfang der Rue de Paradis unterwegs, die Häuser standen bereits alle zur Hälfte unter Wasser, es hatte maximal drei Minuten gedauert. Er sah den Lichtblitz zu seiner Linken, auf der Atlantikseite, es gab einen Knall hinter den Fenstern, eben war da noch Licht gewesen, oder war das eine optische Täuschung? Nein, es war sicher ein Kurzschluss gewesen, nun war dort alles dunkel. Sie waren also daheim. Seine Wathosen lagen im Boot bereit, sekundenschnell war er hineingeschlüpft, ließ sich ganz nah ans Haus herangleiten, zog sich dann ans Fensterbrett und befestigte die Leine des Bootes an einem Haken am Fensterladen – es durfte um keinen Preis wegtreiben. Dann spähte er durchs Fenster hinein, es war wirklich gänzlich dunkel. Erst scheute er sich, doch dann gab er sich einen Ruck und schlug mit dem Hammer, mit dem er sonst die Fische tötete, die Scheibe ein. Jetzt hörte er die Hilferufe der Frau, Fanny, sie hatte ihn gehört, sie konnte nicht weit sein. Er kletterte durch das Fenster, sprang ab und landete so tief im Wasser, dass die Wathosen gerade so ausreichten – und die gingen immerhin bis über die Brust. Schwerfällig stemmte er sich gegen die Flut und ging in die Richtung, aus der der Schrei gekommen war, er fand sie beide, sie standen in der Küche wie angewurzelt, wobei sich Madame Jean auf die Anrichte gerettet hatte und ihr Mann versuchte, sie von dort oben loszukriegen, er zog an ihr, doch sie hielt dagegen, er zitterte vor Kälte, und sie war kreidebleich, auch ihre Beine waren schon unter Wasser, Serge überlegte nicht lange und schwamm auf sie zu.

»Sie will nicht«, rief Yves. »Fanny, nun komm doch.«

»Meine Küche«, schrie sie, »es ist alles verloren … Ich gehe hier nicht weg!«

Er war nun bei ihr, ihr Gesicht genau vor ihm, ihr Mund ein Schrei, doch dann schlug er sie, er schlug ihr einfach mit der nackten Hand ins Gesicht. Für einen Moment war Stille, sie alle drei waren sprachlos. Dann fasste sich Serge wieder, es tat ihm leid, aber was sollte er machen – sie hatten doch keine Zeit!

»Komm, raus hier, Fanny. Mein Boot ist draußen, keine Widerrede, oder willst du hier sterben?«

Sie regte sich nicht, schwer zu sagen, ob wegen des Schlags oder weil sie schlicht unter Schock stand. Also griff er nach ihr und zog sie mit sich, wobei Yves ihm half. Zusammen trugen sie Fanny auf ihren Armen zur Tür, sie war steif und kühl, der Schock musste gewaltig sein, sie brauchten dringend Hilfe.

»Nein, nicht zur Tür, das Wasser schneidet uns noch den Weg ab, los, durchs Fenster.« Serge kletterte durch das Loch hinaus, dann griff er ihre Schultern und zog sie, sie schnitt sich am Glas, und ihr Arm blutete, doch es gelang ihm, sie ins Boot zu hieven. Yves kletterte hinterdrein, nun waren sie zu dritt in dem kleinen Fischerboot, sie waren gerettet, Serge löste die Leine und legte sofort ab.

»Wir müssen nach Olive sehen«, fiel ihm ein.

»Und nach Paul«, flüsterte Fanny, die sich langsam wieder fing. Das kalte Salzwasser, das im Boot stand, hatte die Blutung sofort gestoppt. Er drehte das Schwert nach Backbord, und augenblicklich legte sich das Boot auf die Seite und beschrieb eine Kurve durchs Wasser. Sie wendeten.

»Es ist so schrecklich«, sagte Fanny und fing an zu weinen, als würde sie den Ernst der Lage eben erst begreifen – als habe drinnen alles danach ausgesehen, dass es nur sie betraf, sie und ihre Küche. Yves dagegen saß regungslos im Boot und starrte auf die Wellen.

Es sah so anders aus, jetzt, hier auf diesem Kanal, all die Häuser, von denen nur noch die Dachlichter herausschauten, darunter lagen Wohnzimmer, Vorgärten, Sandkästen, Träume.

So viele Leben. Serge hörte den Ruf wie durch eine dichte

Nebelwand. Er nahm Tempo raus, da, da war der Ruf wieder, er kam aus der anderen Richtung. Sofort wendete er und fuhr gen Süden. Wer war da noch? Da sah er sie. Brigitte stand im Vorgarten ihres Hauses, die Füße im Wasser, das Haus, auf der Anhöhe neben der Düne gelegen, schien völlig unversehrt. Er legte einen Zahn zu, raste ihr entgegen, legte an, dort, wo der Hügel zum Haus des Bürgermeisters anstieg.

»Brigitte«, sagte Fanny als Erste, »wie geht es dir?«

»Gut«, sagte sie und nickte, auch sie bleich im Gesicht. »Was ist mit den anderen?«

»Wir wollten eben zu Olive – und zu Paul.«

Serge half der Bürgermeistergattin ins Boot, das nun hoffnungslos überfüllt war. Von Norden, dort, wo die Rue de Paradis höher lag, kamen ihnen Lichter entgegen, drei Taschenlampen, nein, mehr noch – ja, auch Blaulicht.

»Hier«, rief Serge, »hierher!«

»Wir müssen erst zu den Jeans«, rief ein junger Mann, den Serge aus der Bar kannte – er war bei der Feuerwehr.

»Sie sind in Sicherheit, bei mir auf dem Boot.«

Das Feuerwehrboot mit den beiden Tauchern in voller Montur näherte sich weiter, die drei Männer vergewisserten sich: »Wer wohnt hier noch?«

»Wir wollten eben zu Paul Mercier.«

Von hinten kam ein drittes Boot heran, Serge erkannte Albert, der am Bug stand und sein Boot zu ihnen lotste.

»Der wiederum ist bei uns in Sicherheit«, sagte der junge Pompier.

»Das ist gut …«

Albert machte längsseits fest, Serge sah etwas unter einer Decke liegen. Etwas? Jemanden? Er erschauerte.

»Albert. Wir wollten eben nach Paul sehen, aber ihn habt ihr ja. Und Olive? Was ist mit Olive? Ist sie rechtzeitig raus?«

Doch Albert sah ihn nur mit feuchten Augen an. Er wies knapp auf die Decke.

»Nein, Olive hat es nicht geschafft«, sagte er.

Der Morgen danach

Für die Bewohner des Cap gab es, als der Morgen anbrach, keinen anderen Ort: Sie gingen nicht zur morgendlichen Hunderunde an den Strand, die Austernzüchter ließen ihre Säcke erst mal im Wasser liegen, die Pendler nach Bordeaux riefen in der Fabrik oder im Büro an, um zu sagen, dass sie später kommen würden.

Das ganze Dorf traf sich, an genau der Stelle der Straße, an der Albert Peronne in tiefer Nacht sein Auto geparkt und zum ersten Mal die Überschwemmung gesehen hatte.

Das Wasser war nicht völlig zurückgegangen, es war noch mehr Wasser geworden, das in den Stunden danach in die Senke gelaufen war. Doch die dicken Rohre und die acht großen Pumpen, die die Feuerwehr vom Cap und die beiden Wehren aus Lacanau und Lège herangeschafft hatten, beförderten jede Stunde Tausende Liter wieder zurück ins Meer und in das Bassin. Es war Ebbe, das Wasser dort war also zurückgegangen. Die Vorgärten der Häuser, die am Rande des Tals lagen, tauchten wieder auf, die ersten Bewohner konnten in ihre Häuser zurück. Vom Himmel brannte die Sonne, als habe es das Unwetter in der Nacht nie gegeben.

So standen sie am Rande der Rue de Paradis und beobachteten, was sich tat. Die Nachricht von Olive Morels Tod hatte sich verbreitet wie ein Lauffeuer, lange bevor der Tag angebrochen war. Die sturmerprobten Cap-Bewohner hielten sich in den Armen. Eben kam Albert wieder mit dem Boot zurück, er hatte ein letztes Mal die Häuser nach weiteren Opfern durchsucht, er war die ganze Nacht im Einsatz gewesen. Erst vor einer halben Stunde hatte er die eigene Tür aufgeschlossen und aufgedrückt, noch immer hatte ein halber Meter Wasser im Haus gestanden. Als er anlegte, kamen Dominique und Charlotte schon auf ihn zu. Er stieg aus dem Boot, die Wathose völlig nass, dennoch nahmen sie ihn in die Arme.

»Und, wie sieht es bei uns aus?«

»Es ist alles voller Schlamm, es ist ganz furchtbar. Die Möbel, alle Geräte, wir können alles wegwerfen …«

»Entschuldigen Sie, Monsieur Peronne?«

Er drehte sich um, vor ihm stand ein kleiner Mann mit dickem Bauch, der die Uniform der Police Municipale trug. Der Mann musste ihm nicht vorgestellt werden, jeder in der Region kannte ihn. Und jeder nannte ihn nur Lou, den Leiter der städtischen Polizei von Lacanau, der bei allen Ordnungsdingen in den Gemeinden ringsum hinzugezogen wurde.

»Oui?«

»Wie geht es Ihnen? Es muss eine schreckliche Nacht gewesen sein.«

»Das kann ich Ihnen aber sagen«, sagte Albert.

»Andere Gemeinden sind auch betroffen, in Lacanau sind uns ein Dutzend Häuser abgesoffen, auch in Pyla gab es viele Schäden. Aber Sie haben ein Todesopfer zu beklagen.«

»Ja, eine ältere Dame, die …«

»Die Sie gut kannten, richtig?«

»Wir waren Nachbarn«, sagte Albert mit hängendem Kopf.

»Und Sie haben sie gefunden? Möchten Sie psychologische Hilfe in Anspruch nehmen?«

»Es geht schon.«

»Der Arzt sagt, sie ist mit absoluter Sicherheit ertrunken. Wenn das so ist, dann vermerke ich das so in meinem Bericht. Wenn Sie aber mögen, dass ich die Kriminalpolizei hinzuziehe – einer meiner besten Freunde ist der Leiter der Brigade Criminelle in Bordeaux, Luc Verlain, Sie kennen ihn sicher. Ich kann ihn anrufen.«

»Nein, lassen Sie nur«, sagte Albert und winkte ab. »Es ist ja klar, was passiert ist.«

»Gut«, sagte Lou, »dann setze ich meine Befragungen fort.«

Albert hörte den starken Motor, bevor er ihn sah. Der Range Rover hielt genau an der Wasserkante, der Bürgermeister stieg aus, auf der Beifahrerseite Brigitte, wortlos.

Alle Augen richteten sich auf Philippe Deschamps, der sich vor seinen Bürgern aufbaute, der Rücken gerade, der Kopf hochgereckt, die Stimme fest:

»Mitbürger von Cap Ferret. Es ist eine schlimme Zeit für unsere Gemeinde – und eine schlimme Zeit besonders für die Bewohner der Rue de Paradis. Viele von euch haben in einer Nacht, in nur wenigen Minuten, all ihr Hab und Gut verloren, ihre Häuser, ihre Heimat. Eine von uns hat sogar ihr Leben gelassen – ich bitte euch, mit mir an Olive Morel zu denken.«

Die Anwesenden verstummten und senkten die Köpfe, nichts war mehr zu hören außer dem Geräusch der Pumpen und dem Grollen des Meeres in der Ferne.

»Ich danke euch. Ich kann euch sagen: Die Gemeinde von Cap Ferret wird euch in eurer Not unterstützen. Ich habe eben mit dem Präfekten des Département Gironde gesprochen, es wird finanzielle Hilfen geben für die Bewohner der betroffenen

Häuser. Wir werden alle Schäden beseitigen. Niemand wird auf den Kosten sitzen bleiben. Das verspreche ich.«

Applaus brandete auf. Fanny, Serge, Yves, sie alle standen da, mit roten Köpfen und klatschten in die Hände. Nur Albert machte nicht mit.

»Ich bin mir sicher: Wir werden im Angesicht dieser Krise zusammenstehen – und wir werden stärker aus dieser Krise hervorgehen. Denn das ist nun mal, wofür wir Franzosen geboren wurden.«

Nach seiner Rede kamen die Menschen zu ihm und klopften Philippe auf die Schulter. Er war ein Macher, ein Mann der Tat, das spürten sie hier.

Als alle sich verstreut hatten, ging Albert zu ihm und blieb ganz nah vor ihm stehen. Leise sagte er:

»Die Häuser in der Rue de Paradis hätten nie gebaut werden dürfen. Olive, ihr Tod … Der geht auf dein Konto.«

12. September

SIX MOIS PLUS TARD
—
SECHS MONATE SPÄTER

1

»Geht's?«, fragte er und sah sie von der Seite an.

»Jetzt hör endlich auf, das zu fragen, Luc!«, sagte sie lachend.
»Das war jetzt das zweiundvierzigste Mal in der letzten halben
Stunde. Ja: Es geht mir gut, sehr gut. Und nun komm, wir müs-
sen nicht schleichen, als wären wir bereits Großeltern.«

Sie nahm seine Hand und zog ihn mit sich, die kleine Anhöhe hinauf, die die Rue Sainte-Catherine nahm, kurz bevor sie
die Place de la Comédie erreichte.

Wo sich die Menschen sonst in Massen entlangschoben, von
Nobelboutique zu den Galeries Lafayette, von Weinladen zu
Restaurant, flanierten jetzt nur wenige, es war die Stunde kurz
vorm Apéro an einem Samstag, die Bordelesen bereiteten sich
daheim auf den Abend vor: Wenn sie in einer Stunde schick
gemacht aus ihren Häusern strömten, um in die kleinen Bars
in den Gassen einzukehren, auf ein kaltes Glas Weißwein oder
ein kleines Bier, von wo sie eine Stunde später den Restaurant-
terrassen entgegengingen, den fein eingedeckten Tischen mit
Kerzen und Blumenbuketts, würde ein Klangteppich über den
alten Straßen liegen, ein Gemisch aus Plaudern und Fachsim-
peln über die besten Produkte – und aus purem Wohlgefühl.

Luc betrachtete den strahlend blauen Himmel, der von nur wenigen Schönwetterwölkchen verziert war, es war das typische Azur der Aquitaine, die pure Freude in diesem herrlichen Spätsommer. Er schüttelte den Kopf über seine eigene Sorge, aber hey, er war nun mal besorgt um sie. Um Anouk, die schwangere, hochschwangere Anouk. Am liebsten hätte er sie ins Bett verfrachtet, aber die Beine hochzulegen war gar nicht ihre Sache – und so hatte sie ihn zu einem Spaziergang gedrängt, ein Glas in einer Bar, ein kleines, leichtes Dîner.

»Wir werden bald ohnehin sehr viel Zeit daheim verbringen«, hatte sie gesagt. Sie war überfällig, der errechnete Geburtstermin lag bereits fünf Tage zurück, doch Anouk ging es prächtig, sie hatte keine Schmerzen, keine Wehen, bewegte sich, als sei nichts, und nur der sehr dicke Bauch wies darauf hin, dass es bald losgehen würde, er hatte sich bereits gesenkt. Den Sommer hatten sie gemeinsam genossen, nach den schrecklichen Ereignissen im Baskenland hatte Luc sich eine Auszeit verordnet, und sie hatten Anouks Familie in Venedig besucht. Anschließend hatten sie sich gemeinsam mit Lucs Vater in Carcans-Plage häuslich eingerichtet und zwei Wochen ausschließlich am Strand und bei diversen Barbecues verbracht. Und nun warteten sie ungeduldig auf die Ankunft ihrer Tochter.

Sie nahmen die kleine Anhöhe und traten auf den menschenleeren Platz, der Luc mit seiner Schönheit auch bei seinem zehntausendsten Besuch noch den Atem nahm: die Anmut und die Grandezza all der Sandsteinhäuser, die Säulen der alten Oper auf der rechten Seite, die schmiedeeisernen Balkone des Grandhotels zur Linken, die Tische des Café »Le Regent« in ihrem Rücken, die bereit waren für den Apéro, und in der Ferne der Obelisk und der Brunnen der Girondins, auf einem der größten Plätze Europas, der Place des Quinconces – was für eine Stadt.

»Komm, wir laufen noch ein wenig am Ufer entlang, und dann setzen wir uns ins ›Castan‹ und essen etwas, ich habe Hunger auf ein wenig Charcuterie und Käse …«, sagte Anouk.

Luc wollte eben ansetzen, um zu fragen, ob sie wirklich sicher sei, den Weg zu schaffen, aber er bremste sich gerade noch rechtzeitig. »So machen wir's«, sagte er, »der Salade Landaise ist dort wirklich hervorragend.« Und das sagte er nicht nur so daher, um sich selbst zu überzeugen – er liebte die Mischung aus leichtem Salat und gekochten Kartoffeln und der Würze und Schwere des Specks und der aufgeschnittenen und geräucherten Entenbrust.

»Und wenn wir nach Hause kommen«, sagte sie lächelnd, »dann packe ich den Koffer fürs Krankenhaus, auch wenn ich nicht glaube, dass es jetzt am Wochenende losgeht. Ich merke wirklich gar keine Wehen, mal abgesehen von den paar Übungswehen dann und wann. Dabei wäre es völlig okay, wenn dieser Vorbau endlich verschwindet. Ich würde wahnsinnig gern meine Füße mal wieder sehen.«

Hand in Hand gingen sie die Rue Esprit des Lois herunter, bis sie auf die Place de la Bourse trafen, den schönsten Platz der Stadt – ach was, den schönsten von ganz Frankreich. Das architektonische Ensemble der Gebäude mit ihren Rundbögen, die heute die Handelskammer und das Zollmuseum beherbergten, hatten den Ruf Bordeaux' geprägt und den Grundstein gelegt für die Anerkennung als UNESCO-Welterbe. Drüben, auf der anderen Seite der Straße, am Ufer der Garonne, lag der Miroir d'eau, der Wasserspiegel, der alle halbe Stunde Fontänen kalten Wassers in die Luft sprühte. In dem eleganten Nebel spielten auch jetzt, wie fast zu jeder Tageszeit, Dutzende kleine Kinder völlig ausgelassen – und Anouk und Luc sahen ihnen versonnen dabei zu. In ein, zwei Jahren würde hier auch ihre Tochter toben. Luc konnte es kaum erwarten.

Sie hatten sich für die Uniklinik von Bordeaux entschieden. Deshalb hatten sie die vergangenen zwei Wochen in Anouks Wohnung an der Place Canteloup verbracht. Die Holzhütte am Strand wäre natürlich eine Option gewesen, schließlich gab es auch in Arès am Bassin d'Arcachon eine Klinik mit Geburtsstation, aber sie wollten die letzten Tage zu zweit explizit im Trubel der Stadt verbringen.

»So, nun muss ich wirklich sitzen«, sagte Anouk und wies auf das Bistro »Castan«, doch gerade, als sie sich aufmachten, um einen freien Tisch zu suchen, klingelte Lucs Handy. Als er sah, wer anrief, stutzte er. Es war Wochenende, er hatte keinen Dienst.

»Luc Verlain?«

Die Stimme am anderen Ende ließ ihn mit den Augen rollen. Anouk ahnte schon, wer es war, und grinste ihn an. Doch Luc wurde ernster und ernster, bis er mit nüchterner Stimme ins Telefon sagte:

»Monsieur, bei allem Respekt, aber das werde ich nicht tun. Sie wissen, dass Mademoiselle Filipetti und ich in den nächsten Tagen, ach was, Stunden unser Baby erwarten und …«

Die Stimme unterbrach ihn, Luc hörte abermals zu und sagte dann ziemlich genervt: »Ich werde das besprechen. Sie hören von mir.« Dann legte er auf. Vorm »Castan« mit seiner eingefassten Terrasse, den bespannten Korbstühlen und den jungen Gästen blieben sie stehen.

»Was ist denn?«, fragte Anouk.

»Er will, dass ich komme«, murmelte Luc.

»Aubry?«

»Genau der. So ein …«

»Was ist denn passiert?«

»Er sagt, er brauche mich, weil es niemand anders machen könne – es sei zu heikel.« Luc lauschte kurz den eigenen Worten nach, dann wies er auf einen freien Tisch, und sie setzten sich nebeneinander, den Blick auf die Garonne gerichtet. Er fuhr fort: »Du erinnerst dich an die Straße am Cap Ferret, die im Frühjahr von dieser Springflut komplett zerstört wurde? Es gab auch eine Tote. Wir wurden nicht hinzugezogen, weil die Todesursache klar war, die Frau war im Wasser gestorben. Lou war damals der diensthabende Beamte vor Ort. Nun, der Präfekt hat auf Anweisung des Innenministers durchgesetzt, dass die komplette Straße rückgebaut werden muss.«

Anouk wurde blass. »Was? Das heißt …«

»Genau: dass alle Häuser abgerissen werden müssen, weil sie nie hätten gebaut werden dürfen. Die Straße liegt nun mal in einem Flutgebiet.«

»Die Menschen werden also zwangsumgesiedelt?«

»Ja, sie sollen neue Häuser auf dem Festland bekommen. Die meisten Häuser sind schon abgerissen, aber die letzten Bewohner weigern sich zu gehen. Doch am Montag sollen die Bagger kommen. Deshalb …«

»… sollst du sie jetzt überzeugen, ihre Häuser zu verlassen.«

»Das ist es, was er will. Aber ich mache das nicht … Ähm, wir nehmen …«

Der Kellner stand am Tisch und sah sie aufmunternd an.

»… eine Verveine«, sagte Anouk freundlich.

»Und ein kleines Bier«, ergänzte Luc.

»Doch, du machst das«, sagte sie mit fester Stimme, als sie wieder allein waren. »Luc, ehrlich, das ist wichtig. Du sprichst die Sprache dieser Leute, jeder hier im Département kennt dich, wegen deiner gelösten Fälle – und wegen deines Vaters. Die Menschen vertrauen dir. Du musst das machen.«

»Aber ich kann dich doch nicht allein lassen!«

»Ach, fühl mal«, sagte sie, nahm seine Hand und legte sie auf ihren Bauch. »Es ist alles ruhig, die Kleine will sich einfach noch etwas ausruhen, bevor sie auf diese verrückte Welt kommt. Du fährst da morgen hin, überzeugst die Leute, und ehe du es dich versiehst, bist du wieder bei mir. Vor Montag passiert hier gar nichts.«

Er sah sie lange und prüfend an. »Bist du dir sicher?«

»Sehr sicher. Gib dir einen Ruck, ich, ich meine: Wir kommen hier klar.«

»Er will, dass ich gleich ins Commissariat komme, dieser unsensible Idiot. Als ob er da niemand anderen hinschicken könnte. Wirklich, ich verabscheue diesen ...«

Luc brach ab, weil der Kellner ihre Getränke brachte.

»Ist er wirklich so furchtbar?«, fragte Anouk. »Ich kann mir das gar nicht vorstellen. Außerdem: Du hättest es ja anders haben können, sie haben dich gefragt. Aber du wolltest dich ja nicht auf Bordeaux festlegen.« Sie grinste ihn an, als wollte sie ihn necken.

Anouk arbeitete seit vielen Monaten nicht mehr, deshalb hatte sie den Wachwechsel an der Spitze der Polizei von Bordeaux nicht miterlebt. Nach dem Schock über Lucs Verhaftung im Baskenland hatte der frühere Chef der beiden, Commissaire général Preud'homme, entschieden, dass die Zeit für seinen Ruhestand gekommen sei. Preud'homme, ausgerechnet Preud'homme – der Mann, von dem Luc einst alles über die Polizeiarbeit gelernt hatte und den er so sehr schätzte, ach was, verehrte. Der alte Leiter des Hôtel de Police hatte innerhalb eines Monats seinen Hut genommen, sehr zur Überraschung des Innenministers. Der hatte sofort Luc gefragt, ob er das Hôtel de Police leiten wolle. Doch dafür hätte Verlain seine Stelle in Paris aufgeben müssen, die für ihn frei gehalten wurde. Luc hatte zwei Nächte nicht geschlafen und dann abgesagt. Es war ihm zu früh, sich darauf festzulegen, für immer an der Garonne zu bleiben. Der Minister hatte sehr schnell Ersatz finden müssen und sich für einen jungen Karrierebeamten aus seinem Ministerium entschieden – der zumindest erst mal als kommissarischer Leiter eingesetzt wurde: Laurent Aubry. Ein Typ, der gerade mal Anfang dreißig war, nicht einen Tag in seinem Leben als Polizist gearbeitet hatte – und der auf dem neuen Posten nun jedem beweisen wollte, was für ein ausgebuffter und fähiger Mann er war. Das gipfelte in Lucs Augen leider in Hyperaktivität bei gleichzeitiger Ahnungslosigkeit – worin Aubry zu allem Überfluss dem Präfekten ähnelte. Zwei direkte Vorgesetzte, die beide aus demselben Holz geschnitzt waren, das machte die Arbeit zur Qual. Auch deshalb hatte sich Luc den Sommer über weitgehend zurückgezogen.

Nun aber rief Aubry – und Anouk empfahl ihm, diesem Ruf zu folgen. Herrje.

Gedankenverloren trank Luc das kalte Bier, das so herrlich als Start in einen langen Abend zwischen Bar, Restaurant und Altstadt gepasst hätte – doch musste er seine Pläne ändern.

»Okay, dann fahre ich jetzt ins Commissariat«, sagte er.

»Sehr gut. Und wir sehen uns nachher zu Hause«, antwortete Anouk zufrieden.

Sie küssten sich, für einen Augenblick ruhte seine Hand auf ihrem Bauch, dann stand er auf und winkte nach dem ersten Taxi, das ihm auf dem Quai in den Blick kam.

2

Das Taxi nahm die Nordroute durch die Stadt, fuhr also wieder vorbei an der Oper und der Place des Quinconces und bahnte sich dann, vorbei an den Stadtmauern und der Porte Dijeaux, seinen Weg nach Mériadeck, in das Geschäftsviertel der Stadt mit all seinen Verwaltungsgebäuden, in das die Touristen keinen Fuß setzten, das aber nur einen Steinwurf von der alten Kathedrale entfernt lag. Neben der modernen Bibliothek und der Eishalle von Bordeaux lag das Hôtel de Police, ein Bau aus weißem Stein und viel Glas, auf dessen Fassade in riesigen blauen Lettern die Worte *Police Nationale* prangten.

Lucs ultramoderner Arbeitsplatz hatte nichts gemein mit seiner alten Wirkungsstätte, der Préfecture de Police am Quai des Orfèvres in Paris, jener altehrwürdigen Institution, die hinter historischen Mauern auf der wunderschönen Île de la Cité lag und wo Frankreichs beste Polizisten seit Generationen Dienst taten. Als Luc zum ersten Mal seinen neuen Arbeitsplatz auf Zeit gesehen hatte, hatte er schlucken müssen, doch seither hatte er Stadt und Kollegen liebgewonnen, was wiederum nur noch eingeschränkt galt, seit Laurent Aubry aufgetaucht war. So betrat Luc auch heute das Commissariat mit einem Bauchgrimmen. Im Wartebereich saßen nur wenige Menschen, normalerweise handelte es sich um Touristen, denen das Handy gestohlen worden war, oder Opfer von Fahrrad- und Autodiebstählen.

Er ließ den Fahrstuhl links liegen und nahm die Treppe hinauf durch das ansonsten nahezu leere Gebäude – am Wochenende waren die Verwaltungsbeamten alle zu Hause, und in der Mordkommission arbeitete nur ein Bereitschaftsdienst. Deswegen war Luc durchaus verwundert darüber, dass Aubry ihn noch an diesem Tag einbestellt hatte. Er schaute kurz in sein Großraumbüro hinein, doch Hugo, der an diesem Wochenende Bereitschaft hatte, schien bereits den Weg nach Hause zu seiner Familie angetreten zu haben – im Notfall würde er telefonisch benachrichtigt. Also stieg Luc direkt eine Etage höher. War Preud'homme stets ins Büro seiner Untergebenen gekommen, ließ der junge Aubry die Polizisten immer bei sich in der vierten Etage antanzen. Dieses Verhalten hatte ihm innerhalb weniger Wochen den Spitznamen *le petit roi* eingebracht, der kleine König.

Luc ging den kühlen Flur entlang, die Klimaanlage blies immer noch auf Hochtouren, obwohl der heiße Teil des Sommers eigentlich vorüber war. Aubrys Sekretärin hatte sicher frei, also klopfte er direkt an der Tür des Leiters der Polizei.

»*Entrez!*«, erklang es von drinnen.

Luc war, als trete er direkt in die gleißende Abendsonne. Von hier aus bot sich ein unglaublicher Blick über die Stadt. Durch die riesige Fensterfront sah Luc auf die Kathedrale, die in das gelblich rote Licht getaucht war, weiter hinten die Basilika von Saint-Michel und die Dächer der alten Stadt, all die Sandsteinhäuser und in der Ferne die neuen Hochhäuser, die in Rekordzeit südlich des Bahnhofs errichtet worden waren. Dann aber fiel sein Blick auf Aubry, der, die Augen stur auf den

Bildschirm gerichtet, hinter seinem Schreibtisch saß. Er hielt nichts von legerer Kleidung, nicht einmal am Wochenende, und so saß der junge Mann in diesem Gebäude ohne Publikum auch heute in schwarzem Anzug und mit Krawatte da, gerade so, als müsste er seiner neuen Position zumindest der Form halber die Ehre erweisen. Luc kam sich reichlich *underdressed* vor mit seinem Surf-T-Shirt und der dunkelbraunen Lederjacke.

»Commissaire«, sagte Aubry, ohne den Blick zu heben. »Gut, dass Sie endlich da sind, ich wäre beinahe schon raus gewesen.«

»Mit Verlaub, Monsieur, es ist mein freies Wochenende, und Sie waren es, der mich herbestellt hat.«

»Na, wir wollen uns nicht über Banalitäten streiten«, erwiderte Aubry pikiert, und endlich löste er den Blick von seinem Computer und sah Luc an. Sein Blick war wie immer unstet, als sei er reichlich unsicher. Er war stets glatt rasiert und hatte für sein Alter bereits sehr schütteres Haar. Seine kleinen grünen Augen sahen listig in die Welt. Er scheute die kräftige Sonne der Aquitaine, deshalb behielt er auch im Sommer seinen matt weißen Teint. Wenn Luc richtig informiert war, stammte er aus dem Norden, aus den Ardennen.

»Wissen Sie, Commissaire, es ist wirklich wichtig, sonst hätte ich Sie keinesfalls an Ihrem freien Wochenende gestört«, sagte er, und seine Stimme klang plötzlich durchaus jovial. »Es geht darum, dass Sie in dieser Sache vermitteln – und hätte es mehr Zeit gehabt, wäre ich auch gar nicht auf Sie zugekommen. Allerdings habe ich die Information erhalten, dass die Bagger am Montag anrücken und dann die letzten Häuser der Straße abreißen werden. Bis dahin müssen die Bewohner verschwunden sein. Es geht um die …«, wieder sah er auf den Bildschirm, als würde er den Namen zum ersten Mal lesen, »um die Rue de Paradis am Cap Ferret. Die Hausnummern zwei bis sechs. Alle Bewohner weigern sich bisher, die Häuser zu verlassen. Sie gehen einfach nicht. Die Kollegen von der Police Municipale in Lacanau haben alles versucht. Man munkelt, Sie kennen den leitenden Beamten, Commissaire.«

»Ich kenne Lou seit Jahrzehnten«, sagte Luc leise. »Und wenn er mit seiner Art bei den Menschen am Cap nicht weiterkommt, dann werde ich erst recht keine Chance haben.«

»Sie sollten eine Chance haben, Commissaire«, sagte Aubry, und Luc konnte nicht sagen, ob Aubry ihm gerade drohte oder einfach nur dreist war. »Hören Sie, die Lage ist sehr angespannt. Offenbar gibt es einige Rädelsführer: Ein Fischer gehört dazu – und der Leiter der örtlichen Feuerwehr. Und …«

»Ja? Was noch, Monsieur Aubry?«

»Nun gut, es gab ja in der Flutnacht einen Todesfall unter den Anwohnern. Eine alte Dame, Madame …«, er suchte wieder im Computer, bis es Luc zu bunt wurde.

»Madame Morel«, half er und fügte erklärend hinzu: »Ich habe die Akte gelesen.«

»Genau, Madame Morel. Ihre Familie lebt weitgehend im Ausland, in Madrid und Lissabon, aber es gibt einen Enkel, ein junger Mann, der in Paris gewohnt hat und nun, nach dem Tod seiner Großmutter, zurückgekehrt ist. Er ist kein unbeschriebenes Blatt, die Pariser Kollegen haben uns seine Akte zugesandt: Zweimal saß er wegen schwerer Körperverletzung, einmal wegen schweren Raubs. Ein ungemütlicher Zeitgenosse. Wenn er dort mitmischt, brauchen wir vielleicht härtere Bandagen. Auch deshalb wollte ich, dass Sie an Bord sind, Commissaire.« Er wühlte in der Schublade des alten hölzernen Schreibtischs und stöhnte. »Ich hasse dieses unmoderne Ding – wird Zeit, dass endlich meine Sachen aus Paris kommen.«

Luc wollte sich das Büro gar nicht vorstellen ohne Preud'-

hommes alte Möbel, die genauso wie der Commissaire général zum Inventar des Hôtel de Police gehörten.

»Hier«, sagte Aubry und gab ihm eine Akte mit der Aufschrift *Confidentiel* – Vertraulich. »Ich habe Ihnen ein Dossier über alle Anwohner zusammengestellt. Ich möchte, dass Sie sich morgen auf den Weg machen. Sie haben einen Tag, um die Leute zu überzeugen, ihren Widerstand aufzugeben. Es ist ja nicht so, dass wir sie auf die Straße setzen. Sie kriegen neue Häuser in Mérignac.«

»Sie sollen einen der schönsten Orte der Welt tauschen gegen ein Reihenhaus in einem Vorort – na, ich kann ihren Ärger schon verstehen«, sagte Luc trocken.

»Es steht uns nicht zu, die Pläne der Regierung zu kritisieren«, sagte Aubry, »wir sind die Exekutive. Und deshalb ist es unsere Aufgabe, diese Arbeit auszuführen.«

»Ich habe mir angewöhnt, unsinnige Entscheidungen zu hinterfragen, Monsieur.«

»Es ist ja nicht meine Anweisung, sondern …« Aubry stockte, weil ihm natürlich klar war, dass er sich verraten hatte.

Daher also wehte der Wind, dachte Luc, deshalb war es ihm so wichtig. Irgendein hohes Tier in Paris hatte mal wieder vom Schreibtisch aus eine Entscheidung getroffen, weil die Dinge in der Aquitaine so angenehm weit weg waren – und nun mussten sie vor Ort es ausbaden. Doch offenbar war es ein sehr hohes Tier gewesen, und Aubry wollte um jeden Preis dessen Erfüllungsgehilfe sein, um seine neue Stellung in Bordeaux zu rechtfertigen – und sie womöglich auszubauen.

»Sei's drum, ich erwarte Taten, Commissaire. Wir sprechen morgen Abend. Ich wünsche Ihnen viel Erfolg. Und nun einen schönen Abend, ich werde gleich zum Tennismatch mit dem Assistenten des Bürgermeisters erwartet.«

»Oh, viel Spaß dabei. Ach, und noch was, Monsieur Aubry:

Sollte meine Freundin heute Nacht Wehen kriegen, dann müssen Sie sich einen Neuen für Ihren … äh, für den Auftrag aus Paris suchen. Schönen Abend.«

Mit einem Satz war Luc aus dem Büro, die kleine Spitze hatte er sich nicht verkneifen können.

14 Uhr

ENTRE DEUX MERS
—
ZWISCHEN ZWEI MEEREN

3

»Du kannst unbesorgt sein, Luc, wirklich«, sagte sie und sah ihn dabei so strahlend und überzeugend an, dass er ihr glauben musste. Sie küssten sich.

»Aber du meldest dich, wenn irgendetwas ist. Du weißt, wie schnell ich fahren kann, wenn es wichtig ist«, sagte Luc.

»Natürlich, *chéri*, aber jetzt fährst du erst mal vorsichtig ans Cap. Viel Glück. Ich beneide dich jedenfalls nicht um diese Aufgabe. Stell dir vor, sie würden uns einfach die Cabane abreißen – da würden wir uns doch auch anketten.«

»Du hast absolut recht, das würden wir.«

Sie umarmten sich lange, dann stieg Luc die Treppe hinab und trat hinaus auf die Place Canteloup. Es war über Nacht merklich kühler geworden, ein deutliches Zeichen, dass der Sommer wirklich vorbei war. Erste finstere Wolken schoben sich über den Himmel von Bordeaux.

Luc ging gen Norden, er hatte am Vorabend seinen Wagen vor der Porte Saint-Eloi geparkt, dem Stadttor mit seinem großen Glockenturm. Durch das Gewirr der kleinen Seitenstraßen von Saint-Michel mit ihren niedrigen Sandsteinhäusern bahnte er sich den Weg dorthin. Er nutzte die Zeit, um eine

Entscheidung zu treffen. Die Idee war ihm in der Nacht gekommen, und er hatte sie vorhin kurz mit Anouk besprochen. Die hatte ihn ermutigt, und auch jetzt kam ihm der Plan richtig vor. Deshalb griff er zum Handy und wählte eine sehr vertraute Nummer. Am anderen Ende wurde nach viermaligem Klingeln abgenommen.

»Hey, sag, hast du heute schon was vor?«

Luc lauschte auf die Antwort, mit der er gerechnet hatte.

»Gut, dann hole ich dich in einer Stunde ab. Wir machen einen Ausflug, ich brauche deine Hilfe.«

Er hatte mit nichts anderem gerechnet: *Bien sûr*, kein Problem, große Freude. Luc schloss den alten Jaguar XJ6 auf und stieg ein, der Motor surrte, und er lenkte den Wagen in Richtung der Quais und dann über den südlichen Zubringer hinaus aus Bordeaux und auf die Rocade, die Ringautobahn um die Stadt. Erst in Eysines fuhr er wieder ab, von wo aus es noch fast vierzig Minuten auf der schnurgeraden Straße durch die luftigen Seekiefernwälder waren. Hier konnte der alte Motor zeigen, was die Briten als Autokonstrukteure einmal draufhatten. Luc wusste ganz genau, wo die Blitzer installiert waren, in dieser Hinsicht bestand kaum Gefahr – und wenn doch, dann würde im Zweifel der Dienstausweis helfen.

Er griff zum Handy und wählte die Nummer von Lou. Wie erwartet ging sein alter Schulfreund sofort ans Telefon, denn für den Leiter der Police Municipale an der Küste gab es kein Wochenende.

»Luc, mein Lieber, ich ahne schon, warum du anrufst.«

»Natürlich ahnst du es. Weil ich in deinem Revier wildern soll und dich natürlich darüber informieren will.«

»Ehrlich gesagt: Ich hatte gehofft, dass du kommst. Mich hat gestern der Präfekt angerufen, dass ich die Finger von der Sache lassen soll, das sei jetzt eine Etage weiter oben angekommen. Da dachte ich, o Gott, wenn sich jetzt wirklich der Aubry darum kümmert, dann gibt's Leichen. Aber dass du aus dem Schwangerschaftsurlaub zurückkehrst, das beruhigt mich.«

»Na, mal sehen, ich hab da so meine Zweifel. Wenn du dort nicht weiterkommst, dann … Aber erzähl, was ist da los?«

»Ich war sicher schon zehnmal bei den Leuten. Ganz merkwürdige Stimmung unter denen, du wirst es sehen. Diese eine Nacht im März hat alles verändert. Und nun sollen sie auch noch ihre Häuser verlieren. Sie haben sich gegenseitig hochgeschaukelt – und nun sind sie, wie es die Inselbewohner eben sind: stur bis aufs Messer. Ich weiß nicht, was du tun kannst, ehrlich. Ich wünsche dir einfach viel Glück.«

»Ich danke dir, *mon cher*.«

Er legte auf und hatte plötzlich ein mulmiges Gefühl. Doch das ließ nach, als er die Landschaft betrachtete. Rechts tauchte der Lac de Carcans auf, der größte Süßwassersee Frankreichs, die Wolken waren wieder verschwunden, sodass die kleinen Boote auf sonnenbeschienenen Wellen tanzten. Vorbei am kleinen Badeort Maubuisson fuhr Luc noch einmal in den Wald, eine kurvige Straße, hügelauf, hügelab, bis er endlich dort ankam, wo stets zweierlei geschah: Sein Herz pochte schneller, weil er sich so freute, wieder daheim zu sein, auf der anderen Seite beruhigte sich sein Atem augenblicklich, weil alles hier so viel Ruhe und Frieden ausstrahlte. Die kleinen Holzhütten, die sich alle zur Düne hin konzentrierten, mit ihren Vorgärten und den großen Sonnenterrassen nach Westen. Die kleinen Straßen dazwischen, deren Asphaltuntergrund gar nicht zu sehen war, weil der Wind und die Urlauber so viel Strandsand über die Düne trugen. Die Terrassen der Cafés und Restaurants, die nicht mehr so gut besucht waren wie im Hochsommer, weshalb dies den Besitzern und den Einheimischen die liebste Zeit des Jahres war: Endlich war man nahezu unter sich und hatte Muße, um gemeinsam einen Apéro zu nehmen und dann ein langes Dîner mit frischem Fisch und würzigen Muscheln zu genießen – bevor der lange Winter anbrach und die meisten Geschäfte von Carcans-Plage in eine monatelange Pause gingen.

Luc parkte den Wagen inmitten des Ortes auf dem großen Parkplatz und stieg dann aus, um die letzten hundert Meter zu Fuß zu gehen, in die Avenue des Dunes, wo die Cabane stand, in der sein Vater und er gemeinsam lebten. Er war mehrere Tage nicht hier gewesen, deshalb gab es ein großes Hallo, als er am Maison de la Presse vorbeiging, dem Zeitungsladen des Ortes. Bei der Bäckerei von Jacques standen die Kunden Schlange, um rasch ein Baguette fürs Déjeuner zu kaufen, und Gaston beschrieb gerade mit einem weißen Stift die Tafel neu, die das Tagesgericht anpries. Luc ging zu seinem alten Freund hinüber, dem Wirt des »La Plage«. Der sah ihn überrascht an.

»Oh, mein Lieber, noch keine Neuigkeiten von Mademoiselle Filipetti?«

»Noch warten wir, ich kann dir sagen, es ist nervenaufreibend.«

»Na, zum Glück musst du das Kind nicht kriegen, ich sag dir, wir Männer wären dafür viel zu schwach. Wär's an uns, die Menschheit würde aussterben.«

Der Alte und der Junge lachten sich an.

»Wohin geht's?«

»Ich hole Alain ab, es ist was Dienstliches.«

»Oh, ermittelt ihr wieder zusammen?«

»Nein, nicht wirklich. Ich brauche nur seine Hilfe bei einer delikaten Sache.«

Gaston liebte große Gesten, er verschloss seinen Mund und warf den imaginären Schlüssel weg.

»Gut, ich frage nicht weiter nach. Aber passt gut auf, ich

glaube, da zieht ein dicker Sturm auf – ich habe Schmerzen in den Füßen, und das ist ein untrügliches Zeichen, dass sich im Westen was zusammenbraut.«

»*Merci, mon cher.* Dir ein gutes Geschäft am Wochenende. Wir sehen uns.«

Am Ende der Avenue de la Plage führte eine kleine Stichstraße an der Düne zur Avenue des Dunes. Hinter dem Sandberg, der mit Strandgras bewachsen war, hörte Luc den Ozean mit seiner Kraft. Das vierte Haus auf der linken Seite war das ihre, ein kleines Holzhaus mit einer Terrasse und einem Vorgarten, in dem Alain ihn bereits erwartete, eine dampfende Tasse Kaffee in der Hand. Wie er dort saß und die Hand zum Gruß hob, rührte Luc.

Noch immer konnte er nicht glauben, wie sich sein Leben durch diese eine Entscheidung verändert hatte – was er keinen einzigen Tag bereute. Vor nicht einmal anderthalb Jahren noch hatte er in Paris ein unstetes Singleleben geführt und wahnsinnig viel gearbeitet, als Leiter der zweiten Mordkommission der Hauptstadt. Als sein Vater aber schwer erkrankte, hatte Luc sich zurückversetzen lassen nach Bordeaux, um wenigstens dieses eine Mal ein richtig guter Sohn zu sein. Und seither? Hatte er die Aquitaine so sehr lieben gelernt, hatte bereits viele aufsehenerregende Fälle gelöst, völlig unerwartet den schlimmsten Mordfall seiner Karriere aufgeklärt, einen Fall, der so alt war, dass er schon fast ein Cold Case war, und konnte sehr viel Zeit mit seinem Vater verbringen. Und er hatte Anouk kennengelernt, sich in sie verliebt – und nun wurden sie Eltern. Unglaublich. Was für ein Ritt.

»*Salut, Papa*«, sagte er und übersprang den kleinen Zaun, der den Vorgarten von der Straße trennte. »Wollen wir?«

»Halt, halt, halt«, sagte Alain mit seiner tiefen Stimme, »nun mal nicht so schnell. Wie wäre es mit einem Kaffee?«

»Wir haben herrlich gefrühstückt, *mon père*«, antwortete Luc.

»Wie geht es Anouk? Alles noch ruhig?«

»Sonst wäre ich nicht hier, das kannst du mir glauben.«

»Ich bin so gespannt, wie die Kleine aussieht. Wenn sie Glück hat, kommt sie nach der Mutter.« Sie mussten beide lachen. »Also, sag schon, was hast du mit deinem alten Herrn vor?«

»Erzähle ich dir, wenn wir auf dem Weg sind, einverstanden?«

Alain war Feuer und Flamme, das erkannte Luc daran, wie er die Tasse nach drinnen brachte, um dann schnurstracks wieder im Garten zu stehen, in der Hand den kleinen Seesack, den er immer bei sich hatte – ein Verweis auf seine Vergangenheit, schließlich hatte Alain Verlain jahrzehntelang als Austernzüchter auf dem Bassin d'Arcachon gearbeitet. Zusammen gingen sie die Avenue des Dunes nun in östliche Richtung und stiegen nach einigen Minuten in Lucs Oldtimer. Er ließ den Motor an, und sie fuhren hinaus aus Carcans, bogen dann aber schon nach einem Kilometer rechts ab, wo die Straße sich in gewaltigen Kehren durch den Wald wand. Sie hatten die Fenster geöffnet, sodass die salzige Meeresluft in den Wagen drang. Dies hier war ein Schleichweg über Land, so vermied Luc die Rocade und die breite Nationale, die wie eine Autobahn ans Cap führte. Stattdessen nahm er den Weg durch Lacanau und weiter südlich durch Le Porge mit seiner kleinen hübschen Kirche.

»So, nun hast du mich aber genug auf die Folter gespannt, erzähl schon, wohin fahren wir, und was machen wir dort?«

Luc streckte die Hand aus dem Fenster und spürte den Fahrtwind, dann wechselte sein Ton, und er schilderte seinem Vater in knappen Worten den Auftrag, den er von Aubry bekommen hatte. Auch das Gespräch mit Lou erwähnte er. Sein Vater sah nachdenklich aus, als Luc endete.

»Ich kann mich an die Nacht im März erinnern«, sagte Alain. »Du warst in Bordeaux, als der Sturm kam. Ja, er war wirklich außergewöhnlich heftig. Es gab tatsächlich einige Wellen, die herüberschwappten. Das Meer hat es kurzzeitig über die Düne von Carcans geschafft … Aber anders als am Cap konnte die Flut die Düne nicht aufweichen. Das war unser Glück. Stell dir vor …«

Luc wollte es sich nicht vorstellen. »Ich glaube, dass du mir wirklich helfen kannst. Die Menschen am Cap kennen dich. Und sie verehren dich, weil du dein Leben lang für die Region gearbeitet hast.«

»Ach, ich war doch nur einer von ihnen«, sagte Alain bescheiden. Es stimmte: Das Cap Ferret grenzte genau an das Bassin d'Arcachon und war wie die anderen Ufergemeinden ein wichtiger Teil der nationalen Austernzucht. Die Menschen auf der Halbinsel lebten von und mit dem Meer. Lucs Plan war, mit Hilfe seines Vaters das Vertrauen der Bewohner zu erlangen und sie dadurch zu überzeugen, ihren Widerstand aufzugeben.

»Allerdings glaube ich nicht, dass wir es schaffen, sie wirklich in eine Reihenhaussiedlung nach Mérignac zu verfrachten, Luc, wenn es so ist, wie du sagst. Wenn jemand mich vom Meer trennen wollte, dann würde ich ihm aber mächtig in den Arsch treten.«

»Na, ich seh schon, am Ende kettest du dich mit den Leuten an ihre Häuser, dann hast du meinen Plan aber richtig schön durchkreuzt.«

»Wir werden sehen, mein Sohn«, sagte Alain grinsend.

Nach der Ortsausfahrt von Lège änderte sich die Landschaft schon wieder, die Straße wurde schmaler, und der Inselcharakter trat noch deutlicher hervor: die sanften Hügel, das lichter werdende Grün des Waldes, die Villen links und rechts der Straße, vor deren Terrassen die Citroën Méhari standen, die so typisch für das Cap waren – offene Strandautos, in denen jeweils vier Menschen Platz fanden, um mit wehendem Haar und einem Picknickkorb den Weg zum Meer zu machen. Links kam schon das Bassin in Sicht. Hinter Claouey, dem ersten Dorf am Cap, rückte es ganz nah an die Départementale heran. Als Alain die ersten Boote der Austernzüchter sah, seufzte er auf. Sie lagen bei Ebbe in der spärlich bewässerten Fahrrinne, doch das machte nichts, weil die langen Boote mit ihrem metallischen Rumpf so wenig Tiefgang hatten, dass sie auch in niedrigem Wasser noch beweglich waren. Lucs Vater konnte sich nicht sattsehen an den fernen Austernbänken und den Dachziegeln, die im Bassin verteilt waren, damit sich die Babyaustern daran festsetzen konnten. Diese 155 Quadratkilometer aus Salzwasser und Schlick waren seine Heimat, sein alter Arbeitsplatz, sein Leben.

»Die Rue de Paradis ist ganz vorne an der Spitze der Halbinsel«, sagte Luc.

»Das weiß ich doch«, sagte Alain belustigt.

»Vorher wollte ich noch einen Abstecher machen«, fuhr der Commissaire fort und bog kurz hinter Bélisaire rechts ab, folgte den kleinen Schienen, die Touristen meist für eine Fata Morgana hielten, und nahm dann den kleinen Hügel, der die Auffahrt zur Hauptdüne war. Sie stiegen aus, gerade, als es hinter ihnen laut tutete. Richtig, Luc erinnerte sich an diese Attraktion noch aus Kindertagen. Sein Vater war manchmal mit ihm hergekommen, denn schon damals gab es diesen kleinen grünen Zug mit der Dampflok aus deutscher Produktion, der hier allen Ernstes die Halbinsel überquerte: Vom Fähranleger, wo die Schiffe aus Arcachon anlegten, fuhr er für kleines Geld einmal quer übers Cap und dann auch noch hinauf auf die Düne – und ersparte Besuchern des Plage de l'Horizon damit den schweißtreibenden Aufstieg, zumindest von dieser Seite

aus. Ein Zug ans Meer – was für ein Spaß! Luc betrachtete die
Reisenden, zwei kleine Kinder winkten ihm, und er winkte zurück. Auch sein alter Herr strahlte. Sie zogen beide die Schuhe
und Socken aus und kletterten dann barfuß die Düne herab.
Vor ihnen ergoss sich der Ozean an den weißen Strand, der für
diese Zeit des Jahres gut besucht war. Cap Ferret war der Haus-
strand der Bewohner von Arcachon, am Wochenende nahmen
die gut betuchten Bürger der Stadt und die Kurgäste die Fähre
hier herüber und legten sich unter bunte Sonnenschirme, um
beim Rauschen des Atlantiks abzuschalten.

Luc liebte nichts so sehr wie die Strände der Aquitaine, denn
man musste sich nur einige Hundert Meter nach links oder
rechts bewegen, und schon war man wieder allein, mit den
endlosen Weiten des Sandes und des Meeres. Es war einfach
zauberhaft, diese saubere Luft, die Kraft der Gezeiten, die Mö-
wen über ihnen.

Alains Vater wies auf die bunt bemalten Mauerreste im hinteren Bereich des Strandes – auch das eine Besonderheit hier
am Cap. Sie waren das, was von den alten Bunkern des Atlan-
tikwalls blieb, den deutsche Soldaten im Zweiten Weltkrieg
an der Westküste Frankreichs aufgebaut hatten, um sich vor
einem Angriff der Alliierten zu schützen. Der geschah dann
viele Hundert Kilometer nördlich von hier, in der Normandie –
und läutete das Ende der nationalsozialistischen Herrschaft
ein. Nun waren die steinernen Überreste der düsteren Tage zu
willkommenen Schattenplätzen für die Touristen geworden,
denen die Sonne allzu heiß vom Himmel knallte – bunt bemalt
von Graffitikünstlern.

Luc setzte sich an den Strand, Alain nahm etwas umständ-
lich neben ihm Platz. Er griff in seinen Seesack und holte nach
kurzer Suche zwei kleine Flaschen *1664* heraus, die noch eiskalt waren. Mit einem Handgriff schraubte er erst die eine Bou-

teile auf, dann die andere, eine reiche er Luc, und sie stießen an. »Ist doch schließlich Wochenende, auch wenn wir arbeiten müssen«, sagte Alain lachend.

Luc war ihm dankbar, das kalte Bier belebte ihn nach der langen Fahrt, und es passte gut zu dem wunderbaren Ausblick, den sie hier hatten. Er bedauerte, sein Surfbrett in Carcans-Plage gelassen zu haben. Wie gerne hätte er eine Runde auf dem Wasser gedreht. Andererseits – Müßiggang war jetzt nicht, schließlich hatten sie eine Aufgabe.

»Papa, wie geht es dir denn? Wir reden gar nicht so viel darüber, weil ich zwischen Tür und Angel nicht darüber reden will – und weil ich auch nicht möchte, dass du denkst, ich wäre in ständiger Sorge, aber …«

»Und dafür bin ich dir sehr dankbar, Junge«, sagte Alain, »das Letzte, was ich von dir möchte, ist Mitleid. Nein, es ist sehr richtig so, wie du es angehst. Ich möchte nicht den ganzen Tag an meine Krankheit denken, und es hilft: In manchen Stunden vergesse ich ihn einfach, den verdammten Krebs, und lebe nur im Hier und Jetzt.«

»Hast du schlimme Schmerzen?«

»In manchen Nächten«, antwortete Alain. »Ja, es gibt Nächte, da wundere ich mich, dass ich den Morgen erlebe. Aber auch das ist eine gute Schule: Es wird immer Morgen.«

Die Augen seines Vaters schimmerten feucht, und Luc ließ ihm einige Minuten, um zu verschnaufen. »Aber mir ist schon klar, dass das nicht ewig so weitergeht. Du weißt, was Docteur Giraud mir seinerzeit prophezeit hat? Dass ich noch drei oder vier Monate hätte. Nun sind wir bei sechzehn Monaten. Das ist mehr, als ich jemals gehofft habe. Und ich werde es sogar noch schaffen, mein Enkelkind kennenzulernen, wenn ihr euch jetzt endlich mal beeilt. Andererseits, jetzt musste ich so lange auf dich warten, weil du ewig nicht sesshaft geworden bist, mein lieber Luc, nun kommt es auf drei Tage mehr oder weniger auch nicht an.«

Luc legte seinen Arm um die schmächtigen Schultern seines Vaters und hielt ihn für einige Sekunden fest, zusammen sahen sie auf eine Sequenz von hohen Wellen, die mit großem Gebrüll auf dem Strand aufschlugen.

»Gaston hat gesagt, es käme ein großer Sturm.«

»Ich glaube, dass er recht hat. Sieh nur, die Wolken.«

So saßen sie dort noch einige Minuten Arm in Arm, doch der Wind wurde zunehmend stärker, und Luc spürte, wie Alain fröstelte.

»Wollen wir?«, fragte er seinen Vater.

»*Allons-y*«, antwortete der.

Sie nahmen den Weg zurück über die Düne, der feine weiße Sand erschwerte den Aufstieg. Eben fuhr die alte Diesellok wieder los in Richtung Fähranleger, der Lokführer zog am Horn. Noch ein paar Wochen, dann würde die Bahn in die Winterpause gehen.

Sie stiegen in den Wagen, und Luc bog auf die D 106. Nach einem Kilometer würde die Straße gen Süden führen, dann wäre die Spitze der Halbinsel erreicht.

Auf der linken Seite ragte der Leuchtturm des Cap heraus, stolz und schlank. Luc erinnerte sich, wie er ihm früher in Pariser Kinos immer wieder begegnet war, in Filmen, die vom Meer, vom Strand, von der Leichtigkeit erzählten – und Luc hatte sich in jedem dieser Augenblicke genau hierhergeträumt. An den Strand, an dem er früher mit Hélène surfen gegangen war, wo er den ersten Joint seines Lebens geraucht hatte, wo sie … nun, Dinge getan hatten, über die er mit seinem Vater bis heute nicht sprach.

Es waren kaum mehr Autos unterwegs, die Menschen schienen den aufziehenden Sturm ernst zu nehmen.

»Es hat sich sehr verändert«, sagte Alain leise, »ich habe schon von meinen alten Austernzüchter-Freunden davon gehört. Früher war die Südspitze der Insel die begehrteste Wohnlage, wegen des unverbaubaren Blicks und der Lage direkt am Meer. Doch seit dem Sturm meiden die Bewohner die Südspitze, es ist wie ein Fluch.«

Luc schwieg und betrachtete die prachtvollen Villen links und rechts der Straße. Immer enger wurde der Abstand zwischen Meer und Bassin, die beiden Gewässer rückten immer näher ans Land heran, an der Spitze machte der Abstand nur noch wenige Hundert Meter aus.

Das Straßenschild der letzten Stichstraße wies das Ziel ihres Auftrags aus: »Rue de Paradis« stand in weißer Schrift auf blauem Grund. Luc bog dorthin ab und bremste abrupt. Was für ein Anblick. Ein halbes Dutzend Bagger stand führerlos in der Straße, in verschiedenen Baukuhlen, die früher einmal Häuser gewesen sein mussten. Trümmer und Überreste einstiger Villen häuften sich am Straßenrand. Es waren sicher zwanzig leere Grundstücke, die früher einmal vielen Menschen Heimat gewesen waren. Der Commissaire fuhr wieder an, denn dort hinten, in der Senke der Rue de Paradis, da standen noch Häuser, einige wenige zumindest.

Er lenkte den Wagen vorsichtig und langsam ins Tal, kein Mensch war zu sehen. Oder? Doch. Dort hinten bewegte sich etwas. Auf dem Weg dorthin studierte Luc die Häuser, die noch standen. Es waren fünf Stück. Eingeschossige Häuser aus dem für die Region typischen Sandstein, mit roten Fensterläden oder blauen, denen allen gemein war, dass sie frisch gestrichen waren. Auch die Vorgärten waren hübsch angelegt, spät blühende Pflanzen standen da in voller Pracht, über einer Pergola hing schwer und vollreif der wilde Wein. Es sah aus wie das perfekte Idyll, ein Traum, sein Leben hier zu verbringen.

Wären da nicht die Zeichen gewesen, die riesig an den Wänden der Häuser prangten, aufgemalt mit roter Farbe: ein Kreis mit einem Kreuz darin, die Farbe war teilweise sogar verlaufen, als sei sie in großer Eile und bei feuchtem Wetter aufgebracht worden.

»Ist es das, was ich denke?«, fragte Alain.

»Ja, das sagt den Bauarbeitern, welche Häuser abgerissen werden müssen. Also eigentlich alle.«

Sie fuhren noch ein Stück weiter, am vorletzten Haus auf der rechten Seite prangte auch ein rotes Kreuz. Dabei hatten hier offenbar gerade erst ganz anders geartete Bauarbeiten stattgefunden: Eine Etage war auf das Haus aufgesetzt worden, die Farbe strahlte noch frisch und weiß und in schönem Kontrast zum hellblauen Rest des Hauses. Über dem Eingang prangte ein großes Schild: »Chez Jean« – das von Aubry erwähnte Restaurant. Im Garten der Gastwirtschaft standen Menschen, die mit grimmigen Gesichtern dem Auto entgegensahen. Luc entzifferte das Transparent, das im Vorgarten an zwei Zaunpfählen befestigt war: *Nous sommes ouverts – nous restons ici.* Wir haben geöffnet – wir bleiben hier.

»Das ist also das gallische Dorf«, sagte Alain trocken, während Luc den Wagen am Straßenrand parkte und sie beide ausstiegen.

»Und wir scheinen alle Gallier gemeinsam anzutreffen«, sagte der Commissaire, als sie durch das Portal traten und am Haus vorbei zur Terrasse gingen, die tatsächlich einen atemberaubenden Blick auf den Ozean bot. Dort standen sie alle mit Gläsern in der Hand, Weingläsern natürlich, nur ein kleines Mädchen trank mit einem Trinkhalm aus einer Orangina-Flasche.

»Was wollen Sie hier?«, fragte eine schwarzhaarige Frau in einem Übergangsmantel, der sie mit seiner gelben Farbe aus dem Gros der schlicht gekleideten Leute hervorstechen ließ. »Sind Sie die Vorhut? Dann können Sie gleich wieder abhauen.«

»Ich bin Commissaire Luc Verlain von der Kriminalpolizei in Bordeaux und …«

»Jetzt hetzen die uns schon die Kripo auf den Hals!«, sagte die andere Frau, die eine weiße Kochschürze trug. »Wir sind doch keine Schwerverbrecher.« Sie lachte höhnisch. »Nein, wir sind die, denen ein Verbrechen angetan wird. Sie sollten uns schützen, Commissaire.«

»Wenn Sie Luc Verlain sind«, sagte ein stämmiger blonder Mann mit Oberlippenbart, der eine Öljacke trug, die ihn als einen auswies, der harte Arbeit bei schlechtem Wetter nicht scheute, »dann weiß ich, wer der Mann ist, der neben Ihnen steht. Monsieur Alain, richtig?«

Überrascht schauten die anderen zwischen den beiden hin und her. Teil eins von Lucs Plan schien geglückt.

»Ja, ich bin es, *messieurs dames*, Alain Verlain, ich war lange Jahre Austernzüchter drüben in Gujan-Mestras – und wenn ich mich nicht irre, sind Sie Serge Lopez, der Mann, der dafür berühmt ist, bei miesestem Wetter den besten Steinbutt aus dem Meer zu holen!«

»Zu viel der Ehre, Monsieur Verlain, während Sie selbst allzu bescheiden sind. Sie waren nicht jahrelang Austernzüchter, sondern jahrzehntelang – und Sie sind eine Legende am Bassin. Die Qualität Ihrer Meeresfrüchte und Ihr einfach immer kollegialer Umgang mit Ihren Arbeitern bleiben beispielhaft – heute kann man sich einen Mann wie Sie nur wünschen.«

Die anderen verfolgten den Austausch verwundert, und es machte sich eine eigenartige Ruhe breit, die Körpersprache der Menschen veränderte sich, verschränkte Arme lösten sich, finstere Gesichter hellten sich zumindest etwas auf. Die Blicke verrieten, dass sie Alain als einen der Ihren annahmen – einen vom Bassin, und das bedeutete hier schon die ganze Welt.

Nur die Frau im gelben Mantel schien von all dem unberührt, schroff sagte sie: »So, nun haben wir ja genug Ehrerbietungen ausgetauscht, dürfen wir erfahren, was Sie wollen, Commissaire? Schließlich ist das hier ein Privatgrundstück, und Sie haben sicherlich keinen Durchsuchungsbeschluss – ich wüsste jedenfalls nicht, wieso.«

»Da haben Sie recht, Madame …«

»Madame Peronne, ich bin die Frau von Albert«, sie wies auf den Mann, der neben dem kleinen Mädchen mit der Orangenlimonade stand, »dem Feuerwehrmann, der hier in jener Nacht im Frühling sehr viele Leben gerettet hat, als uns niemand aus Bordeaux helfen konnte. Aber jetzt kommen Sie auf einmal, jetzt, wo es nichts mehr zu retten, sondern nur noch alles zu zerstören gibt.«

»Dominique.« Es war Albert, dessen Flüstern gründlich misslungen war, weil das Meer genau in diesem Moment eine Wellenpause einlegte, deshalb war sein Einschreiten deutlich zu hören. Er lief rot an, der Mann mit dem vollen Bart und dem dichten grauen Haar, und zog seine Tochter mit sich, um zu seiner Frau zu gelangen, die wütend den Kopf abwandte. »Na, ist doch wahr!«, sagte sie zur Hauswand gedreht.

»Hören Sie, Madame Peronne, ich weiß, dass wir nicht willkommen sind und dass Sie gerade eine furchtbare Zeit erleben. Aber ich würde Sie bitten, dass wir uns zusammensetzen und besprechen, wie wir am besten vorgehen können. Bitte, geben Sie mir nur eine halbe Stunde Ihrer Zeit, und ich verspreche Ihnen, dass ich mich dafür einsetzen werde, dass es eine akzeptable Lösung gibt.«

»Was denn für eine akzeptable Lösung?«, warf nun ein alter Herr ein, der bisher in einer Ecke stumm zugehört hatte. Er trug einen grauen Pullunder und ein schwarzes Hemd mit einer Fliege und erinnerte Luc nicht nur dadurch, sondern auch wegen seiner vornehmen Art an Commissaire Preud'homme, den alten Leiter des Hôtel de Police. »Was meinen Sie denn, Commissaire, die neuen Häuser, in die wir umgesiedelt werden sollen, sind doch längst fertig. Damit ist doch das letzte Wort gesprochen, was sollten Sie daran ändern können? Bei allem Respekt …«

»Bitte«, beharrte Luc mit ruhiger Stimme, »geben Sie mir etwas Zeit, und vor allem lassen Sie uns reden.«

»Wir sollten uns zusammensetzen«, sagte die Frau mit der Schürze, »was haben wir zu verlieren? Dort«, sie wies auf den hinteren Teil der Terrasse, »lasst uns noch einen Tisch heranschieben, dann haben wir genug Platz. Und ich hole uns mehr Wein, ohne Alkohol werden wir das alle nicht ertragen.«

Ein allgemeines Geraune hob an, das Luc als Zustimmung wertete. Es konnte losgehen, wobei er, wenn er ehrlich zu sich war, tatsächlich selbst nicht wusste, wohin das hier führen sollte. Er hatte keinen Plan. Und er verdammte Aubry, dass der ihn zu diesem Gespräch zwang. Luc wandte sich an den Mann, der eben aus der Gaststube wiederkam und in seiner Hand neue Gläser hielt, von denen er eines betont freundlich vor Alain stellte, das andere eher widerwillig vor Luc.

»Und Sie sind Jean?«, fragte er den Mann. »Sie haben ein sehr schönes Restaurant, was für ein Ausblick.«

Der Mann begann zu lachen, aber es klang so abgeklärt, als habe er den Irrtum schon sehr viele Male aufklären müssen. »Nein, ich bin nicht Jean, das ist unser Nachname, der Mädchenname meiner Frau, und sie ist es auch, der das Restaurant gehört.«

Die Angesprochene kam mit drei Flaschen Weißwein aus der Tür, außerdem balancierte sie eine Platte mit Charcuterie.

»Darf ich vorstellen: meine Frau Fanny. Ich bin Yves.«

»Sehr erfreut, Sie kennenzulernen.«

»Mal sehen, ob es wirklich eine Freude ist, Commissaire«, sagte Serge, der Fischer. »Ich bin jedenfalls sehr gespannt, ob Sie uns wirklich helfen wollen oder ob Sie nur Schönwetter machen, damit die Bagger uns morgen unsere Häuser unterm Arsch wegreißen können – womit Sie dann das Interesse an unserem Schicksal verlieren.«

»Nun trinken wir erst mal«, sagte Fanny beschwichtigend und gab Yves die Flaschen, die er schnell und geschickt öffnete. Er schenkte ihnen allen ein, während seine Frau Gabeln verteilte, mit denen sich die Ersten von der Platte nahmen: Es gab Schinken, luftgetrocknete Würste und eine Pâté aus Schweinefleisch mit Piment d'Espelette, der pikanten gemahlenen Paprika aus dem Baskenland. Dazu wurde ein Brotkorb mit frischem Baguette und dunklem Brot mit besonders krosser Kruste gereicht. Für Luc sah das alles phantastisch aus, er spürte, dass er großen Hunger hatte, das Frühstück schien ewig her zu sein.

»Auf die Rue de Paradis«, sagte Fanny und erhob ihr Glas, sie war die Erste, die um den Tisch herumging und mit allen anstieß.

Luc betrachtete sie: Sie war noch jung, vielleicht Anfang bis Mitte vierzig, sie trug die Kochjacke, darunter aber einen modischen Rock und leichte Ballerinas, sie sah aus wie eine Dame aus der Stadt, und dennoch schien sie sich hier am Cap und in der Küche äußerst wohlzufühlen. Ihr dunkles Haar hatte sie kurz schneiden lassen, ein moderner Schnitt, der ihr etwas Jungenhaftes, Zupackendes gab. Sie war hübsch, ohne Frage, genau wie Yves, ihr Ehemann. Er schien in etwa so jung zu sein wie sie, auch er sah aus wie all die Menschen, die mit Luc gemeinsam in der Hauptstadt gelebt hatten: Er trug ein bedrucktes T-Shirt zu einer Jeans, dazu weiße Sneaker. Er hätte genauso gut in einer Softwareschmiede in der Pariser Banlieue arbeiten können – oder in einer Werbeagentur in Beaubourg, stattdessen servierte er Wein in einem Restaurant am Strand. Man konnte es schlechter treffen. Yves hatte hellbraune Haare und stechend blaue Augen. Aber er schien nicht die gleiche Verve zu haben wie seine Frau. Er hielt sich lieber zurück, ein stiller Beobachter seiner Umgebung, der es geradezu zu genießen schien, dass sie den Ton angab.

Um den Commissaire herum entstand ein Gemurmel, offenbar hatte der erste Schluck vom kalten Weißwein die erhitzten Gemüter zwar beruhigt, die Nachbarn aber andererseits ermutigt, die alten Gespräche wieder aufzunehmen. Luc sah, dass sich Serge Lopez interessiert zu Alain herübergebeugt hatte, sicher ging es jetzt schon um altes Seemannslatein. So tranken sie und aßen, und auch Luc ließ sich das Baguette und den dünn geschnittenen kräftigen Schinken schmecken.

Schließlich räusperte sich eine ältere Frau, die bisher nicht das Wort ergriffen hatte, setzte sich sehr aufrecht und sah den Commissaire herausfordernd an.

»Ich war in jener Nacht nicht einmal hier in Cap Ferret, aber nun betreffen auch mich die Ereignisse in einer Weise, die ich mir nicht hätte träumen lassen, nicht einmal in meinen schlimmsten Albträumen. Es ist die Hölle, die Heimat zu verlieren, wenn man so alt ist wie wir. Deshalb, Monsieur Verlain: Was gedenken Sie zu tun?«

Luc nahm noch einen Schluck aus seinem Glas und hielt den Blick der Frau. Dunkelrot getönte Haare – und ihr Teint erzählte von einem nicht lang zurückliegenden Urlaub, wobei natürlich auch der Sommer am Cap diese Frische hinterließ, wie Luc unnötigerweise einfiel.

»Ich werde Sie nicht anlügen«, sagte er, »es wird gewiss nicht leicht. Es ist so, dass die Politik nach den schrecklichen Ereignissen jener Nacht sehr alarmiert war. Und dass man eben übereingekommen ist, dass sich so ein Unglück nicht wiederholen darf. Das hat niemand Geringerer entschieden als der Präsident der Republik selbst. Sein Innenminister muss den Plan jetzt umsetzen, und es betrifft viele Häuser in vielen Orten entlang der ganzen Küste. In den meisten Dörfern wurden die Abrisse schon durchgeführt, wie auch hier in der Rue de Paradis bei vielen Ihrer Nachbarn. Sie aber widersetzen sich, was ich, wenn ich ehrlich bin, gut verstehen kann. Allerdings glaube ich nicht, dass Sie eine Chance haben, die Häuser hier an dieser Stelle zu erhalten. Stellen Sie sich vor, es gibt wieder ein Unwetter dieses Ausmaßes – dann sind Ihre Häuser genauso gefährdet wie vor sechs Monaten. Sie wollen doch keine weiteren Opfer zu beklagen haben. Deshalb frage ich mich: Gäbe es denn für Sie irgendeine andere Lösung, die Sie akzeptieren könnten?«

Lucs langer Monolog war von niemandem unterbrochen worden, es war, als könne man die sprichwörtliche Stecknadel fallen hören.

Fanny, die Köchin, regte sich als Erste. »Es ist nicht so, dass wir untätig gewesen sind, Commissaire, ganz im Gegenteil. Wir haben natürlich sofort reagiert, weil keiner von uns vergessen kann, was Olive zugestoßen ist. Das war …« Ihre Stimme brach ab, und ihre Augen füllten sich mit Tränen. Luc sah, wie viele der Umsitzenden die Köpfe senkten, alle Gedanken waren bei der alten Dame, die in ihrem Haus ertrunken war. Er hatte ein Foto von ihr in der Akte gefunden – freundlich sah sie in die Kamera, freundlich und weise. Er suchte den Blick von Albert Peronne, dem Feuerwehrmann, der sie laut dem Bericht der ermittelnden Kollegen in dem überfluteten Haus gefunden hatte, doch der sah wie viele andere zu Boden. »Deshalb haben wir sofort mit den Baumaßnahmen begonnen, hier in unserem

Restaurant. Wir haben erst mal ohne Antragsverfahren eine weitere Etage auf unser Haus setzen lassen, auf unsere Kosten und in Eigenleistung, alle hier haben uns geholfen. Damit haben wir im Falle eines plötzlichen Unwetters einen Schutzraum geschaffen, der allen Bewohnern der Rue de Paradis die Möglichkeit bietet, eine Flut sicher zu überstehen, denn so hoch kann das Wasser nicht steigen, nicht mal im schlimmsten anzunehmenden Fall.«

»Und wir sind euch dafür sehr dankbar«, sagte Paul Mercier leise und lächelte traurig. »Auch wenn es für die arme Olive zu spät ist – wir hier, wir wären nun gut vorbereitet, und Sie sehen, Commissaire, es ist gar nicht nötig, unsere Häuser abzureißen. Das wäre ja dann, als ob es die Rue de Paradis nie gegeben hätte – und das können wir nicht zulassen.«

»Wenn denn wenigstens alle gleich betroffen wären«, sagte nun der Fischer und schnaubte wütend und verächtlich, »aber es gibt eben manche, die gleicher sind als wir.«

»Was meinen Sie, Monsieur Lopez?«, fragte Luc interessiert.

»Nun«, sagte Serge Lopez und wies mit dem Kopf auf das Ende der Straße, »schauen Sie hin, es gibt ein Haus in der Straße, das kein rotes Kreuz trägt. Ein einziges Haus.«

Luc und Alain erhoben sich gleichzeitig und betrachteten das letzte Haus, das eher einem Schloss glich, ein weißes mehrstöckiges Anwesen mit einem Turm und einer Zinne, mit zwei Balkonen und mit großen bodentiefen Fenstern, das etwas erhöht am Rande der Düne stand. Richtig, es war ihm nicht aufgefallen, dachte Luc, aber dieses Haus da hatte wirklich keine Markierung, die auf einen bevorstehenden Abriss hinwies.

»Der Besitzer des Hauses, das von der ganzen Rue de Paradis am Ende übrig bleibt, ist unser lieber Herr Bürgermeister. Ein Schelm, wer Böses dabei denkt«, sagte Fanny mit ironischem Unterton.

»Ich würde gern wissen, was er dem Präfekten dafür bezahlt hat«, fügte Yves bissig hinzu.

»Wahrscheinlich hat er ihm einfach nur zugesagt, dass er den Abriss der anderen Häuser ohne Widerstand umsetzt – wenn es sein muss, über unsere Leichen«, sagte Serge.

»Das heißt, Monsieur le Maire sieht dabei zu, wie Sie Ihre Häuser verlieren, und kann seins behalten?«, fragte Luc. »Auf welcher Grundlage soll das denn geschehen?«

»Der Räumungsbeschluss besagt, dass all unsere Häuser in der Überflutungszone stehen. Sie liegen einfach zu tief. Der Fuchs Deschamps aber hat sein Château zuletzt gebaut, und er hat es genau auf die Düne setzen lassen, damit es sehr hoch und damit nicht in der Abrisszone liegt. Das Département hat diese Begründung zugelassen, deswegen darf sein Haus stehen bleiben.« Es war Albert Peronne, der die Rechtslage mit nüchternen Worten zusammenfasste.

»Aber wie kann der Bürgermeister Ihnen denn je wieder unter die Augen treten? Niemand wird ihn jemals wiederwählen!«, sagte Alain mit deutlicher Wut in der Stimme.

»Och«, erwiderte Yves. »die Leute vergessen schnell. Und wir wären ja nach Philippes Plänen nicht mehr lange hier, sondern würden in Mérignac sitzen. Aber es ist schon richtig: Er tritt uns nicht mehr unter die Augen, seitdem das alles entschieden ist. Früher war er Stammgast hier im Restaurant, doch seit zwei Monaten kommt er nicht mehr. Gut, ich würde ihn auch rausschmeißen, wenn er hier auftaucht. Nun hat ihn die arme Brigitte die ganze Zeit am Hals. Und ihr, Albert, ihr wart doch sogar richtig gut befreundet.«

Der Angesprochene sagte nichts und mied Yves' Blick. Luc ließ es darauf beruhen.

»Haben Sie denn den gesamten Gerichtsweg ausgeschöpft, um dem Abriss Ihrer Häuser zu entgehen?«

»Die Präfektur beruft sich auf ›Gefahr im Verzug‹. Weil wir hier ihrer Ansicht nach alle in Lebensgefahr sind. All unsere Eilanträge sind abgelehnt worden – und die Möglichkeit einer echten Klage haben wir nicht.«

»Das ist wirklich vertrackt. Hören Sie, in der Akte steht, dass in das Haus von Olive Morel ihr Enkel eingezogen ist, aber der fehlt mir hier in dieser Versammlung. Wohnt er noch hier?«

»Franck, Sie meinen Franck«, sagte Dominique, und ihrer Stimme war nicht anzuhören, was sie dachte. »Ja, er ist in dem Haus seiner Oma. Er kommt selten raus auf die Straße, ist ein verschlossener Typ. Er sitzt hinten in seinem Garten und sieht den Booten auf dem Bassin zu. Er ist sehr ... Wie soll ich es sagen? Man könnte meinen, er sei sehr wütend.«

»Ja, ein wütender junger Mann«, ergänzte Claudette, Pauls Frau. »Wenn ich nachts wach liege, und das kommt in letzter Zeit häufiger vor, dann sehe ich ihn durch mein Fenster in dem Haus rumtigern, oft mitten in der Nacht. Er scheint nie zu schlafen, wirklich nie. Er ist irgendwie unheimlich.«

»Ich denke, wir sollten auch mit ihm reden«, sagte Luc entschieden, schob sein leeres Weinglas von sich weg und stand auf. »Ich verstehe nun besser, warum Sie sich so gegen die Räumung auflehnen. Lassen Sie mich bitte etwas nachdenken und einige Telefonate führen, in Ordnung?«

»Ich weiß nicht, ob wir davon etwas erwarten können«, sagte Serge Lopez, »aber eigentlich haben wir ja keine andere Wahl.«

»Sie sind unsere letzte Hoffnung, Commissaire«, sagte Paul Mercier mit beschlagener Stimme. »Es ist ja nicht so, dass wir nicht auch zu Kompromissen bereit sind. Einige von uns würden durchaus erwägen, die Rue zu verlassen, aber das Ziel darf nicht ein Reihenhaus in einem Vorort von Bordeaux sein, wirklich nicht. Wenn es eine andere Lösung gäbe ...«

»Gut, Monsieur Mercier, ich werde sehen, was ich tun kann. Alain, kommst du?«

Widerwillig erhob sich auch Lucs Vater, dann nickten sie allen zu und verließen die Restaurantterrasse. Hinter ihnen erklang aufgeregtes Gemurmel.

Als sie wieder auf der Rue de Paradis standen, betrachtete Luc erst das herrschaftliche Bürgermeister-Haus an ihrem Ende und konzentrierte sich dann auf den Wind, der die Zedern und die zwei Palmen im Vorgarten des Restaurants rauschen ließ.

»Es ist wirklich ein herrlicher Ort«, sagte er.

»Ja, und schau, vielleicht trifft uns der Sturm ja doch nicht«, sagte sein Vater und sah zum Himmel, der wieder blau war, als sei es ein ganz normaler Sommertag.

»Wollen wir?«, fragte Luc und wies auf das Haus schräg gegenüber. Ein klassisches einstöckiges Haus, dieses hier hatte grüne Fensterläden. Von den anderen ringsum war es nur dadurch zu unterscheiden, dass der Vorgarten eine Brache war. Keine Pflanze wuchs hier, keine Blüte war zu sehen, nicht mal Rasen. Es war der pure Sand.

»Sieht aus, als sei der Garten sich selbst überlassen seit der Nacht des Unglücks«, bestätigte Alain Lucs Gedanken. Sie gingen über die Straße, und Luc betätigte die Klingel, die außen am Zaun angebracht war. Von drinnen war ein leises Surren zu hören. Doch niemand regte sich. Luc öffnete das Tor, das in den Angeln quietschte. Dann betraten sie das Grundstück. Er schlug den Weg um das Haus herum ein, hinten gab es einen wunderbaren Ausblick über das Bassin. Vor einem kleinen Schuppen saß ein junger Mann auf einem Stuhl und fingerte an einer Angel herum, offenbar erneuerte er gerade die Sehne. Eine Kippe hing in seinem Mundwinkel. Als er die beiden Männer auf seinem Grundstück erblickte, fuhr er aus seinem Campingstuhl auf.

»Was wollen Sie hier? Runter von meinem Land.« Seine Stimme klang schroff, und er sprach mit dem Akzent der Pariser Vororte, der Luc sehr vertraut war. Wie oft ihn seine Ermittlungen in die Banlieue gebracht hatten!

»Langsam, Monsieur Morel, ganz langsam«, sagte er. »Luc Verlain von der Police Nationale in Bordeaux, mein Kollege Alain. Es gibt keinen Grund, sich aufzuregen.«

Der junge Mann stand nun vor ihnen, die Angel hielt er vor sich, doch als Waffe war der dünne Stock nun wirklich nicht zu gebrauchen.

»Was Sie hier wollen, habe ich gefragt!«, blaffte der Mann. Er trug eine Jogginghose mit zwei weißen Streifen und einen Kapuzenpullover. Sein Dreitagebart war ungepflegt, und seine grauen Augen sahen unruhig vom einen zum anderen.

»Wir haben eben mit den anderen Bewohnern der Rue de Paradis gesprochen, und nun kommen wir zu Ihnen. Wir wollen herausfinden, wie wir die bevorstehende Räumung eventuell noch stoppen können.«

»Wer's glaubt, wird selig«, sagte Franck Morel und winkte ab, dann drehte er sich um und ging zu seinem Stuhl zurück.

»Wie meinen Sie das, Monsieur?«

»Als ob die Polizei irgendwie helfen will«, sagte er grinsend, »das wäre wirklich das erste Mal.«

»Wir wissen um den Verlust, den Sie erlitten haben.«

»Sie ist ertrunken«, antwortete der junge Mann tonlos, »in ihrem Haus – und niemand war da, der ihr geholfen hat. Ey, ich muss jede Nacht daran denken. Sie war …«

»Es tut mir sehr leid«, sagte Luc leise.

»Und die verdammte Sippe hier ringsum trauert nicht, sondern kämpft nur um die eigenen Bruchbuden. Dabei ist das Schrecklichste doch schon passiert! Es kotzt mich so an.« Er spuckte die Kippe aus, nahm die Angel und den Eimer, der voller Köder war, und ging hinüber zu dem kleinen hölzernen Steg, der ein Stück weit in das Bassin führte.

Luc und Alain folgten ihm in einigem Abstand.

»Das heißt, Sie würden dieses Haus morgen verlassen?«

Franck Morel warf mit einer fließenden Bewegung die Angel aus, die Sehne mit dem Köder surrte durch die Luft wie ein Geschoss und traf dann weit draußen auf dem Wasser auf – ein perfekter Wurf.

»Nein, das hab ich nicht gesagt. Wissen Sie, wo ich vorher gewohnt habe? Na klar wissen Sie das. Sie sind doch ein Bulle. Klar haben Sie die Akten gecheckt. Ich war ganz unten, in Bondy, einer der schlimmsten Banlieues der Republik. Weil ich einfach nichts auf die Reihe bekommen habe. Nichts. Mein ganzes Leben lang. Und dann hinterlässt Grand-mère ausgerechnet mir dieses Haus hier am Bassin. Ein Haus, auf das die ganze Familie immer geschielt hat. Aber sie gibt es mir, weil sie wusste …« Er brach ab, und Luc spürte, wie aufgewühlt er war.

»Weil sie wusste, dass Sie es wohl am besten gebrauchen können«, es war Alain, der leise ergänzte.

»Dass es mich aus dem Schlamassel holen könnte, der mein Leben war.«

Nun wandte er sich Luc und Alain zu. »Und deswegen werde ich um dieses Haus kämpfen – und wenn es das Letzte ist, was ich tue.«

»Danke Ihnen für diese klaren Worte«, sagte Luc. »Hat Ihre Großmutter denn hier ganz allein gelebt?«

»Mein Opa ist schon vor sieben Jahren gestorben. Das war eine schlimme Zeit für sie, damals, aber sie hat sich berappelt. Und ja, dann hat sie hier ganz allein weiter ihr Leben gelebt. Sie hat diesen Ort geliebt und diese Straße. Sie hatte Freunde hier.«

»Mit wem war sie befreundet?«

»Wir haben nicht oft miteinander gesprochen, Grand-mère und ich, deswegen hat mich die Erbschaft ja so überrascht. Aber das letzte Mal am Telefon, da hat sie mir von den beiden Leuten im Restaurant vorgeschwärmt, die seien so nett, sie seien gerade erst aus Paris hergezogen. Paris. Das war für sie die weite Welt. Na, und die Merciers mochte sie sehr. Sie sind ja im gleichen Alter gewesen.«

»Sehr gut, haben Sie vielen Dank«, sagte Luc, dann wandten er und Alain sich um und gingen zurück in Richtung Straße. Sie hörten den schweren Motor, bevor sie ihn sahen. Der schwarze Range Rover fuhr in hohem Tempo am Hause Morel vorbei und bremste dann mit quietschenden Reifen ab, genau auf Höhe des »Chez Jean«. An den zornigen Gesichtern, die dem Auto hinterhersahen, konnte Luc ablesen, wer darin saß.

Die Fahrertür schwang auf, und da stand er: Philippe Deschamps. Luc kannte ihn nicht persönlich, nur von Fotos aus der regionalen Zeitung, der *Sud-Ouest*.

Der Bürgermeister ging ein Stück auf den Zaun zu, hinter dem sich die Anwohner der Rue de Paradis versammelt hatten, und Luc machte sich auf eine Konfrontation gefasst. Doch dann blieb Deschamps stehen, und seine Stimme erklang laut und tief:

»Liebe Mitbürger, liebe Nachbarn, ich weiß, wie schwer das alles für euch ist. Aber ich sage euch ein letztes Mal: Euer Kampf ist aussichtslos. Die Politik hat das entschieden, aber eben nicht ich – oder irgendjemand aus den lokalen Entscheidungsgremien. Es war Paris, der Innenminister in Paris hat es entschieden. Deshalb ist es absolut aussichtslos, wenn ihr euch hier dagegenstellt – ich sage euch: Die Bagger werden kommen. Bitte sucht euer Hab und Gut zusammen, nutzt diese Nacht, um die Dinge zu packen, die euch lieb sind. Damit wir hier vorangehen können. Es nützt nichts, in der Vergangenheit zu leben. Bitte: Findet euch damit ab. Ich danke euch.«

Luc erschauerte – der Mann konnte seine Worte doch nicht ernst meinen?

»Und du?« Claudette Mercier reagierte als Erste. »Du Verräter? Du bleibst einfach hier wohnen, während unsere Häuser plattgemacht werden?«

»Wir werden nicht weichen!«, bestätigte Serge Lopez. »Das kannst du deinem Innenminister mal schön ausrichten, Philippe.«

»Denn auch du hast Leichen im Keller, mein Lieber«, sagte Albert Peronne, der sich bisher im Hintergrund gehalten hatte.

Luc sah Philippe Deschamps an, dass er wie vom Donner gerührt war. Sein Gesicht war rot, als er sich dem Feuerwehrmann zuwandte.

»Ach ja?«, brüllte er nun über den Zaun. »Ich hab also Leichen im Keller? Und ihr? Ihr spielt hier die unschuldigen Nachbarn, die sich voller Freundschaft zusammenfinden, um sich gegen die Autorität aufzulehnen – als wäret ihr voller Zuneigung füreinander? Dass ich nicht lache.«

Er straffte sich, dass es Luc kalt den Rücken herablief, weil er spürte, dass Deschamps nun zum Todesstoß ansetzte. Es war einer dieser seltenen Momente im Leben, die eine unumkehrbare Wahrheit offenbaren und nach denen nichts mehr so war wie zuvor.

»Ich weiß alles, ich kenne alle eure Geheimnisse. Wenn ihr morgen früh noch immer nicht ablasst und die Häuser freigebt, dann war's das mit den Geheimnissen. Und das betrifft alle. Euch – und auch mich. Aber es ist mir egal. Habt ihr das verstanden?«

Es folgte ein bedrückender Moment der Stille, während Deschamps jeden Einzelnen von ihnen mit Blicken abzumessen schien. Dann drehte er sich um und lief, nein, rannte zurück zur Fahrertür. Hinter ihm brach ein Orkan los, die Nachbarn brüllten ihm nach, am lautesten Dominique, die rief:

»Das kann nicht wahr sein. Brigitte, warum schweigst du denn zu alldem? Das ist doch Wahnsinn!«

Aber die Frau, die im Auto sitzen geblieben war, sagte nur leise durchs offene Fenster: »Philippe hat recht, ihr könnt nichts mehr tun. Die Würfel sind gefallen. Es ist vorbei.«

Wütend fuhr die Frau des Feuerwehrmanns auf: »Brigitte, wie kannst du …« Doch da geschah es. Niemand hatte ihn kommen sehen, den Stein, der mit lautem Klirren die Heckscheibe des Wagens durchschlug. Ein ungeheurer Lärm, und dann flogen die Splitter durch die Gegend, ins Innere des Wagens, Brigitte Deschamps schrie auf, lautes Gemurmel erhob sich, Philippe Deschamps drehte sich um und rief: »Mein … Wie … Das ist doch ungeheuerlich, mein Auto …«, und dann zeigte er auf den jungen Mann, Franck Morel, der in seiner Einfahrt stand, mit hängenden Armen, und nur sagte: »Verpiss dich hier, du schmieriger Typ.« Damit drehte er sich um und verschwand in seinem Garten.

Philippe Deschamps stand da, mit hochrotem Kopf, er rannte auf Luc zu und schrie: »Tun Sie doch was, machen Sie schon!«

»Was ist hier los?« Luc zuckte zusammen, weil ihm die Stimme in seinem Rücken so vertraut vorkam, er aber nicht mit ihr gerechnet hatte – die Situation war einfach zu verworren. Er wandte sich um, und da stand er. Laurent Aubry, gerade seiner schwarzen Limousine entstiegen, einem Renault Talisman, den ihm das Innenministerium zur Verfügung gestellt hatte und den in Paris auch Minister und Diplomaten fuhren. Aubry sah zwischen dem Bürgermeister, Luc und dem Haus von Franck Morel hin und her, als fürchtete er, dass es gleich einen neuen Angriff geben könnte. Schließlich fixierte er Luc mit scharfem Blick.

»Commissaire Verlain, ich habe gefragt, was hier los ist. Wie können Sie es zulassen, dass die Situation derart eskaliert? Es ist doch unfassbar, Sie sollten die Dinge hier aufklären und nicht zum Schauplatz eines Bürgerkrieges werden lassen. Ich bin schockiert.«

Die Bewohner der Rue de Paradis blieben im Vorgarten des Restaurants versammelt stehen und lauschten der überraschenden Auseinandersetzung.

»Monsieur Aubry, bei allem Respekt, ich glaube nicht, dass Sie die Situation …«

»Wie können Sie es wagen, Commissaire? Ich bin hergefahren, weil ich sehen wollte, wie es vorangeht, und jetzt komme ich hier an und sehe, dass meine Anwesenheit von dringender Notwendigkeit ist. Wenn Sie den Job nicht machen wollen, dann muss ich ihn wohl erledigen. Und wer ist eigentlich dieser Herr?«

Er zeigte auf Alain. Luc schloss für einen Moment die Augen.

»Monsieur Aubry, das ist mein Vater, Alain Verlain. Er hilft mir hier, weil er die Gegend wirklich gut kennt.« Luc versuchte, seine Stimme zu senken und sich selbst zur Ruhe zu mahnen, aber es gelang ihm nur bedingt.

»Sie haben einen Zivilisten an einer polizeilichen Ermittlung beteiligt? Unglaublich.« Er wandte sich zu Philippe Deschamps um, der immer noch neben seinem Wagen stand. »Entschuldigen Sie bitte, Monsieur le Maire, ich werde mich nun persönlich um alles kümmern. Am besten fahre ich direkt mit Ihnen, dann reden wir. Commissaire, Sie bringen Ihren Vater von hier weg, und dann sehen wir uns wieder. Bis nachher.«

Ohne eine Antwort abzuwarten, drehte sich Aubry um und stieg zu den Deschamps' in den Wagen. Philippe setzte sich ans Steuer und fuhr davon, mit einem offenbar so ungestümen Druck aufs Gaspedal, dass aus der Heckscheibe letzte Scherben brachen. Luc und Alain blieben kopfschüttelnd zurück.

»Hast du jetzt Ärger wegen mir?«, fragte Lucs Vater.

»Denk nicht eine Sekunde darüber nach.«

»Aber …«

»Ich habe nur so mit mir reden lassen, weil ich ihm nicht vor den Anwohnern eine verpassen wollte. Er ist ein Vollidiot.«

»Und dennoch wäre es wohl besser, wenn ich verschwinden würde, oder?«

»Ich glaube, wir haben keine andere Wahl. Es tut mir leid.«

»Kein Problem, Luc. Ich nehme die letzte Fähre hinüber nach Arcachon und von da aus ein Taxi nach Carcans.«

»Warte. Ich fahr dich zum Hafen, und vorher machen wir noch einen Zwischenstopp. Es gibt da etwas, wozu ich deine Meinung hören möchte.«

Sie gingen gemeinsam zu Lucs Wagen, während sich die Bewohner der Rue de Paradis nach diesem kleinen Drama wieder am großen Tisch auf der Terrasse niederließen.

4

Schon wieder hatte das Wetter gewechselt, weshalb der Tisch nun im tief stehenden Licht der untergehenden Sonne lag, die alles auf dem alten Holz in ein diffuses Strahlen tauchte: die schweren Weingläser, die Teller aus Steingut, die Wassergläser, die Etagere mit allem, was das Bassin ihnen bot.

Sie saßen am Ufer des Beckens, auf einer kleinen Terrasse, die auf Stelzen im flachen Wasser stand. Neben ihnen lagen die Austernbänke, die langen Tische, auf denen die Säcke lagerten, in denen die Meeresfrüchte wuchsen. Daneben die langen Reihen von roten Dachziegeln, an denen die Babyaustern klebten, die dann per Hand in aufwändiger Sisyphusarbeit abgelöst werden mussten. Neben den Booten der Austernzüchter lagen kleinere Motorboote der Bewohner des Dörfchens und begannen auf den Wellen der eben einsetzenden Flut zu schaukeln. Doch noch waren große Sandbänke vorhanden, die aus dem Wasser schauten, das Watt roch unnachahmlich nach Fisch und Salz und nassem Sand. Alain schaute verträumt in die Bucht hinaus.

Dort draußen, die Bojen, die hölzernen Pfähle, die die Grenzen der einzelnen Austernzuchten markierten, die *pinasses*, die alten geschreinerten Boote der Austernzüchter – das war seine Welt und er würde sie auch auf seine alten Tage nie hinter sich lassen können.

Über vierzig Jahre war er an jedem Tag der Woche hinausgefahren, um sich den Austern zu widmen, bei Tag – und in der Hauptsaison vor Weihnachten und Silvester auch bei Nacht. Damals hatte es ausgereicht, die Meeresfrüchte zu züchten und dann an Markthändler oder Restaurants zu verkaufen. Inzwischen waren die Preise so stark gesunken, dass die modernen Züchter andere Wege gehen mussten: In dem kleinen Austerndorf Village de l'Herbe im Osten der Halbinsel etwa boten sie die eigenen Austern auf den Terrassen ihrer Zucht selbst an und hielten damit die ganze Wertschöpfungskette im eigenen Betrieb. Und genau auf der Terrasse eines solchen Züchters saßen sie jetzt.

Im Dorf selbst war aber alles noch wie früher: Die kleinen Cabanes, die Holzhütten der Züchter, standen dicht an dicht unmittelbar am Ufer, das Holz war von der starken Sonneneinstrahlung mehrerer Jahrzehnte ganz dunkel geworden. Bunt gestrichene Balken und Fensterläden leuchteten mit den Gärten um die Wette, alles grünte und blühte, und immer wieder ließen Lücken zwischen den Hütten ungeahnte Blicke auf das Bassin zu. Es war ein einfaches dörfliches Leben hier, die Villen der Pariser, die direkt am Strand standen, hatten dem Village de l'Herbe seinen Zauber nicht nehmen können.

Rings um sie saßen Touristen und Einheimische, eine bunte Mischung von Menschen, vorhin hatten sie ein Boot aus Arcachon anlegen sehen, eine kleine Motorjacht. Nach der Überfahrt waren die Besitzer mit nackten Füßen ins flache Wasser gesprungen und hatten sich oben auf der Terrasse niedergelassen. Alle wollten, was auf Lucs und Alains Tisch schon stand – die Etagere mit den Ingredienzen des Bassins: den Austern, Größe

3, die weiß und silbrig glänzten, dazu den Schalottenessig und das dunkle Brot, mit Mehl bestäubt und mit Butter bestrichen, außerdem die *crevettes roses,* die rosafarbenen Garnelen mit ihren dunklen Augen. Alain hatte zusätzlich noch Schnecken bestellt, die *bulots,* mit denen sich Luc aber nie hatte anfreunden können. Alles wurde auf Eis serviert, das wiederum sehr dekorativ auf grüne Algen gebettet war. Der eiskalte Weißwein aus der Gascogne, ein einfacher Domaine Uby No 3, begleitete die Meeresfrüchte mit seiner leichten Mineralität perfekt. Alain griff zu seiner fünften oder sechsten Auster, löste sie vorsichtig mit Hilfe einer kleinen Gabel, tröpfelte etwas frische Zitrone darauf und schlürfte sie dann genüsslich.

»Was für eine gute Idee das war, das Angenehme mit dem Nützlichen zu verbinden, *mon fils.* Sie sind natürlich nicht so gut, wie meine es waren – aber eine hervorragende Möglichkeit, satt zu werden, sind sie allemal.«

»Du bist ein Austernsnob, mein lieber Papa. Deine Austern werden für dich immer die besten sein.«

Luc griff nach einer Crevette, löste den Kopf ab und fuhr mit dem Fingernagel leicht über die Bauchseite, damit sich der weiche Panzer löste. Dann tunkte er sie in die Knoblauchmayonnaise und probierte den ersten Bissen – es schmeckte einfach köstlich: diese Leichtigkeit des Meeres, dazu die feine Würze des festen Fleisches.

Der Commissaire lehnte sich zurück und blickte auf das Bassin, die untergehende Sonne ließ das Wasser golden leuchten. Drüben im Abendlicht lag Arcachon; die Oberstadt mit ihren prachtvollen Villen erschien schemenhaft in den Hügeln. Weiter südlich die Umrisse der gewaltigen Düne von Pilat, riesig hoch türmte sich der Sand auf, sogar von hier drüben war zu sehen, wie der Wind Wolken aus Sand mit sich trug, die Düne wirkte, als läge sie im Nebel. Luc stöhnte, weil ihn die Gedanken immer wieder von diesem Ausblick weg und in die nahe Zukunft katapultierten.

»Also, Papa, was meinst du zu der ganzen Sache?«

»Ich glaube, dass es beinahe ausgeschlossen ist, sie bis morgen zu überzeugen, die Häuser zu verlassen.«

Luc nickte und sah betreten zu Boden.

»Das befürchte ich auch, ehrlich gesagt.«

»Aber sie sind sich nicht einig, und das könnte deine Chance sein.«

»Was meinst du?«

»Das hast du sicher auch gemerkt, Luc. Es gibt einige Hardliner, die sich nicht bewegen wollen, ich glaube, die Frau von dem Feuerwehrmann gehört dazu, Franck Morel auch, und bei dem kann ich es übrigens sehr gut verstehen. Die Restaurantbesitzer auch, so eine Immobilie finden die nie wieder. Und Madame Mercier. Und auf der anderen Seite stehen die, denen du nur eine gute Lösung präsentieren müsstest, damit sie mitmachen: Paul Mercier, sicher auch der Feuerwehrmann, und ich glaube sogar, Monsieur Lopez würde sich einem Kompromiss nicht verschließen.«

»Was könnte dieser Kompromiss sein, deiner Meinung nach?«

»Kein Haus in einem Vorort. Sicher nicht. Darauf werden sie sich nie einlassen. Du bräuchtest ein Baufeld hier am Cap. Einen Ort, wo die Menschen neue Häuser errichten könnten, die die Gemeinde zahlt.«

»Wenn der Innenminister die Häuser so dringend abreißen will, würde Paris bestimmt Geld dazuschießen.«

»Geld war noch nie ein Problem, wenn es dringend gebraucht wird. Wir sind Franzosen, Luc. Wir werden eine Lösung dafür finden. Wir müssen diesen Menschen helfen.«

»Das klingt, als würdest du das Baufeld direkt selbst finden wollen.«

»Ich kenne jede Menge Leute am Cap.«

»Ja, natürlich. Und trotzdem wirst du gleich auf das Boot steigen und nach Hause fahren, verstanden? Sonst verliere ich heute Nacht wirklich noch meinen Job.«

»Dein neuer Chef ist tatsächlich eine merkwürdige Type. Wenn ich da an den alten Preud'homme denke …«

»Erinner mich bloß nicht daran, Papa.«

»Was machst du, wenn sie morgen noch in den Häusern sind?«

»Die Frage ist eher, was Aubry dann macht. So wie ich ihn einschätze, wird er die Festnahmeeinheit anrufen und die Häuser von bewaffneten Polizisten in Vollmontur räumen lassen. Die Bilder, wie die Kollegen den alten Paul Mercier aus seinem Haus schleppen, möchte ich mir im Fernsehen nicht ansehen müssen.«

»Da hast du recht. Ein Grund mehr, dass du Erfolg haben musst.«

»Ich bete dafür.« Luc drehte sich nach dem Sohn der Austernzüchter um, der hier bediente. »Können wir zahlen, bitte?«

Der junge Mann trat zu ihnen an den Tisch.

»Mein Vater lässt schön grüßen«, sagte er. »Er musste hinaus aufs Bassin. Aber er sagt, dass Sie, Monsieur Verlain, hier nichts zahlen. Sie sind herzlich eingeladen. Einen schönen Abend noch.« Er nickte Lucs Vater freundlich zu. »Und passen Sie auf sich auf, der Sturm wird sicher heftig.«

»Herzlichen Dank für alles! Das waren die besten Austern, die ich seit Langem gegessen habe«, sagte Alain.

Der junge Mann strahlte vor Stolz.

Luc und Alain standen auf und verließen die sonnige Restaurantterrasse. Eigentlich undenkbar, dass die Wetterprognose tatsächlich zutreffen sollte.

»Gut, ich fahre dich noch hoch nach Bélisaire zur Fähre, ja?«

»Ach, mein Junge, lass mal, die Fähre geht doch erst in einer Stunde. Es ist ein gemütlicher Spaziergang dort hinunter, und ich habe wirklich viel gegessen. Lass mich den Weg und die Luft genießen, ich gehe einfach immer am Wasser entlang.«

Luc überlegte einen Moment, dann nickte er.

»*D'accord*. Dann genieß den Abend, Papa. Und: danke.«

»Ach, das versteht sich doch von selbst. Auch wenn es etwas holprig war zum Schluss.«

»Ich werde ihm das nicht durchgehen lassen …«

»Na ja, er hat schon recht, was hat ein alter Mann wie ich bei derlei Dingen zu schaffen? Aber ganz egal, Luc, Hauptsache, du bist zu Hause, wenn es losgeht bei Anouk. Ruf mich dann so schnell es geht an, ja?«

»*Bien sûr, Papa*. Also, einen schönen Spaziergang.«

Alain umarmte seinen Sohn kurz, dann machte er sich auf den Weg, den schmalen Sandpfad am Bassin entlang, den Blick auf das Wasser und die Boote gerichtet, die Nase im Wind. Luc sah ihm nach und musste lächeln.

Dann griff er zum Telefon und wählte ihre Nummer.

»Ja, *chéri*? Hab mich schon auf deinen Anruf gefreut.«

Anouk klang geradezu beschwingt.

»Hey, wie geht's dir?«

»Sehr gut, bin nur ein bisschen müde. Ich war den ganzen Nachmittag mit Audrey draußen an den Quais, und wir sind bis zum Quai des Marques und zurück spaziert.«

»So weit? Ist das nicht …«

»Luc, jetzt hör doch auf. Es war ein Traumwetter, und wir haben die Stadt genossen und die Schiffe auf dem Fluss und haben gequatscht, es war herrlich. Wie läuft es bei dir? Kommst du heute noch zurück? Ich bin dann sicher schon im Bett.«

Er zögerte einen Moment, dann räusperte er sich.

»Es läuft, ehrlich gesagt, nicht so gut. Die Fronten sind sehr verhärtet. Ich hatte ja Alain mitgenommen, wie du es mir geraten hast. Aber der verdammte Aubry ist hier aufgetaucht und hat mir die Hölle heißgemacht deswegen.«

»*Merde.*«

»Du sagst es. Er hat mich vor aller Augen auflaufen lassen. Ich werde ihm den Hals brechen. Ehrlich.«

»Das heißt, dass du über Nacht bleiben musst?«

»Oder es geschieht hier noch ein Wunder. Aber wenn du sagst, dass es losgeht, dann komme ich natürlich sofort zurück!«

»Luc, es ist alles gut, wirklich. Ich habe unten einen Salat gegessen, und jetzt lese ich noch ein paar Seiten, und dann gehe ich ins Bett. Mach dir keine Sorgen. Ich drücke dir die Daumen, dass alles gut geht. Okay?«

»*D'accord*«, sagte Luc zum zweiten Mal innerhalb von fünf Minuten. »Dann schlaf gut, *chérie.*«

»Ich liebe dich, Luc. *Bonne nuit* und viel Erfolg.«

»*Bonne nuit.* Ich dich auch, Anouk. Und unsere Kleine.«

Ein zartes Lachen am anderen Ende, dann legte sie auf.

5

Er fuhr wieder am Leuchtturm vorbei, diesmal aber saß er alleine im Wagen, und zwar mit äußerst finsterer Laune. Der Wind hatte aufgefrischt und wehte durchs offene Fenster hinein. Rechts verlief die hohe Düne, hinter der der Ozean lag, Luc aber hielt sich links und bog dann am Ende der Straße in die Rue de Paradis ein. Ganz hinten, unterhalb des weißen Hauses, stand der schwarze Renault, Aubry war also immer noch im Château des Bürgermeisters. Luc verspürte keine große Lust, sich schon dazuzugesellen.

Es überraschte ihn, im ersten Haus auf der linken Seite die Lichter brennen zu sehen. Also hatten sich alle aus dem »Chez Jean« zurückgezogen und waren wieder in den eigenen vier Wänden. Gut so. Luc bremste und hielt auf dem Randstreifen, dann stieg er aus, ging durch den Vorgarten der Peronnes und klopfte an die Holztür. Es war das kleine Mädchen, Charlotte, das öffnete und zu ihm nach oben sah, sein Gesicht eine Mischung aus Neugier und Scheu. Luc lächelte sie an, sofort schoss ihm der Gedanke in den Kopf: *Bald öffnet meine Tochter dem Besuch die Tür.* Seine schlechte Laune war augenblicklich vergangen.

»Hallo, ich bin der Polizist von vorhin«, sagte er und kniete sich vor der Tür hin, um mit Charlotte auf Augenhöhe zu sein. »Sind deine Eltern zu Hause?«

»*Maman!*«, rief sie und drehte sich dabei um, »*Maman!*«

Luc wartete, bis Dominique Peronne in der Tür erschien und ihn lächelnd ansah. »Na, Commissaire, das war ja eine schöne Vorstellung vorhin, eine richtige dramatische Komödie. War das geplant? So als Guter-Cop-böser-Cop-Spiel? Damit wir Ihnen vertrauen und Ihren Boss hassen?«

»Ich wünschte, es wäre so«, sagte Luc und verzog das Gesicht. »Nein, dieses Drehbuch hätte ich nicht schreiben können.«

»Kommen Sie herein«, sagte sie und ließ ihn eintreten. Sie gingen durch den Flur, von dem allerlei Türen abgingen, die alle offen standen: ein Kinderzimmer, ein kleines Bad und das Elternschlafzimmer, linker Hand dann das Wohnzimmer. Das Haus war nicht sehr groß, wie er auf den ersten Blick feststellte, aber es war geschmackvoll eingerichtet, auf dem Esstisch standen frische Blumen. Das hier war kein Wohnzimmer, das am nächsten Tag für immer verlassen werden sollte. Die Fotos auf der Kommode: Charlotte als Baby, die stolzen Eltern, damals war Albert noch nicht komplett grau, sondern sah aus wie ein junger Mann. Wie sechs Jahre einen Menschen verändern konnten. Das Zimmer hatte einen Wintergarten, dessen Fensterfront auf das Bassin hinausging. Draußen sah er den Feuerwehrmann, der Holz in eine Feuerschale legte, die Flammen stiegen hoch und wurden vom Wind, der mittlerweile gegen die Scheibe peitschte, ziemlich wild hin- und hergeworfen.

»Sie hegen offenbar keine starken Gefühle für Ihren Bürgermeister, Madame.«

»Zumindest keine positiven, wenn Sie es so ausdrücken wollen, Commissaire.«

»Darf ich fragen, wieso?«

Albert blickte eben auf, bemerkte Luc, legte noch einen Scheit in die Feuerschale, dann ging er aufs Haus zu.

»Er ist ein Schwätzer, ein dummer Schwätzer – und solche Männer kann ich nicht leiden.«

»*Bonsoir, Commissaire*«, sagte Albert Peronne und klopfte sich auf einer Matte die Schuhe ab, bevor er das Haus betrat. »Dürfen wir Ihnen etwas anbieten? Ein Bier vielleicht?«

»Nein, vielen Dank, Monsieur Peronne. Lassen Sie mich direkt zur Sache kommen. Ich habe mich gefragt, was Sie vorhin meinten, als Sie dem Bürgermeister sagten, auch er habe Leichen im Keller.«

Peronne blickte zu Boden, doch es war seine Tochter, die ihm zu Hilfe kam, indem sie sich an seine Beine klammerte. »Papa, wirf mich hoch«, rief sie, und er nahm sie, sein eben noch verkniffenes Gesicht bekam einen fröhlichen Ausdruck. Er fasste sich.

»Ach, nichts, Commissaire, das war nur so dahingesagt«, murmelte er lächelnd.

»Das kann ich mir ehrlich gesagt nicht vorstellen.«

»Wissen Sie, wir sind so eine kleine verschworene Gemeinde, natürlich weiß hier jeder viel über den anderen. Aber …«

»Albert, jetzt hör doch auf mit dem Quatsch!«, fuhr seine Frau dazwischen, das Haar wippte ihr auf den Schultern. »Was haben wir denn noch zu verlieren? Ich glaube jedenfalls nicht daran, dass Ihnen, bei allem Respekt, Commissaire, innerhalb der nächsten Stunden eine praktikable Lösung einfällt und dass Sie dann auch noch die Macht haben, sie umzusetzen. Wenn Ihnen etwas hilft, dann die volle Wahrheit: Es war Deschamps, der ein Haus haben wollte in dieser Lage. Das hier ist Naturschutzgebiet, Dünenschutzgebiet, Flutgebiet. Jeder von uns wusste das. Doch Deschamps war gerade erst Bürgermeister geworden, vor 22 Jahren, als er entschied, dass die Rue de Paradis bebaut wird. Das absolute Sahnestück hat er sich natürlich selbst geschnappt. Als die Präfektur die Pläne prüfen wollte, gab es immer eine andere Entschuldigung aus dem Rathaus. Doch Deschamps wusste, dass er alleine nicht würde bestehen können. Und er wusste, wen er zu Komplizen würde machen können. Es kann nicht lange gedauert haben – am Ende hatte er einige Bürger überzeugt, auch in der Rue de Paradis zu bauen. Er würde sich um die Genehmigungen kümmern. Also haben wir, vollkommen bestochen, ja betrunken von dieser herrlichen Ecke, alle gebaut, und als dann nach zwei Jahren das Amt kam, hob Deschamps die Hände, murmelte etwas von Bestandsschutz, und die Sache war geritzt. Niemand kam damals auf die Idee, die Häuser wieder abreißen zu lassen. Bis zu jener Nacht im März.«

»Die Bebauung in der Flutzone war also ganz allein Deschamps' Idee?«

»Einzig und allein seine Idee. Aber natürlich – wir sind alle mitgezogen. Albert und ich, wir waren damals ein junges Paar. Wir hatten ein kleines Häuschen gemietet, viel weiter im Norden, weit weg vom Strand. Deschamps kannte Albert von der Feuerwehr, und er hat ihm dann das Angebot gemacht, er hat uns über seine Kontakte sogar einen zinsgünstigen Kredit besorgt.«

»Ein Mann, der wirklich an alles denkt.«

»So ist er, unser Philippe. Herzensgut und zuckersüß, wenn für ihn am Ende am meisten rausspringt.«

Ihr Spott war beißend.

»Madame Peronne, ganz im Ernst: Ich weiß, dass es für Sie schwierig ist, jemandem zu vertrauen, der den Staat vertritt. Und ich gebe Ihnen recht, es ist ziemlich schwer vorstellbar, dass diese Häuser – auch Ihr Haus – noch lange an diesem Ort stehen werden. Deshalb frage ich mich, was für Sie ein guter Kompromiss sein könnte – gäbe es da etwas?«

Albert Peronne, der mittlerweile in dem großen Sessel saß, streichelte Charlottes Kopf, der auf seiner Brust ruhte. »Wir würden sicherlich umziehen«, sagte er leise, »wenn wir dabei auf der Insel bleiben können. Weißt du noch, *chérie*, damals in Petit Piquey, das war doch auch schön.« Ein anderes der elf kleinen Dörfer, ungefähr in der Mitte der Insel, ein Stück weiter im Landesinnern.

»Vergiss es«, fuhr Dominique ihn an, ihre Stimme eine Spur zu schrill. »Wirklich, Albert, irgendwann ist es auch mal gut damit, es ständig allen recht machen zu wollen. Ich sage dir: Wenn Deschamps hier wohnen bleibt, dann bleiben wir das auch. Und wenn wir weggehen müssen, dann lasse ich auf keinen Fall zu, dass er einfach weiter auf seinem Sahnestück hocken kann. Dann klage ich ihn in Grund und Boden.«

Luc war hin- und hergerissen. Auf der einen Seite bekam er hier Einblicke, die einem guten Ermittler halfen, die Dinge besser zu verstehen und die verschiedenen Parteien in diesem Konflikt kennenzulernen, auf der anderen Seite war es ihm ein Graus, Menschen in einer Extremsituation in einem derart privaten Moment zu erleben. Doch er hatte nicht mit Alberts Reaktion gerechnet. Der ließ aus dem Sessel nun seine tiefe Stimme vernehmen. Voll Autorität und Würde sagte er:

»Dominique, ich möchte, dass du jetzt aufhörst damit, mich zu maßregeln. Mit welchem Geld willst du Philippe denn verklagen? Mit welchen Mitteln willst du dieses Haus hier halten, koste es, was es wolle? Wir haben kein Geld, und wir haben keine Zeit, um lange auszuharren und diesen Kampf zu kämpfen. Ich arbeite neben der Feuerwehr in dieser kleinen Firma, die kurz vor dem Konkurs steht, und du bringst aus dem Presseladen auch nur ein paar Hundert Euro nach Hause. Das ist okay, wir kommen damit über die Runden – aber große Sprünge können wir nicht machen. Herrgott, du spielst immer die Dame von Welt, aber eigentlich sind wir nur ganz einfache Leute.«

Dominique sah ihn an, der Ausdruck in ihren Augen verriet Fassungslosigkeit, aber auch Scham. Sie drehte sich weg, dann ging sie schnell aus dem Zimmer, und Luc hörte irgendwo im Flur eine Tür schlagen. Dann war Stille.

»Tut mir leid, dass Sie das mitkriegen, Commissaire.«

»Mir tut es leid, dass ich Sie in so einem Augenblick belästige.«

»Ach nein, bitte, Sie machen nur Ihre Arbeit. Also, wir stehen einer guten Lösung nicht im Wege – und ich verspreche Ihnen: Das gilt auch für Dominique.«

»Ich werde alles versuchen, Monsieur Peronne. Ich danke Ihnen. Gute Nacht.«

»Gute Nacht, Commissaire.«

Luc verließ das Haus durch den Flur, die Stille hinter ihm war bedrückend. Als er hinaustrat, schob ihn der Sturm regelrecht in den Vorgarten, er kam sich vor wie in einem Windkanal. Die Blätter wurden von den Bäumen gerissen und flogen durch die Luft, er schützte seinen Kopf und lief rasch hinüber zu dem anderen Haus schräg gegenüber, klingelte, und Gott sei Dank wurde ihm sehr schnell geöffnet.

6

»Sie sollten einen Tee trinken, es ist furchtbar kalt geworden«, sagte Paul Mercier und stand auf, um eine Tasse aus dem Glasschrank zu holen.

»Der Commissaire möchte sicher lieber meinen Wein probieren«, sagte Claudette Mercier, die vom Sofa aufsprang, um Luc entsprechend auszustatten.

»Ich muss ohnehin gleich weiter, Madame, Monsieur, also vielen Dank.«

»Nehmen Sie doch Platz«, beharrte Madame Mercier, und Luc ließ sich neben ihr nieder, auch wenn ihm das reichlich unangemessen vorkam, doch es gab keinen anderen Platz. Paul saß im Sessel, seine Frau auf dem Sofa. Sie rückte augenblicklich ein Stück näher an Luc heran.

»Sie sind hier, um uns zu überzeugen«, sagte Paul Mercier und blickte den Commissaire mit seinen freundlichen braunen Augen an. »Sozusagen im Einzelgespräch, richtig?«

»Nun, ich glaube, das Problem ist zu groß, als dass es reichen würde, dass ich Sie schlicht vom Umzug überzeuge. Ich bin hier, um zu sehen, ob es einen Weg gibt, dieses Problem zu lösen.«

»Wir sehen ein, dass es gefährlich ist, hier wohnen zu bleiben«, sagte Claudette. »Und wir können nicht einfach eine Etage auf unser Haus setzen – das können wir uns nicht leisten. Ertrinken wollen wir in diesem Haus selbstverständlich auch nicht. Die arme Olive, Gott hab sie selig. Was soll ich sagen? Ich war ja in Marokko in dieser furchtbaren Nacht, erst am nächsten Tag bin ich heimgekehrt, aber ich werde das nie vergessen: All der Schlamm, die Schäden unter diesem grauen Himmel, der alles zu erdrücken schien, die Rue de Paradis wird nie wieder dieselbe sein. Aber es ist dennoch so, Commissaire, wir haben eben einen Großteil unseres Lebens in diesem Haus verbracht. Und unserer Ehe. Unser gemeinsames Leben, es ist hier.«

»Sie wohnen hier, seit es die Rue de Paradis gibt?«

»Ja, als es auf einmal die Möglichkeit gab, hier zu bauen, haben wir sie sofort genutzt. Und ich habe auch Olives verstorbenen Mann überzeugt, mit uns mitzuziehen«, sagte Claudette.

»Waren Sie schon vorher Nachbarn?«

»Ja, wir haben vorher Tür an Tür in Lège gewohnt. Und dann, als uns Bürgermeister Deschamps das Angebot machte, sind wir hierhergezogen. Wussten Sie, dass er es war, der der Straße ihren Namen gegeben hat? ›Wer wohnt nicht gern im Paradies‹, hat er immer gesagt.«

»Und nun fällt es Ihnen natürlich schwer, von hier wegzugehen.«

»Ach, wissen Sie, Commissaire, es ist ja nicht so, dass wir nicht auch schon darüber nachgedacht haben«, antwortete Paul. »Schließlich sind wir nicht mehr die Jüngsten. Solange Claudette noch Auto fährt, ist alles in Ordnung, weil sie dann zum Supermarkt fahren kann – oder mich zum Arzt bringen. Aber eigentlich wäre ein Dorf, in dem alles nahe beisammen ist, schon besser. Wir waren jedenfalls in Mérignac und haben uns das Gebiet angesehen, in dem die Häuser für uns errichtet werden sollen. Es ist nicht das Cap, aber es gibt dort viele Annehmlichkeiten für Senioren. Einen fußläufigen Supermarkt, ein Ärztehaus ...«

»Es ist ein Vorort, Paul. Ich habe doch gesagt, dass ich nicht in einen Vorort ziehe. Warum fängst du denn wieder davon an?«

»Ich will dem Commissaire eben sagen, dass wir offen für eine Lösung sind.«

Ihr Gesicht wurde ganz rot, als Claudette rief:

»Du willst doch nur hier weg, weil ...«, doch dann fing sie sich, griff wütend zu ihrem Weinglas und stürzte seinen Inhalt in einem Zug hinunter.

Pauls Gesicht sagte Luc, dass er alle Nachfragen besser auf einen späteren Zeitpunkt verschob.

»Gut, ich kann nun ungefähr einschätzen, was ich für Sie tun kann, Madame und Monsieur Mercier. Ich danke Ihnen. Gute Nacht.«

Luc stand auf, Paul begleitete ihn zur Tür. Als er öffnete und den Commissaire herausließ, atmete er schwer, seine Augen funkelten, er schien etwas sagen zu wollen, blieb aber stumm.

In jedem Haus, in dem ich auftauche, scheine ich tiefe Wunden aufzureißen, dachte Luc, als er auf die dunkle Straße trat.

7

Der Himmel war nun gänzlich dunkel, sodass sich das große Fenster im ersten Stock des imposanten Hauses am Ende der Sackgasse umso deutlicher vor Lucs Augen abzeichnete. Die beiden Männer standen direkt hinter der Scheibe und hielten offensichtlich schwere Gläser in der Hand. Lucs Lust, dem beizuwohnen, war immer noch begrenzt.

Also hielt er fürs Erste auf das kleine Haus zu, das am Ende der Straße auf der linken, auf der Bassinseite lag. Ein kleines Schild am Zaun wies es als die »Pêcherie Lopez« aus.

Er klingelte an der Tür, aber niemand öffnete. Also ging er durch das kleine Zauntor in den Garten, in dem das Nebengelass war, eine große und eine kleine Scheune, vor deren Toren reichlich Netze und Werkzeuge lagen, unverkennbar das Zuhause eines Fischers. Er sah in die große Scheune hinein, die offen stand, doch der kalte Raum mit seinem Leuchtstoffröhrenlicht war leer. Da erklang hinter ihm eine Stimme: »Commissaire.«

Er drehte sich überrascht um. Serge Lopez hatte nahezu unsichtbar flach auf dem Steg gelegen, um etwas am Bootsmotor zu reparieren. Nun winkte er Luc heran, der mit leichtem Misstrauen den Steg betrat, dessen alte hölzerne Balken bei jedem Schritt knarzten.

»Das Wetter erinnert mich verdächtig an den Tag im März. Da war es auch so ein Hin und Her gewesen vorher. Hoffen wir, dass es nicht so schlimm kommt.«

»Im Wetterbericht haben sie gesagt, es wird vor allem das Baskenland treffen.«

»Wer glaubt schon dem Wetterbericht! Ich befürchte – ach, lassen wir das. Schlimmer als damals kann es nicht werden. So, willkommen auf meinem bescheidenen Grundstück. Verstehen Sie jetzt, warum die Straße so heißt? Das hier … Das ist das Paradies. Sehen Sie dort drüben? Was da so glänzt?«

»Die Düne von Pilat.«

»Hundertzehn Meter hoch, fast drei Kilometer lang. Ist es nicht unglaublich, was die Natur erschafft?«

Es stimmte: Im Dunkeln lag die Düne auf der anderen Seite des Bassins wie eine Erscheinung. Ein großer Berg aus Sand, dessen helle Farbe sich gegen den Himmel und das Meer absetzte. Die Wand sah von hier aus ganz gemächlich ansteigend aus, doch Luc erinnerte sich nur zu gut, wie atemberaubend steil sie war, wenn man ganz nah davorstand – oder besser noch: sich von ganz oben herunterrollte. Das wäre eine der ersten Sachen, die er mit seiner Tochter machen wollte, sobald sie zwei, drei Jahre alt wäre – das wird ein Spaß, dachte er. Für einen langen Augenblick waren seine Gedanken bei Anouk.

Die Düne von Pilat lag vom Cap Ferret aus gesehen südöstlich, gegenüber war nur noch die Vogelschutzinsel von Arguin, dahinter dann das offene Meer. Das Meer, das in diesem Moment gegen die Düne der Halbinsel prallte, die der vorgelagerte Schutz für das gesamte Bassin war.

»Es ist einfach der beste Ort der Welt, zum Leben und zum

Arbeiten. Ich habe alles, ich kann im Bassin fischen, und ich kann hinausfahren aufs offene Meer, und zwar innerhalb einer halben Stunde. So eine Flexibilität kann kein anderer Fischer bieten. Ich sage Ihnen: Deschamps hätte uns damals gar nicht alle herholen sollen. Aber nun, da wir da sind, wird er es nicht schaffen, uns wieder zu verjagen. Nur weil er gemerkt hat, dass es hier alleine viel schöner ist.«

»Wie meinen Sie das?«

»Ach, wissen Sie das gar nicht? Ich dachte, es steht in jeder Akte. Er droht mir seit einem Jahr mit Anzeigen, und ich war der Meinung, er hätte längst eine erstattet.«

»Was hat er denn gegen Sie?«

»Sein Schlafzimmer geht hier nach hinten raus auf das Bassin. Und mein Tag beginnt sehr früh, meist schon um drei, halb vier. Es ist viel Arbeit – die Netze aufladen, die Kisten, dann das Boot starten und hinausfahren. Mein Boot ist alt, genau wie der Motor, das gibt nun mal 'ne laute Mischung. Deshalb beschwert er sich. Der Lärm würde ihn wecken. Und er hasst es, dass es in seinem Garten ständig nach Fisch riecht, wegen mir. Dann soll er halt nicht am Meer wohnen, hab ich ihm gesagt. Aber er hat nur gelacht: ›Bald wohnst du nicht mehr hier‹, hat er gesagt. Wie fies kann ein einziger Mensch eigentlich sein? Wie kann Brigitte nur mit dem zusammenleben?«

Der Wind wurde immer heftiger. War das Wasser der anrollenden Flut bisher eher sanft gegen den Steg geplätschert, kamen nun erste Wellen aus dem Bassin an, ein Rücklauf der Atlantikwellen, die südlich von hier anlandeten.

»Und dann sein Auftritt vorhin – das mit den Geheimnissen –, er ist einfach ein Teufel. Wenn er bis heute noch einen Freund in dieser Straße hatte, was ich bezweifle, hat er ab heute Abend jedenfalls nur noch Feinde.«

»Aus allem, was ich höre, verstehe ich immer weniger, warum die Bewohner vom Cap diesen Mann zu ihrem Bürgermeister wählen.«

»Und das seit mehr als zwanzig Jahren. Ich kann es Ihnen sagen: Er ist ein Menschenfänger. Er hat die Schlüsselpositionen der Gemeinde mit Vertrauten besetzt. Und er hat unsichtbare Schnüre durch das ganze Dorf gespannt, bestehend aus kleinen Gefälligkeiten, großen Abhängigkeiten und Undurchsichtigkeiten, die stets kurz davor sind, illegal zu sein. So hat er es hingekriegt, dass jeder ein bisschen von ihm abhängig ist. Es ist wie in Paris – eben nur im Kleinen.«

»Sie sind ein kluger Mann, Monsieur Lopez. Mein Vater hatte recht. Sagen Sie, leben Sie hier allein?«

Es durchzuckte das Gesicht des Fischers, bevor er deutlich leiser antwortete: »Meine Freundin ist im Winter gegangen. Kurz vor der Flut.«

Er strich einen Moment scheinbar gedankenverloren über das Holz des Bootes. Dann fuhr er fort: »Ich habe wohl zu lange allein gelebt, Commissaire. Bin ein einsamer Wolf. Ich hatte viele Frauen, ja, sicher, aber sie blieben nie lange. Bis Rita kam, vor zwei Jahren. Wir waren wirklich glücklich, aber ich bin einfach zu verschroben, um dauerhaft mit jemandem unter einem Dach zu leben. Irgendwann hat es auch ihr gereicht, und, was das Schlimmste war: Auch ich war erleichtert, als sie weg war, weil ich einfach wieder mein Ding machen konnte. Erleichtert und unendlich traurig. Schwer zu verstehen, was?«

»Ach, im Gegenteil.«

»Haben Sie Kinder, Commissaire?«

Die Frage kam für Luc wie aus dem Nichts.

»Ich werde Vater.«

»Wann?«

»Wenn's gut läuft, nicht heute Nacht. Morgen oder übermorgen.« Er lächelte sanft.

»Sie Glücklicher.«

»Was wollen Sie machen?«

»Sie meinen, wenn mein Haus abgerissen ist?«

»Wenn Sie gezwungen werden, von hier fortzugehen.«

»Ich kann nicht. Ganz einfach.« Er sah weg, zum Meer. »Dann muss ich gehen. Ich meine: ganz. Verstehen Sie?«

Er brauchte eine Minute, um sich zu fassen, bis er sich Luc wieder zuwandte.

»Ich kann nur das: Fischer sein, in diesem Haus und auf meinem Boot. Ich werde darum kämpfen, bis zum letzten Atemzug. Ich habe nämlich nicht das Geld, mir 'ne neue Etage aufs Haus zu setzen, wie Fanny und Yves. Obwohl ich mir auch da nicht erklären kann, woher die die Kohle hatten. So rosig lief's bei denen nämlich auch nicht. Haben ja erst vor kurzem eröffnet. Jedenfalls: Ich werde bleiben. Also versuchen Sie nicht, mich zum Umzug zu zwingen. Ich würde mich wehren, auch wenn Sie es sind. Denn ich mag Sie, Commissaire.«

»Ich hoffe, es wird nicht so weit kommen. Ich danke Ihnen, Monsieur Lopez.«

8

Luc wusste nicht, wann er zum letzten Mal an derart vielen Türen geklingelt hatte. Nun also noch das Château. Er hatte den Spitznamen, den die anderen Bewohner der Rue de Paradis dem Anwesen gegeben hatten, kurzerhand übernommen, passend wie er war.

Die Villa war auf alt getrimmt, sie sah aus wie ein zu klein geratenes Barockschloss, bis auf die großen Fensterfronten, durch die Luc vorhin Aubry und den Bürgermeister erspäht hatte.

Alles war in einem sehr hellen Cremeton gehalten, der jetzt im Mondlicht an Blaugrau grenzte, die dichten Wolken lagen übereinander und schienen über den Himmel zu rasen, graue Türme, zwischen denen sich ab und zu ein kalter Mond zeigte. Die Klingel war ganz standesgemäß ein Gong, der so laut war, dass er nach außen drang.

Es dauerte eine Weile, kein Wunder bei der Größe des Châteaus, bis die Dame des Hauses die Tür öffnete. Luc hatte eigentlich mit einem Dienstboten gerechnet, aber das wäre wohl zu vermessen gewesen. Nein, es war Brigitte Deschamps, die in einem schlichten Wollkleid in der Flügeltür stand und ihn gütig ansah.

»Ja, Commissaire?«

»Guten Abend, Madame Deschamps, mein Kollege Monsieur Aubry ist noch hier?«

»Ja, ein sehr angenehmer Gesprächspartner, bitte, kommen Sie herein. Die beiden sind im ersten Stock.«

Er zog die Schuhe aus und sah sich um. Innen wirkte alles viel moderner, als es von außen schien. Das Haus war wie ein Loft aufgebaut, das untere Stockwerk war ein großer Raum, bestehend aus Esszimmer, Küche und einem nur durch eine Glaswand abgetrennten Arbeitszimmer. Lucs Blick fiel auf die Fensterfront hinter der Küche – und von dort auf ein atemberaubendes Panorama. Die Villa stand in der Dünenlandschaft – und gleichzeitig genau auf der Südspitze der Halbinsel. Dahinter vereinigten sich die beiden Meere: Der Ozean auf der einen Seite, das Bassin auf der anderen – vom Mond beschienen –, Luc konnte sogar die beiden Strömungen sehen, die unter Wasser gegeneinanderprallten und über Wasser einen Wellenkamm ergaben, es war faszinierend. Auch die Düne war zu sehen und die Sandbank von Arguin.

»Wow«, sagte Luc anerkennend. »Sie haben es wirklich außergewöhnlich schön hier.«

»Der Präsident der Republik lebt bescheidener, denke ich«, sagte sie mit einem Augenzwinkern. »Bitte …« Sie wies ihm den Weg die Treppe hinauf, blieb selbst aber unten und er hörte sie in der Küche kramen.

Er ging nach oben, wo ihn ein weiterer Salon mit demselben großzügigen Ausblick erwartete – große Fensterfronten auf beiden Seiten. Mittlerweile saßen Deschamps und Aubry sich gegenüber, in großen Ledersesseln, jeder hielt einen Tumbler in der Hand.

»Ach, hatte ich doch richtig gehört«, sagte der Bürgermeister. »Commissaire, guten Abend. Wir hatten wohl einen etwas holprigen Start.« Er erhob sich und kam auf Luc zu. »Gestatten: Philippe Deschamps, Maire von Cap Ferret.«

»Luc Verlain, angenehm«, sagte Luc trocken.

»Monsieur Aubry hier hat mir schon von Ihnen vorgeschwärmt. Leiter der Brigade Criminelle in Bordeaux, so viele gelöste Fälle, Sie haben eine eindrucksvolle Karriere hingelegt.«

Luc war das alles mehr als unangenehm, er stand da wie ein Schuljunge und musste sich von einem eitlen Pfau loben lassen, während sein Chef zusah, der zehn Jahre jünger war als er. Es war grotesk. Womöglich spürte der Bürgermeister Lucs Befremden, jedenfalls rief er abrupt: »Bitte, nehmen Sie doch Platz, ein Sessel ist noch frei.«

Luc ließ sich in das weiche Leder sinken, der Raum war spärlich möbliert, aber jedes einzelne Stück, das hier stand, wirkte so teuer wie seine gesamte Einrichtung in der Cabane. Weil Aubry seinen Blick zu meiden schien, nickte Luc ihm umso deutlicher zu.

»Möchten Sie auch einen Whiskey, Monsieur le Commissaire?«

»Haben Sie vielen Dank, aber nein.«

»Sie haben ja eine ganze Weile hierher gebraucht«, sagte Deschamps.

»Ja, ich habe all Ihre freundlichen Nachbarn befragt«, antwortete Luc.

»Oh«, sagte der Bürgermeister lachend, »na, dann kann ich mir vorstellen, dass Sie sich jetzt fühlen müssen, als säßen Sie Luzifer persönlich gegenüber.«

»Ist das Ihre Selbsteinschätzung?«

»Ich mag Ihren Humor, Commissaire. Nein, ich kenne meine Bürger nur sehr gut.«

»Ist es leicht, mit Menschen so eng zusammenzuleben, die einen – gelinde gesagt – hassen?«

»Verlain«, zischte Aubry aus seinem Sessel, doch Deschamps schien den jungen Mann im Anzug, der nervös hin- und herrutschte, dass das Leder knarzte, gar nicht zu beachten.

»Wenn ich ein Arsch wäre, würde ich Ihnen antworten, dass mich bei der letzten Wahl 87 Prozent der Bürger vom Cap gewählt haben, das sind Zustände wie in Kuba. Aber ich bin kein Arsch. Deshalb sage ich Ihnen ganz ehrlich, dass es mir natürlich nahegeht. Meine Nachbarn haben gute Gründe, denn sie werden ihre Häuser verlieren durch die Geschehnisse einer einzigen Nacht. Das ist schrecklich, und das ist sicher nichts, was ich so entschieden hätte. Es war die Entscheidung einer höheren Stelle. Doch wir lokalen Politiker, wir müssen das eben ausbaden. Dass keiner aus der Rue de Paradis mich jemals wieder wählen wird, das ist mir schon klar.«

»Ihre Nachbarn scheint eher zu stören, dass Sie der Einzige sind, der hier wohnen bleiben darf in diesem Paradies.«

Deschamps zuckte die Achseln und nickte nachdenklich.

»Es ist die Rechtslage, Commissaire, was soll ich sagen? Unser Haus steht zwar auch in der Flutzone, doch es ist ausreichend geschützt gegen alle Unbilden des Wetters, wir haben eine obere Etage, und wir liegen nicht im Tal wie der Rest der Straße. Ich kann doch nichts dafür, so sind nun mal die Regeln. Meinen Sie, ich würde mein Haus nur aus Solidarität abreißen? Das kann doch niemand allen Ernstes erwarten. Und Sie müssen zugeben: Das hier ist etwas mehr wert als die anderen − nun ja − Bruchbuden.«

»Das ›Chez Jean‹ hat nun auch eine obere Etage.«

Luc hörte etwas unten an der Treppe poltern, ärgerlich sah der Bürgermeister in Richtung des Lärms.

»Brigitte«, rief er, »was ist?«

»Entschuldige«, hörte Luc ihre Stimme von unten, »mir ist das Tablett aus der Hand gerutscht.«

Kopfschüttelnd wandte sich Deschamps wieder Luc zu. »Nun habe ich Ihre Frage vergessen, Commissaire.«

»Das ›Chez Jean‹…«

»Ach ja, nun, ich bin gerade in der Prüfung, ob das die Rechtslage ändert. Für das Restaurant, versteht sich.«

»Es ist noch gar nicht sicher, ob das Restaurant abgerissen werden muss? Ich dachte, morgen kommen die Bagger.«

»Ich werde die Prüfung sehr rasch abgeschlossen haben.« Deschamps' Augen funkelten listig, offenbar mochte er diese Art von rascher Konversation und Entscheidungsfindung.

»Sie wissen, dass Ihre Nachbarn behaupten, ihre Häuser wären vor zwanzig Jahren nur gebaut worden, damit Sie Ihres hier auf die Düne stellen konnten? Sie hätten – sozusagen – das Recht gebeugt?«

»Wissen Sie, Commissaire, mit der Zeit verschwimmen die Wahrheiten. Entweder verklärt sich ganz schlimmes Unrecht und ist dann womöglich sogar irgendwie in Ordnung – oder es wird neues Unrecht hinzugedichtet. Die Bewohner der Rue de Paradis waren schon immer etwas einfältig, was das angeht.« Der Bürgermeister sprach seine scharfen Worte äußerst gelassen aus. Auch wenn Luc ihn wirklich nicht mochte, er verstand, wie Deschamps so weit hatte kommen können. Genau der Typ Politiker war ihm auch in Paris oft begegnet. »Natürlich war das eine rechtliche Grauzone, ob wir in diesem Gebiet bauen dürfen, aber vor zwanzig Jahren war der Naturschutz ja noch nicht so ein Sakrileg wie heute. Im Übrigen – wissen Sie, wer mich bekniet hat, dieses Baugebiet zu erschließen?« Er wies mit der Hand durchs Fenster in die Dunkelheit. »Sie alle. Alle, die jetzt hier wohnen. Albert, dieser Trottel, der seiner wunderschönen Frau endlich was Besseres bieten wollte als diese schreckliche Einzimmerwohnung. Meinen Sie, eine Frau wie Dominique wäre sonst mit ihm zusammengeblieben? Und dann Claudette Mercier, sie saß bei mir im Gemeinderat. Sie hat gedroht, alle meine Budgetpläne abzulehnen, wenn ich ihr nicht ein Grundstück zuschanze. Serge Lopez war damals ein junger Fischer, der den Betrieb am Hafen von seinem Vater übernommen hatte. Er wollte seinem alten Herrn zeigen, was für ein visionärer Typ er ist, damit der endlich mal stolz ist auf seinen Sohn – er hat sein ganzes Geld für das neue Grundstück ausgegeben, der einzige Fischer *entre deux mers*, zwischen den Meeren, das ist sein Slogan. Von dem Größenwahn ist nicht viel übrig geblieben. Wissen Sie, ich würde all diese Details eigentlich nicht mit Ihnen teilen, Commissaire. Aber so schlecht, wie hier alle über mich reden – warum sollte ich da noch ein Blatt vor den Mund nehmen?«

»Uns Polizisten passiert es sehr selten, dass unsere Gesprächspartner derart offen sind, für mich ist das also eher förderlich«, sagte Luc und spürte, dass er doch auch zum Whiskey hätte greifen sollen.

»Im Gegenzug würde ich aber von Ihnen durchaus gerne etwas wissen, nämlich wie Sie vorzugehen gedenken. Ich habe vorhin noch mal mit dem Präfekten telefoniert, und er wünscht sich, dass es hier zu keiner Zitterpartie kommt.«

»Na, ich denke, dass mein Vorgesetzter Ihnen dazu schon Rede und Antwort gestanden hat«, sagte Luc mit einem Seitenblick auf Aubry. Der fuhr augenblicklich hoch, als habe er bis eben unbeteiligt vor sich hingedöst.

»Wir haben natürlich nur unverbindlich gesprochen, Monsieur le Maire und ich, Commissaire. Die operationellen Maßnahmen überlassen wir dann doch lieber einem erfahrenen Beamten wie Ihnen. Also, Monsieur Verlain?«

»Ich würde noch einmal Einzelgespräche führen. Ich denke, dass ich die eine Hälfte der Hausbesitzer bis zum Morgen überzeugen kann, ihre Sachen zu packen.«

»Wen denn?«, fragte Deschamps überrascht, als würde er selbst nun gar nicht damit rechnen.

»Das kann ich Ihnen nicht sagen, Monsieur. Aber bei der anderen Hälfte denke ich nicht, dass ich weiterkommen werde. Wir werden sehen. Einstweilen sollte ich aber erst mal beginnen.«

»Ich werde Sie natürlich begleiten«, sagte Aubry mit betont tiefer Stimme, »die Menschen hier sollen spüren, dass diese Angelegenheit Chefsache ist. Da werde ich mich nicht drücken.«

Luc wollte aufstöhnen, doch im selben Moment zuckten vor der großen Fensterfront sekundenlang Blitze, so nah schon, dass sie das ganze Zimmer taghell erleuchteten, gleich darauf erklang ohrenbetäubender Donner.

»Oh, wow«, sagte Luc, »das klingt ja nach Weltuntergang.«

»Sie kommen wohl nicht vom Meer, oder? So was erleben wir hier ständig.«

»In der Akte steht, so etwas Ähnliches hätten Sie vor sechs Monaten auch gedacht, Monsieur le Maire. Das Ergebnis kennen wir ja.«

Die Züge des Bürgermeisters verschwammen für einen Moment in grimmiger Wut, doch dann fing er sich wieder.

»Nun, ich wünsche Ihnen viel Erfolg bei Ihrer Arbeit. Die Bauarbeiter der Abrissfirma habe ich für morgen um zehn Uhr bestellt. Es wäre gut, wenn es keine langen Wartezeiten gibt – Zeit ist Geld, Commissaire.«

»Wenn Sie noch einen Beruf bräuchten, würde ich Ihnen Politiker vorschlagen, Monsieur Deschamps. Einen schönen Abend noch.«

Luc stand auf und ging die Treppe hinunter, ohne sich umzudrehen. Brauchte er auch nicht, weil er Aubrys wieselflinke Schritte hinter sich hörte.

»*Merci beaucoup,* Madame Deschamps.« Er gab ihr die Hand. Aubry winkte nur einmal kurz, dann verließen sie das Haus. Draußen hatte es zu regnen begonnen.

21 Uhr

LA TEMPÊTE
—
DER STURM

9

Sie schützten die Köpfe mit den Händen, doch es war ein aussichtsloses Unterfangen.

»Wo steht Ihr Wagen?«, rief Aubry gegen den Wind.

»Oben an der Einfahrt zur Straße.«

»Kommen Sie, wir nehmen meinen.«

»Wollen wir nicht zu den Jeans?«

Aubry antwortete nicht, sondern ließ den Wagen blinken, dann setzte er sich schnell ans Steuer und rieb sich mit dem Ärmel seines Mantels das Gesicht, so gut es ging, trocken. Diese Hemdsärmeligkeit hatte Luc ihm gar nicht zugetraut. Auch ihm selbst tropfte der Regen von der Stirn.

»Das ist ja wirklich wie die Sintflut«, sagte er und rieb sich das Wasser aus den Augen.

»Commissaire, ich weiß, wir hatten nicht den besten Start«, sagte Aubry in verändertem Ton und sah Luc dabei mit festem Blick an. »Ich weiß auch, warum das so ist: Für Sie als alten Hasen ist es sicher nicht leicht, einen neuen Chef vorgesetzt zu bekommen, der auch noch so jung ist – und mit neuen Methoden arbeitet.«

Luc wusste nicht, ob er lachen oder weinen sollte. Gerade

hatte er für zehn Sekunden in Erwägung gezogen, Aubry doch zu mögen – und sofort setzte der wieder alles daran, unausstehlich zu sein. Luc hätte ihm gerne unter die Nase gerieben, dass er, Aubry, nur Ersatz für ihn selbst war – aber klar, das ging nicht. Stattdessen sagte er sehr leise:

»Wenn Ihre neue Methode noch einmal darin bestehen sollte, sich vor aller Augen gegen mich zu stellen, und Sie meinen Vater brüskieren, dann wird das nicht gut ausgehen. Haben Sie verstanden?«

Draußen zuckten neue Blitze, der Donner kam nur Sekundenbruchteile später, sie waren inmitten des Gewitters. Das Auto wackelte, weil der Sturm an ihm zerrte. Aubry schluckte und verbarg seine Hände auf dem Sitz, die Stimmung im Wagen war explosiv.

»Ich werde diese Drohung überhören, in Anbetracht dessen, dass wir mitten in einem Einsatz sind. Wir werden es zu gegebener Zeit erörtern.«

Luc war erneut beeindruckt von der Chuzpe des Mannes.

»Gut, Commissaire, also, hier ist mein Plan, und ich wünsche, dass Sie mich darin unterstützen: Wir kommen hier mit den einfachen Maßnahmen, die Sie begonnen haben, nicht weiter. Eine Gesprächstherapie kann bei diesen Anwohnern nicht auf fruchtbaren Boden fallen. Maire Deschamps hat recht, ohne Frage. Ich will, dass im Morgengrauen alle Häuser leer sind. Wir werden jetzt die CRS aus Bordeaux dazurufen. Wenn es sein muss, auch eine Sondereinheit der Gendarmerie. Wir werden die Menschen aus ihren Häusern holen. Es gibt einen rechtsgültigen Räumungsbefehl, also handeln wir nach dem Gesetz. Bei diesem Wetter ist keine Gegenwehr zu erwarten und auch keine unangenehme Presse.«

»Ist das Ihr Ernst, Monsieur? Sie wollen die Leute mit Gewalt aus ihren Häusern holen?«

Aubrys Züge waren hart. »Die hatten alle Zeit, freiwillig zu gehen. Und nun reicht es.« Er nahm sein Handy.

Luc griff nach Aubrys Arm.

»Gut. Aber das machen Sie alleine. Ich fahre nach Hause.«

Der junge Mann sah ihn überrascht an. »Wenn Sie das tun, widersetzen Sie sich meinem Befehl. Sie wissen, was das bedeutet.«

»Ich werde ruhigen Gewissens Urlaub einreichen und danach nach Paris zurückkehren.«

»Das werde ich zu verhindern …«

Sie dachten erst, es sei ein Irrtum, vielleicht eine kosmische Erscheinung, aber nein, es war so hell, so laut, so irre, dass Aubry seinen Satz einfach abreißen ließ und sich ihre beiden Gesichter diesem einen Punkt zuwandten. Der Blitz, der in die hohe Seekiefer einschlug, erleuchtete die Straße in diesem Augenblick, als wäre schlagartig Tag geworden. Gewaltige Äste fielen herab und landeten nicht weit entfernt von ihrem Wagen, der Einschlag musste den Stamm gespalten haben. Obwohl es so heftig regnete, begannen oben am Baum die Flammen zu züngeln, und es dauerte nur Sekunden, bis sie die ganze Kiefer erfasst hatten, der Wind arbeitete gegen das Wasser, sie sahen, wie die Flammen mit jeder Böe immer wieder und noch stärker angefacht wurden.

»Los, wir müssen raus hier, bevor uns ein anderer Baum erschlägt. Den Feuerlöscher …«

»Unter Ihrem Sitz.« Luc griff unter den Beifahrersitz und fand das rote Gerät, das ihm auf einmal wahnsinnig klein und sinnlos vorkam. Sie stiegen aus und fanden sich im Auge des Orkans wieder, doch diesmal gab der Commissaire nichts darauf, dass er in Sekunden nass war bis auf die Haut. Er rannte los, der Brand war hundert Meter die Straße hinauf, der Baum der höchste in der Umgebung, naturgemäß also der, den sich der Blitz ausgewählt hatte. Die Rue de Paradis war bis auf Aubry und ihn menschenleer, Luc sah sich um, sah auch immer wieder nach oben, um möglichen anderen Ästen auszuweichen. Es rauschte und lärmte um ihn herum, doch er hörte dennoch Aubrys schweren Atem hinter sich. »Bin da«, rief der, Luc war also nicht allein, er entsicherte den Feuerlöscher, die Flammen waren nun schon unten am Stamm, der Baum stand genau vorm Haus der Merciers, Luc drückte die Klingel, dann betätigte er den Hebel des Feuerlöschers, richtete ihn auf den Stamm, es zischte, der weiße Schaum wurde vom Wind verweht, war nur eine sekundenlange Wolke, doch es genügte, der Stamm war nun weiß, die Flammen gelöscht, den Rest würde der Regen machen. Paul Mercier öffnete im selben Moment die Tür. »Was ist?«, fragte er.

»Ein Feuer«, rief Luc.

»Wir waren gerade auf dem Weg ins Bett«, sagte der alte Mann. Ein Krachen, ein Lärm, o nein, dachte Luc und zog den Kopf ein, doch es klang ganz anders als vorhin, also sahen sie alle nach Süden, und Paul Mercier, weil er dieses Krachen schon einmal gehört hatte, reagierte als Erster. »Die Düne«, rief er und: »*Mon Dieu*, nicht schon wieder!«, und Luc hörte die ganze Angst und den ganzen Schmerz, und dann erst sah er, dass Mercier die schreckliche Wahrheit sofort erkannt hatte: Da klaffte eine riesige Lücke in der Wand aus Sand, die am unteren Ende des Cap die Befestigung bildete, und was dort schwarz und schwer wie ein Gebilde hereinbrach, war die Flut, das Meer, das sich in Tausenden Litern in die Senke ergoss, jene Senke, in der sie standen.

»Es ist viel größer«, schrie Mercier, »seht, das Haus von Deschamps«, und es stimmte – Luc war sofort klar, was geschah: Das Wasser schlug rund um Deschamps' Château zusammen, flutete den ganzen Garten und lief dann ins Tal.

Schon erfasste es Aubrys Wagen, sie aber standen am tiefsten Punkt, sie hatten keine Zeit, der Regen von oben, der Wind aus Westen, das Wasser aus Süden.

»Kommen Sie«, rief Luc, »holen Sie Claudette.« Aubry stand neben ihm, den Mund aufgerissen, als denke er an den Innenraum seines Wagens, doch der war verloren, das Auto stand innerhalb von Sekunden bis zu den Fenstern in der schwarzen Flut. Paul rannte los, wollte hinein ins Haus, aber Claudette kam ihm schon entgegen, sie hatte einen Aktenordner in der Hand, »O Gott«, rief sie, Paul nahm ihre Hand, dann sah er Luc fragend an, ihre Füße standen schon im Wasser, das stieg, Zentimeter um Zentimeter, kalt und schneidend, »los, wir müssen zu den Jeans …«, er sah, dass drüben bei Albert Peronne die Tür aufging, Gott sei Dank, der Feuerwehrmann erschien im erleuchteten Türspalt.

»Alles klar?«, rief Luc hinüber, »wo ist Charlotte?«

»Dominique holt sie, ich fahre zur Feuerwehr«, rief Albert und stieg in seinen Dacia-Jeep.

»Gut, ich nehme die Frauen mit«, rief Luc ihm zu.

Dominique kam eben aus dem Haus, auf ihrem Arm Charlotte, die erschrocken und verängstigt dreinsah. Sie trug einen Pyjama mit rosa Hasen darauf, erkannte Luc durch den Regen. Sie rannten los, sie mussten schnell sein, das Wasser stieg und stieg.

»Aubry, Sie bleiben hinter uns«, rief Luc und setzte sich an die Spitze der Gruppe, nahm Dominique die kleine Charlotte ab und trug sie in seinen Armen, sie war viel leichter, als er gedacht hatte. Er achtete darauf, dass sein Kopf und sein Körper sie beschützten, dann griff er Dominiques Hand.

»Fassen Sie Claudette an«, rief er gegen den Sturm, und so taten sie es, bildeten eine Kette.

Paul rief: »Ich sehe nach Franck!«

»Nein«, widersprach Luc, »kommen Sie, wir werden gleich nach ihm sehen, erst bringen wir die Frauen hinein«, doch Paul riss sich los: »Ich lasse niemanden mehr zurück«, schrie er, und seine Stimme brach, und Luc erkannte, dass es hoffnungslos war. »Okay«, rief er ihm zu.

Paul bog ab, in den Garten des Morel-Hauses, in den bereits das aus dem Bassin herausdrückende Wasser lief. Sie konnten nicht mehr schnell laufen, das Wasser stand ihnen bis zu den Knien, sie hatten keine Gummistiefel, Lucs Schuhe schienen Tonnen zu wiegen. Er hob den Blick, über ihnen fegte der Orkan in die Kiefern, dass es wieder Äste regnete, und dann – mit einem Mal – zischte und funkelte es quer über sie hinweg, als habe ein Seil Feuer gefangen und sei dann von einer höheren Macht ausgepustet worden. Luc verstand es nicht gleich. Erst als alle Häuser finster wurden, alle Lichter zeitgleich ausgingen, begriff er: Durch die Stromleitung, das einfache Überlandkabel, das an hölzernen Masten die Elektrizität bis ans Ende der Halbinsel transportierte, war der Blitz gejagt – nun lag die Rue de Paradis komplett im Dunkeln.

»Verdammt«, zischte Luc, und Charlotte sah ihn überrascht an, war aber zu ängstlich, um nachzufragen. »Weiter!«, rief er.

Er zog Dominique, die ihrerseits Claudette hinter sich herzog. Aubry bildete das schützende Schlusslicht der Gruppe, wobei Luc kurz dachte, dass Claudette eher Aubry würde beschützen müssen, wenn es hart auf hart käme. Sie wateten nun durch oberschenkelhohes Wasser, immer noch drang die Flut in die Straße, er verstand nun, wie schnell es in jener Nacht gegangen sein musste. Unvorstellbar, wenn man es nicht selbst erlebt hatte. Die arme Olive Morel hatte wirklich keine Chance gehabt, allein in ihrem Haus. Niemand hätte sie hören können bei dem Lärm. Weiter, weiter, er strebte weiter nach vorn, Charlotte war eigentlich leicht, aber sie wurde von Sekunde zu

Sekunde, von Meter zu Meter schwerer, weil Lucs Klamotten sich vollsogen und weil die Kälte ihn zusehends lähmte. Aber da war das Adrenalin, das ihn antrieb, der pure Willen zu überleben. Gott sei Dank war Anouk nicht hier, Gott sei Dank waren sie und seine Tochter in Sicherheit. Endlich, das Tor, längst überflutet, er stieg darüber, spürte, wie sich die Zaunlatten in seine Hose pressten, den Stoff zerrissen, dann half er Dominique hinüber, hielt Charlotte fest, während er auch Claudette noch hinübertrug.

»Rein«, rief er, »wir müssen rein.« Auch hier war alles dunkel, aber er sah gegen die weißen Wolken schwarze Schatten oben an der Treppe.

»Schnell, hierher!«, rief es von dort oben, und er erkannte Fannys Stimme.

Gut so, sie hatten sich schon in Sicherheit gebracht. Sie liefen über die Terrasse – auch hier im Garten stand das Meer. Alles war neu und schön gewesen, und nun war alles wieder verloren! Dann stieg Luc endlich die Treppe hinauf, Charlotte im Arm, kam Schritt für Schritt aus dem Wasser. Oben erwartete auch Yves sie, er nahm Luc das Mädchen ab, flüsterte ihr sanft zu: »Kleine Charlotte, du bist endlich in Sicherheit, alles gut, alles gut«, schirmte sie ab und trug sie hinein.

Luc half den Frauen hinauf, dann auch Aubry, der am Fuße der Treppe zusammensackte und schwer atmete.

»Mein Gott, das ist nicht die Sintflut, sondern die Apokalypse«, stammelte er.

»Kommt alle rein, los, schnell doch, ihr müsst euch ausziehen, sonst erfriert ihr!«, rief Fanny. »Wir haben genug Klamotten für alle.«

Sie gingen hinein in den neuen Restaurantsaal, er war komplett dunkel, weil inzwischen auch der Mond hinter den dichten Wolken verschwunden war.

»Es hat die Stromleitung zerfetzt«, rief Fanny, während sie zu einem Thekenschrank lief. Yves setzte Charlotte, die wie durch ein Wunder fast vollständig trocken geblieben war, auf einen Stuhl. Fanny nahm einen Beutel aus dem Schrank und ging damit durch den Saal, verteilte auf dem langen Tisch und auf der Kommode, der Theke und den Fensterbrettern Kerzen und zündete sie an. Draußen tobte der Sturm, doch hier drinnen wurde Luc beim Anblick all der kleinen Feuer plötzlich ganz ruhig. Er sah zu Aubry hinüber und fragte: »Alles in Ordnung?«

»Ja, danke, Commissaire.«

»Wo ist Paul? Wir müssen Paul suchen.« In Claudettes Stimme lag große Angst.

»Wir geben ihm noch zwei Minuten, Morel zu finden, dann gehe ich raus und suche ihn«, sagte Luc. »Wo ist Serge Lopez?«

»Er hat ein Boot, er hat sich schon in der Nacht im März selbst in Sicherheit gebracht«, sagte Claudette.

Dominique sah sie besorgt an.

»Zwei Minuten«, flüsterte Luc wie ein Mantra.

»Da kommt jemand«, sagte Fanny und rannte zur Tür, sie hatte Schritte auf der Treppe vernommen. Die Frau stolperte ihnen entgegen, bleich und außer Atem, Luc erkannte sie erst auf den zweiten Blick.

»Madame Deschamps«, rief er, und Brigitte fiel ihm in den Arm. »Alles okay?«

»Es ist durch unser ganzes Haus gelaufen, das Wasser«, sagte sie, und Luc wusste nicht, ob ihr Gesicht vom Regen oder von Tränen feucht war. »Es war so furchtbar. Alles, der ganze Garten, alles ist zerstört.«

»Tja, Brigitte, nun siehst du …«, begann Dominique, doch Lucs wütender Blick ließ sie verstummen.

»Wo ist Ihr Mann?«

»Er wollte noch nach Serge sehen.«

»Gut, ich gehe in einer Minute raus und suche die Männer zusammen«, sagte Luc.

»Aber das Wasser ist schon zu hoch, Sie werden nicht weit kommen«, sagte Yves, der aus dem Fenster die Lage beobachtete.

Luc ging zu ihm. Von der großen Fensterfront hatten sie einen guten Blick auf das Château und die unaufhörlich ansteigende Flut. Vom Atlantik aus drang stetig neues Wasser in die Senke, eine dunkle, unendliche Masse.

»Sehen Sie, Commissaire? Dort, hinterm Haus der Deschamps', da ist die Düne abgerutscht. Das ganze Kliff war schon erodiert, durch den letzten Sturm, und jetzt ist ein viel größeres Stück herausgebrochen. Sehen Sie?«

Luc maß mit den Augen den fehlenden Sand und sah, dass Yves' Beobachtung stimmte: Es waren sicher mehr als hundert Meter Düne, die unter der Last des Windes und des Wassers zusammengefallen waren. Das sah ganz und gar nicht gut aus. Der Commissaire griff zu seinem Telefon, das er vorhin geistesgegenwärtig aus der Hosentasche genommen und in seiner Jacke verstaut hatte, so war es trocken geblieben. Immerhin das Handynetz war stabil, die Verstärker waren vom Sturm nicht betroffen. Er wählte die Nummer des Notrufs. Es klingelte, elendig lang. Er war wohl nicht der Einzige. Minuten später meldete sich eine Stimme, der die Anspannung anzuhören war.

»Commissaire Luc Verlain«, sagte er klar und deutlich, »in der Rue de Paradis am Cap Ferret sitzen bis zu zwanzig Personen in einer Tallage fest, wir werden in wenigen Minuten vom Wasser eingeschlossen sein. Wir brauchen dringend Hilfe.«

»Commissaire, Sie sind umgeleitet worden in die Leitstelle von La Rochelle. Bei Ihnen in der Region ist die Hölle los. Die Telefone sind überlastet, alle Feuerwehren sind draußen. Das Stromnetz ist an der Küste komplett zusammengebrochen, und die Rettungshelikopter können nicht starten und landen. Ich gebe Ihre Meldung natürlich weiter, Commissaire, aber ganz ehrlich: Ich würde sagen, es ist eher unwahrscheinlich, dass Sie innerhalb der nächsten Stunde Hilfe bekommen. Suchen Sie sich einen hochgelegenen Punkt – und warten Sie ab.«

»Verstanden, Monsieur. Wir werden die vermissten Personen suchen. Wenn wir Verletzte haben, rufe ich wieder an. *Merci et à bientôt.*« Er legte auf.

Sie waren wirklich auf sich allein gestellt.

10

Erst als sich seine Augen an den Schein der Kerzen gewöhnt hatten, konnte Luc den Raum richtig sehen. Die Jeans hatten wirklich keine Kosten und Mühen gescheut für den Aufbau auf ihr Restaurant. Es war ein großer Raum, der wie ein Wintergarten gebaut war, mit Fenstern, die zum Meer hinausgingen. Es gab eine lange Tafel und mehrere kleinere Tische und alte Holzstühle, alles war sehr geschmackvoll, die hölzernen Geschirrschränke und die kleine Theke der Bar, an der Wand hingen alte Fotos, Luftaufnahmen vom Cap, mehrere in Schwarz-Weiß, die die Vergangenheit der Halbinsel ausweisen, und eine farbige von heute, auf der die Rue de Paradis im Zentrum lag. Der Raum hatte zwei weitere Türen, die geschlossen waren. Hier sah nichts provisorisch aus. Wie sie das in einem halben Jahr bewerkstelligt hatten, war für Luc ein Rätsel, zumal in einem Land, in dem man auf die Baugenehmigungen alleine schon mal ein Vierteljahr warten musste.

Luc sah aus dem Fenster auf den Ozean und das Château. Die Straße war keine Straße mehr, sondern ein Fluss, das Wasser stand hoch darauf, genau wie in allen Gärten, aber wie hoch, war von hier oben aus kaum zu beurteilen. Der Commissaire horchte immer wieder zur Treppe hin, doch in der letzten Minute waren weder Schritte noch schweres Atmen zu vernehmen gewesen. Yves ging nervös auf und ab.

»Gut, dann gehen wir und suchen sie«, beschloss Luc schließlich, und er hörte, wie der junge Gastwirt erleichtert aufatmete. »Yves, Sie kommen mit. Aubry?« Er blickte an einen der kleineren Tische, an dem sein Vorgesetzter saß und angespannt aus dem Fenster sah. Auf die Ansprache hin hob er den Blick, seine Augen zuckten. »Sie bleiben hier und halten die Stellung. Falls es jemand von draußen allein hereinschafft, dann rufen Sie mich an, damit wir denjenigen nicht umsonst suchen. Ich bin auf dem Handy erreichbar.«

»Wird gemacht, Commissaire«, sagte Aubry erleichtert.

»Gehen wir«, sagte Luc, und Yves stand schon neben ihm.

»Hier, nehmen Sie.« Luc sah herab, der Mann reichte ihm Gummistiefel. Wenigstens etwas. »Wir haben uns nach dem letzten Mal bevorratet.« Luc schlüpfte hinein. Sie passten. »Obwohl ich nie gedacht hätte, dass wir sie so schnell brauchen würden«, fügte der junge Mann bitter hinzu. Er gab Luc auch eine große Stabtaschenlampe.

Sie stiegen die Treppe hinab, zurück ins Dunkel.

Luc flüsterte: »*Merde*«, und schüttelte den Kopf, als er erkannte, dass schon die fünfte Treppenstufe von unten im Wasser stand. Ein knapper Meter. Wieder die Kälte, die er oben fast vergessen hatte. Und Furcht. Nicht heute Nacht. Ihm durfte nichts passieren.

»Los, wir halten uns aneinander fest«, sagte Luc, und sie nahmen sich an den Händen. Stufe für Stufe gingen sie hinab, immer tiefer ins Wasser. Langsam tasteten sie sich voran, am Fuße der Treppe stand der Commissaire bis zur Hüfte im Meer. Sie fanden einen Rhythmus, Schritt für Schritt, es war ein Waten, kein Gehen. Sie traten hinaus, auf das, was vorhin noch die Straße gewesen war, alles war unter Wasser, ein schwarzer Fluss, nein, kein Fluss, ein See, die Häuser schauten nur mehr mit dem oberen Teil der Fenster heraus, es war so schnell gegangen. Wieder musste Luc an die arme Olive Morel denken. Er spürte die Strömung, *les courants*, die an ihm zerrten. *Baïne* nannten die Bewohner vom Cap Ferret die besonders starken Rückströmungen an ihrer Küste, nirgendwo sonst in der Aquitaine waren sie kräftiger, und hier, auf der Rue de Paradis stehend, bekam er sie zu spüren: Es zog an seinen Beinen, weil all das Wasser, die Wellen, die Flut, ihren alten Weg suchten, weg vom Land, wieder hinaus, weit hinaus ins Meer. Er schüttelte den Kopf, versuchte, die Gedanken zu verscheuchen. Hinter ihm das schwere Atmen, er sah Yves' Gesicht nicht gänzlich, nur die erschreckten Augen, ganz weiß.

»Es ist noch höher als beim letzten Mal«, flüsterte der.

Sie schalteten ihre Taschenlampen ein. Helle Streifen auf dunkler Brühe. Der Regen hatte etwas nachgelassen, aber der Sturm wehte weiter in schweren Böen über das Wasser.

Sie sahen nach links, zu den Häusern der Familien Peronne, Morel und Mercier, nach rechts, die Häuser von Serge Lopez und den Deschamps.

»Niemand zu sehen«, stellte Luc fest.

»Wir teilen uns auf«, sagte Yves. »Ich gehe zu Serge – bitte, Commissaire, er hat mich damals auch gerettet. Sie sehen nach Paul.«

Luc wollte sich erst sträuben, alleine wären sie in größerer Gefahr als zusammen – andererseits: Es zählte jede Minute. Er nickte. »Gut.«

Er sah Yves nach, der sich mit Mühe einen Weg nach drüben bahnte, auf die andere Straßenseite. Luc hingegen musste noch tiefer ins Wasser, weil die Straße weiter abfiel. Noch zwanzig Zentimeter, und er würde schwimmen müssen. Das

Handy vibrierte in seiner Brusttasche, aber das musste er für den Moment ignorieren – er hatte genug damit zu tun, sich auf den Beinen zu halten. Unglaublich, dass er in jedem dieser Häuser noch vor zwei Stunden gewesen war, jetzt, wo sie hier in völligem Dunkel lagen. Hoffentlich, mit Gottes Hilfe, gab es in dieser Nacht keine neuen Opfer.

Er konnte den Gartenzaun nicht sehen, er war tief unter Wasser, aber er spürte ihn, als er dagegen stieß. Er machte einen großen Schritt und trat in der Flut darüber hinweg, dann ging er langsam durch das, was einmal ein Garten gewesen war. Der Steg, die Pfähle, alles war verschwunden, das Land ging direkt in das Bassin über – eine einzige Fläche. Die Sicht war schlecht, aber da drüben in Arcachon so gar kein Licht zu sehen war, kein Anhaltspunkt, wo sich menschliches Leben befand, vermutete Luc, dass auch dort der Strom ausgefallen war.

»Franck«, rief Luc, weil ihm nichts Besseres einfiel, »Franck! Paul! Paul …« Doch niemand antwortete.

Er sah durch das obere Drittel der Scheibe nach drinnen ins Haus, befürchtete, dass ihm gleich eine Leiche entgegentrieb, doch das Haus war dunkel und wirkte leer. Er sah das kleine Ruderboot auf dem Wasser hin- und herschaukeln, es schien immer noch befestigt zu sein, dort, wo der Steg unter Wasser lag. Warum nicht so, dachte Luc. Er entschied sich, legte seinen Körper aufs Wasser, zog die Gummistiefel aus und nahm sie in die Hand, dann schwamm er einhändig auf das Boot zu, warf die Stiefel hinein, spannte sich an, griff nach dem Holz und zog sich mit der Brust zuerst hinüber. Es schaukelte bedrohlich, doch er kenterte nicht. Er fiel ins Boot und blieb erst mal auf dem Holzboden liegen, der voller Regenwasser war, er atmete den Geruch der alten Farbe ein und schloss für einen Moment die Augen.

Nach einer Weile richtete er sich auf, griff nach den Rudern und machte die Leine los. Er ruderte langsam, rief nach Franck, lauschte aufmerksam in die Umgebung. Niemand antwortete.

Aber dann vernahm er doch etwas, aus Richtung Süden, es schien weit weg, ja, da rief jemand. Zuerst konnte er die Stimme nicht zuordnen und verstand auch nicht, was sie rief, doch dann wurde sie lauter und klarer: »Commissaire!«

Es war der Wirt, Yves. Lucs Gesicht wurde hart, weil er die Angst hören konnte, nackte Angst, er setzte die Ruder neu an und zog entschlossen los, schlug wild mit den Paddeln ins Wasser. Das Boot beschleunigte, und er musste sich anstrengen, um gegen die Strömung auf die Straße hinauszukommen. Schließlich half ihm das Meer, halfen ihm die *baïnes*, weil sie mit ihm zum Ozean hinstrebten.

Der Ruf kam aus Richtung der Fischerei, es dauerte nicht lange, vielleicht nur eine halbe Minute, dann bog Luc da um die Ecke und sah die zwei Köpfe sofort. Zwei? Nein, es waren drei. Yves und Serge Lopez, nur noch ihre Gesichter sahen aus der Flut, und ein dritter weißer Fleck, ein Kopf, den er nicht sofort erkannte und der im Wasser trieb.

»Endlich!«, schrie Yves, als er Luc erblickte. Er war ganz starr. Neben ihm schüttelte Serge den Kopf und sagte ganz ruhig: »Commissaire, wir können Sie brauchen.«

Noch fünfzig Meter, zwanzig, zehn, Luc ließ das Boot ausgleiten, dann gab er Yves die Hand, beide Hände, und zog den Mann hinauf, als Nächstes half er Serge ins Boot, der zwar um einiges schwerer war, aber auch die Kraft hatte, sich ein Stück weit selbst hochzuziehen. »Los, helfen wir …«, wollte Luc sagen und wies auf den dritten Körper, doch Serge schüttelte noch immer den Kopf.

Luc griff nach dem Kopf, fand den Rumpf darunter, seine Hände rutschten im Wasser ab, aber dann gelang es, er drehte ihn um und hätte nicht mehr erschrecken können: die Augen, weit und tief und starr, der Blick nach oben in den Himmel gerichtet, aber kein Leben mehr darin. Die Haut war noch lau, wärmer als das Wasser, in dem der Mann lag, aber Luc hatte zu viele Tote gesehen, um noch den Puls prüfen zu müssen, er wusste: Sie hatten Philippe Deschamps zu spät gefunden.

11

»O Gott, er ist … ist er …?«

Yves hatte sich im Boot aufrecht hingestellt, er tropfte und zitterte und sah zwischen Luc und dem Körper Deschamps' hin und her. Luc hatte mit Serges Hilfe den Leichnam an Bord gehoben.

»Setzen Sie sich, Yves, sonst kentern wir«, schnauzte der Fischer den Gastwirt an. Sofort setzte der sich ans Heck des Bootes, so weit von dem Toten entfernt, wie es gerade möglich war. Der Bürgermeister lag lang ausgestreckt in der Mitte des Ruderbootes. Er war vollständig bekleidet und trotz des kalten Wassers noch nicht starr, der Eintritt des Todes konnte also nicht lange her sein.

»Das ist Francks Boot, oder?«

»Ja«, nickte Luc. Er hatte wieder die Ruder gegriffen und lenkte nun am Château vorbei, er wollte die Straße absuchen, doch in dieser Richtung fuhr er gegen die Strömung.

»Warum hast du dich eigentlich nicht auf dein Boot gerettet?«, fragte Yves mit erstickter Stimme. Doch Serge antwortete ihm nicht, er starrte auf die Leiche des Bürgermeisters. Lucs Blick fiel nach vorne, ganz ans Ende der Straße, wo die Rue de Paradis wieder leicht anstieg, denn dort war ein Licht auszumachen. Er ruderte so schnell er konnte, aber er spürte, wie ihn langsam die Kraft verließ. Er versuchte, mit den Beinen nicht an die Leiche zu stoßen, was aber kaum gelang, das Boot war einfach zu klein.

»Eine Taschenlampe«, sagte Serge, und dann sahen sie den Träger der Lichtquelle: Albert Peronne stand bis zur Hüfte im Wasser und winkte ihnen mit beiden Armen.

»Albert!«, rief Yves, und dann waren sie schon angekommen und nahmen den Mann an Bord. Vier Männer, drei lebendig, einer tot, damit war das Boot nun wirklich überfüllt. Albert erschrak, als der Schein seiner Taschenlampe auf Deschamps' Gesicht fiel.

»O Gott«, rief er, »was ist denn passiert? Verdammt, sagt schon.« Er war kreidebleich, und seine Lippen zitterten unter dem grauen Vollbart.

»Er ist ertrunken«, sagte Serge ganz ruhig und rutschte ein wenig zur Seite, damit der Feuerwehrmann neben ihm Platz nehmen konnte.

»Wo kommen Sie her?«, fragte Luc.

»Ich wollte zur Feuerwache«, sagte der Mann zerknirscht, »aber es gab kein Durchkommen. Weiter hinten, die große Senke im Wald, die steht auf zweihundert Metern unter Wasser, es sind locker zweieinhalb Meter. Keine Chance, da mit dem Auto durchzukommen. Wir sitzen hier fest. Und ich kann nichts tun, ich kann meinen Männern nicht helfen.«

»Vielleicht können Sie uns helfen«, sagte Luc trocken. »Wir müssen Paul Mercier und Franck Morel finden. Ich hoffe, sie teilen nicht das Schicksal des Bürgermeisters.«

»Wo wurden sie zuletzt gesehen?«, fragte Albert.

»Paul wollte Franck suchen«, sagte Luc, gerade, als er wieder das Vibrieren an seiner Brust bemerkte. Diesmal zog er das Handy aus der Innentasche.

»Ja?«

»Commissaire«, hörte er Aubry leise sagen, »zwei der Männer sind gerade hier angekommen: der Alte – und dieser Franck.«

»Leben sie?«

»Ja, *bien sûr*, Commissaire.«

Luc atmete auf. »Gut, dann haben wir alle beisammen. Wir kommen zurück.«

Er legte auf. Dabei fiel sein Blick auf das Display seines Telefons. Der verpasste Anruf von vorhin: Anouk. Sicher wollte sie nur noch einmal *Bonne nuit* wünschen. Er steckte das Telefon weg und griff wieder zu den Rudern. Es waren weitere fünf schweißtreibende Minuten, dann machte er das Boot am hohen Zaun des Restaurants fest. Die oberste Zaunspitze war in normalen Zeiten sicher zwei Meter hoch, jetzt war sie das Letzte, was aus dem Wasser herausschaute.

»Wir ziehen das Boot an die Treppe«, rief Luc, und Albert und der Fischer taten, wie ihnen geheißen.

»Yves, gehen Sie als Erster von Bord.«

Der Wirt stand vorsichtig auf und schaffte es, auf die sechste Steinstufe zu klettern, dann half er Albert hinaus. Luc griff den Leichnam unter den Armen und hob ihn an. »Los, Monsieur Peronne, helfen Sie mir.«

»Aber wir können ihn doch nicht mit reinnehmen«, sagte Yves ungläubig.

»Ich muss mir die Leiche drinnen ansehen. Oder wollen Sie ihn draußen liegen lassen?«, schnauzte Luc ihn an. So langsam ging ihm der Mann auf die Nerven. »Serge? Gehen Sie vorweg und bringen Sie Madame Deschamps in einen anderen Raum. Ich werde ihr gleich vom Tod ihres Mannes berichten. Und auch Charlotte soll ihn nicht sehen.«

Er hatte Aubry vorhin mit Absicht nichts vom Fund der Leiche erzählt, weil er nicht darauf vertraute, dass der die Nachricht ausreichend gefühlvoll überbrachte. Es gab dafür aber auch noch einen anderen Grund.

»Wir können beide in die Tagesküche bringen, sie liegt gleich neben dem Gastraum«, sagte Yves.

»Gut«, sagte Luc nickend.

Er ließ den Fischer und den Wirt vorangehen und gab ihnen zwei Minuten, um die Bürgermeistergattin und Alberts Tochter in den anderen Raum zu bringen. Währenddessen beobachtete er, wie das Wasser immer weiter anstieg. Auch Albert Peronne blickte in die Dunkelheit.

»Das sieht nicht gut aus, gar nicht gut.«

»Zumindest sind wir alle in Sicherheit«, sagte Luc. »Bis auf ihn.«

»Was ist denn bloß geschehen?«, fragte der Feuerwehrmann.

»Vielleicht war das Wasser zu schnell und hat ihn überrascht beim Versuch, Monsieur Lopez zu retten?«

»Das wäre ja wirklich Ironie des Schicksals. Er will den Fischer retten, den er sich immer wegwünscht, und stirbt dabei selbst.«

»Ich werde Sie später fragen, wie Sie das meinen. Jetzt würde ich gerne erst mal hineingehen.«

Er griff den Leichnam wieder unter den Armen, Peronne hob die Beine an. So öffneten sie die dünne Tür und gingen hinein, die Kerzen ließen den Raum leuchten, es sah beinahe festlich aus. Claudette Mercier stand neben ihrem Mann, der sich eben neue Sachen anzog, während Franck Morel noch in ein dickes Handtuch gewickelt dasaß.

Dominique bemerkte Luc, Albert und ihre Fracht als Erste – sie kniff die Augen zusammen, als sehe sie nicht richtig, dann sagte sie: »Ich glaub es nicht.«

Fanny wandte sich sofort zu ihnen um und stieß einen spitzen Schrei aus. »Oh, ist er verletzt? Wir brauchen einen Rettungswagen, einen Helikopter, wir …«

Doch Luc schüttelte den Kopf, und sie legten den Bürgermeister vorsichtig in die hinterste Ecke des Gastraumes, dann zog Luc eine der karierten Tischdecken ab und bedeckte damit den Kopf der Leiche. »Nein, ein Arzt kann hier nichts mehr ausrichten.« Fanny trat einen Schritt näher.

»Was sagen Sie da?«, fragte Franck Morel von der Seite und stand auf, das Handtuch immer noch lässig um sich gewickelt.

Etwas lauter sagte Luc: »Er ist tot.«

Fanny schluckte, schwankte. Und es war Albert Peronne, der gerade rechtzeitig zur Stelle war, um sie aufzufangen. Sie sackte in seinen Armen zusammen, dann war Stille.

»Legen Sie sie hin«, ordnete Luc an, dann kniete er sich neben die Köchin und legte seine Hand vor ihren Mund, um ihren Atem zu prüfen, während Albert ihren Puls fühlte.

»Holen Sie ihr bitte Wasser, Madame Peronne«, bat Luc. Dominique machte sich sofort auf den Weg zur Theke, wo eine *carafe d'eau* stand, füllte ein Glas und brachte es ihrem Mann, der der ohnmächtigen Frau die Lippen benetzte. Paul Mercier hatte seine Frau in den Arm genommen, die unter lautem Schluchzen den Kopf von der Szene abgewandt hatte.

Luc ging währenddessen zu dem Leichnam, nahm die Decke von Deschamps' Kopf und knöpfte vorsichtig das klitschnasse Hemd auf. Er erinnerte sich an die Worte seines Pariser Gerichtsmediziners: Viele Spuren konnte er auf einer Wasserleiche ohnehin nicht vernichten. Das Wasser war wie das Feuer.

Er besah sich die Vorderseite des Mannes, dann wandte er den Kopf zur Seite, erst nach links, dann nach rechts. Luc stutzte. Er erhob sich und ging zur Theke, wo er vorher seine Taschenlampe abgelegt hatte. Er spürte, wie die Blicke ihn durch den Saal verfolgten. Selbst Aubry beobachtete ihn, er hatte sich keinen Zentimeter näher an die Leiche herangewagt.

Wieder beim Toten, schaltete Luc seine Lampe ein. Er richtete den Lichtkegel auf den Kopf, nahm die Haare zur Seite und beugte sich noch weiter herunter.

Es konnte sein. Er korrigierte sich. Nein, es konnte nicht nur sein. Er war sich sicher. Er beleuchtete die Wunde, die zuerst nicht zu sehen gewesen war, weil das Wasser alles Blut abgewaschen und die Kälte alle Adern zusammengezogen hatte. Aber der Riss war deutlich, unübersehbar, und er war lang: Er verlief über die komplette rechte hintere Kopfseite.

»Madame Peronne?« Sie zeigte keine Scheu, sondern stellte sich direkt neben Luc.

»Ja?«

»Ich habe gelesen, dass Sie eine medizinische Ausbildung haben.«

Sie sah ihn überrascht an. »Das ist ja wie beim Geheimdienst, Commissaire. Aber ja, es stimmt, ich habe als Röntgenassistentin gearbeitet.«

»Darf ich Sie bitten, sich das mal anzusehen?« Er zeigte auf den Kopf und nahm noch ein paar Haare zur Seite.

Sie kniete sich neben ihn. »Wie eine Verletzung nach einem heftigen Schlag«, flüsterte sie. »Oder was meinen Sie, Commissaire?«

»Das habe ich auch gedacht. Aber ich habe mich gefragt, wie er bei dem hohen Wasserstand gegen etwas gestoßen sein könnte.«

Sie schüttelte den Kopf. »Das muss mit ziemlicher Wucht passiert sein. Eher unwahrscheinlich. Das Wasser da draußen ist zwar hoch – aber so eine Kraft kann es kaum entfaltet haben, nicht?«

Luc sagte leise: »Dann ist Monsieur Deschamps nicht ertrunken. Jemand hat ihn umgebracht.«

12

»Madame Deschamps.« Luc nickte der Frau des Bürgermeisters zu, bevor er sich in der Küche umsah. Alles hier war neu
und sah, auf Hochglanz poliert, vollkommen unbenutzt aus:
die lange Arbeitsplatte, auf der man gut und gerne für hundert
Personen Gemüse schnippeln konnte, die Gaskochplatten, die
große Plancha, die baskische Grillplatte, die im Zentrum der
Küche stand.

Die Frau des Bürgermeisters stand gegen den Herd gelehnt
und hielt ein kleines Glas Rotwein in der Hand. Die geöffnete
Flasche stand auf der Arbeitsplatte, auch Yves hielt ein Glas
in der Hand. Charlotte saß auf einer der metallenen Oberflä-
chen und malte ein Bild, Luc fragte sich, wo um alles in der
Welt Yves so rasch Buntstifte hergezaubert hatte. Als Yves den
Commissaire erblickte, wollte er schnell hinausgehen, doch
Luc bedeutete ihm, näher zu kommen, dann flüsterte er ihm
zu: »Ihre Frau war kurz ohnmächtig, ihr geht es aber schon
besser.«

»Was?«, rief Yves erschrocken, »ich sehe gleich nach ihr.«

»Gut, nehmen Sie bitte Charlotte mit?«

»Natürlich. Komm, mein Schatz, wir schauen nach Maman.«

Luc ging zu Brigitte Deschamps, die noch einen Schluck aus ihrem Glas nahm.

»Es tut mir sehr leid, Madame«, sagte er leise und senkte kurz den Blick, »aber wir haben Ihren Mann tot aufgefunden. Er lag im Wasser, im Garten von Serge Lopez.«

Er hätte nicht sagen können, was er als Reaktion von ihr erwartet hatte. Dass sie aber einfach nur ihre Hände sinken ließ und ihn mit festem Blick betrachtete, gab ihm ein Gefühl der Hilflosigkeit.

Sie räusperte sich, dann sagte sie:

»Ich habe mich schon gefragt, warum Sie mich aus dem Gastraum bringen lassen. Ist Philippe hier? Ich meine, hier im Restaurant?«

»Wir haben ihn eben hergebracht.«

»Ich möchte ihn sehen.«

Luc nickte.

»Das können Sie gleich, Madame. Allerdings habe ich vorher noch eine Frage: Können Sie mir erzählen, wie das vorhin abgelaufen ist, als Sie aus Ihrem Haus geflohen sind? Wohin ist Ihr Mann abgebogen, und haben Sie irgendjemanden gesehen?«

Sie zog eine Augenbraue hoch und sah ihn forschend an.

»Warum fragen Sie mich das, Commissaire? Mein Mann ... Ist er nicht ertrunken?«

»Das kann ich im Moment noch nicht sagen. Er hat eine eigenartige Wunde am Kopf.«

»Ich glaube, ich verstehe nicht ganz, Commissaire. Sie meinen, mein Mann ist vielleicht ermordet worden?«

Ihre großen Augen reflektierten das helle Licht der Neonröhren an der Küchendecke.

»Ich weiß nicht, ob der Schlag die Todesursache war – oder ob er durch den Schlag bewusstlos wurde und dann ertrunken ist. Ohne Gerichtsmediziner werden wir das auch nicht rauskriegen, und da ich keinen Rechtsmediziner hierherbekomme, muss ich Ihnen leider diese Fragen stellen.«

Sie begann zu nicken und hörte damit auch nicht auf, als sie antwortete. Ihr Kopf nickte die ganze Zeit, als bestätigte sie sich die eigenen Erinnerungen.

»Ich war unten in der Küche und habe aufgeräumt und das Frühstück vorbereitet, dafür noch die Marmelade aus einem Schrank geholt, der weiter oben angebracht ist. Als ich wieder runterstieg, bekam ich plötzlich nasse Füße. Es war ganz leise, ich habe das Wasser gar nicht kommen hören, können Sie das glauben? Die Düne war gebrochen, das habe ich dann auch verstanden, aber ich habe es gar nicht richtig gesehen, es war so dunkel. Jedenfalls habe ich mich erschrocken, und dann habe ich auch noch das Glas mit der Marmelade fallen lassen vor Schreck, und das Wasser stieg und stieg, und ich habe gerufen: ›Philippe, Philippe!‹, und er hat von oben ›Was ist?‹ heruntergerufen. ›Die Düne‹, hab ich geantwortet. Und dann hat er aus dem Fenster gesehen, von dort oben hat man einen besseren Blick, wissen Sie? Ich habe ihn fluchen hören, er war außer sich, ich habe ihn noch nie so gehört.«

»Und dann, Madame?«

»Die ganze Küche stand unter Wasser … Es war so schrecklich, weil ich wusste, dass alles kaputtgehen wird, meine Küche ist aus Holz, und ich muss wirklich versteinert gewesen sein vor Schreck, jedenfalls kam Philippe rein und schrie: ›Los, nun komm schon, warum stehst du hier so rum?‹ Ich musste mich regelrecht losreißen, ich … Die Scherben, ich kann die Scherben des Marmeladenglases nicht vergessen.«

»Und dann haben Sie das Haus verlassen?«

»Es war wie in einem schlechten Film. Wir haben die Tür aufgemacht, sie ist ja an der Seite, und Philippe hat einen Schritt rausgemacht, und fast hätte ihm das Wasser die Füße weggerissen, es ist ja sehr abschüssig bei uns, das war wie auf einer Wildwasserbahn. Es floss ums Haus herum, aber auch durchs Haus durch, immer in eine Richtung, den Berg runter. Es war … so schrecklich. Ich habe mich ganz dicht hinter ihm gehalten. Wissen Sie, letztes Mal war ich ja alleine im Haus, ich habe das damals erst gar nicht mitbekommen, weil die Düne ja viel weiter nördlich gebrochen war, deshalb waren wir gar nicht betroffen. Und nun stand ich vor unserem Haus und konnte es nicht fassen. Ich glaube, Philippe muss sich an die arme Olive erinnert haben, das war ein Trauma für ihn, für uns alle, und er wollte um jeden Preis verhindern, dass das noch mal passiert. Als wir unten angekommen waren, meinte er zu mir: ›Geh zu den Jeans, ich sehe nach Serge.‹ Und dann ist er abgebogen auf das Grundstück des Fischers. Er hat sich nicht mehr umgedreht, er ist ganz langsam dort hineingegangen, und das ist das Letzte, was ich von ihm gesehen habe. Nun sagen Sie, dass er tot ist, und ich verstehe das einfach nicht.«

»Haben Sie sonst jemanden gesehen?«

»Nein«, sagte sie kopfschüttelnd, »da war niemand, sonst hätte ich Philippe darauf aufmerksam gemacht. Aber Sie wissen ja selbst, wie laut es war und wie hoch das Wasser schon stand, ich habe nur zugesehen, dass ich es zu den Jeans schaffe, ohne selbst auszurutschen und unter Wasser zu geraten. Aber Commissaire, er war auf Serges Grundstück, das heißt doch … haben Sie Serge gefunden?«

»Ja, er ist draußen.«

»Dann …«

Ihr Blick hatte sich verändert, er war hart geworden und jetzt fest auf die Tür gerichtet, hinter der sich der Gastraum befand.

22.30 Uhr

TROP D'ENNEMIS
—
ZU VIELE FEINDE

13

»Bitte, Madame, lassen Sie mich meine Arbeit machen, *d'accord?*«

Sie nickte.

»Gut, dann gehen wir jetzt nach drüben.«

Sie gingen zurück in den Gastraum. Während Brigitte in die Toilette hinter der nächsten Tür abbog, steuerte der Commissaire auf Dominique zu. »Madame Peronne«, flüsterte er, »es ist eine schreckliche Situation, aber wir sind hier gefangen. Ich muss mit Ihnen allen über den Toten sprechen, aber ich möchte natürlich Charlotte nicht verschrecken. Andererseits können wir sie ja nicht allein in der Küche einsperren.« Das Mädchen saß neben seiner Maman am Tisch und sah zum Fenster hinaus auf das fließende Wasser. Sie schien keine Angst zu haben, vielmehr mit Faszination den neuen Fluss zu betrachten, der nun dort floss, wo sie sonst Fahrrad fuhr und Ball spielte.

»Machen Sie nur, Commissaire, Charlotte hat Bürgermeister Deschamps schon entdeckt, wir haben ihr erklärt, dass es ihm nicht gut geht und dass er schlafen muss.«

»Okay«, sagte Luc, »ich formuliere möglichst vorsichtig.«

Beim Blick auf das Mädchen fiel ihm sein Handy ein. Anouks Anruf. Er ging nach vorne zur Tür und öffnete sie, das Wasser hatte noch zwei Stufen der Treppe genommen, nun würde er also beobachten, ob es noch weiter anstieg. Er griff zum Telefon und wollte gerade ihre Nummer wählen, da blinkte das Display von sich aus auf. Sein Bauch verkrampfte sich. Er hob sofort ab und sagte:

»Du glaubst es nicht, ich habe in diesem Moment deine Nummer gewählt.«

Er hoffte, dass sie sein Lachen am anderen Ende erwiderte, doch ihre Stimme klang verändert.

»Hey, Luc, da bist du ja endlich, du … Ich glaube, es geht los.«

Es gab viele Sätze, die Luc in dieser Nacht nicht hatte hören wollen – dies hier war womöglich der folgenschwerste. Er spürte, wie ihm heiß wurde, wie er die freie Faust ballte, als gelte es, einen unsichtbaren Feind zu besiegen. Verdammt.

»Anouk, o mein Gott, was ist, hast du Schmerzen?«

»Ich weiß nicht, es fühlt sich merkwürdig an. Ich war ja so müde gestern Abend und bin auch sofort eingeschlafen. Und dann bin ich vorhin aufgewacht, weil ich dringend ins Bad musste, und seitdem habe ich ganz leichte Wehen, denke ich, aber … Kannst du kommen?«

»Ich … _chérie_, wenn du geschlafen hast, dann hast du keine Nachrichten gehört – ich sitze hier fest.«

»Was? Luc, was hast du gesagt?« Nun hörte er die Angst in ihrer Stimme, er hatte sie noch nie so erlebt.

»Es gab einen neuen Sturm an der Küste, viele Orte sind betroffen, und wir sind vom Wasser eingeschlossen, an der Spitze des Cap Ferret, ich komme hier nicht weg.«

Luc verschwieg den Toten absichtlich. Er konnte sich vorstellen, dass diese Nachricht Anouk komplett in Panik versetzen würde. Wie unterschiedlich ihre Situationen doch waren in dieser Nacht: Er saß in einem Raum von dreißig Quadratmetern fest, umgeben von Wasser, mit einer Leiche auf dem

Fußboden, einem Chef, den er hasste, und zehn verschiedenen Verdächtigen – und Anouk saß entfernt von all dem in ihrer Wohnung im Stadtzentrum von Bordeaux und hatte dennoch die deutlich schwierigere Aufgabe vor sich. Er wäre so gern bei ihr gewesen und hätte sie unterstützt – wieder einmal verfluchte er Aubry und sich selbst, dass er sich in diese Lage hatte bringen lassen.

»Verdammt, das heißt, du kannst nicht kommen, richtig?«

Wieder hatte sich ihre Stimme verändert, es war, als würde sich die alte Anouk zurückkämpfen, als hätte sie entschieden, sich im Bruchteil einer Sekunde zusammenzureißen, die Schwäche loszulassen, jetzt, wo sie wusste, dass sie auf sich allein gestellt war.

»Luc«, sagte sie, »dann pass auf dich auf, ich schaffe das hier schon. Kann ich etwas für dich tun? Ich würde ja sagen, ich fahr los und hol dich da raus, aber ich hab Sorge, dass ich in meinem Zustand nicht mal bis zur Stadtgrenze komme.«

Sie hatte ihren Tonfall vom Morgen wieder, auch wenn er spürte, dass sie die Zähne zusammenbiss.

»Du bleibst, wo du bist. Und wenn die Wehen noch stärker werden, fährst du ins Krankenhaus. Verstanden?«

»*Oui, chéri.*«

»Ich versuche, so schnell wie möglich zu kommen. Wir telefonieren wieder, so schnell es geht, *d'accord?*«

»Pass auf dich auf, Luc.«

»Und ihr passt auf euch auf.«

Er hörte ihr Lächeln durch den Hörer.

Als sie aufgelegt hatten, wählte Luc die Nummer von Hugo Pannetier. Er wusste, dass sein Assistent das Telefon stets neben dem Bett liegen hatte, weil er es aus seiner Zeit als Bereitschaftspolizist so gewohnt war. Er hörte das Klingeln, sah vor sich, wie es im Schlafzimmer des hübschen Häuschens im Bordelaiser Vorort Bègles nun klingelte, längst war Familie Pannetier zu Bett gegangen. Doch Hugo klang gar nicht müde, als er den Anruf annahm.

»Luc?«

»Du hast noch gar nicht geschlafen?«

»Ich schaue die Liveberichterstattung bei BFM, Commissaire. Ist ja die Hölle los an der Küste. Nehme an, Sie rufen deshalb an. Sehen Sie es auch?«

»Na ja, ich bin mittendrin. Ich brauche nur aus dem Fenster zu sehen.«

»Wie meinen Sie, Commissaire? Hat es Carcans-Plage etwa auch erwischt? Ich dachte, Sie sind bei Anouk in Bordeaux«, sagte Hugo verwundert.

»Nein, ich habe einen Spezialauftrag bekommen, der nicht warten konnte – nun sitze ich mit Laurent Aubry im ersten Stock eines Restaurants am Cap Ferret fest und habe eine Leiche hier liegen. Den Bürgermeister der Gemeinde. Und alle Menschen, die ihn umgebracht haben könnten, sind auch in diesem Raum.«

Hugo atmete hörbar aus, bevor er sagte: »Ich musste kurz nachschauen, ob nicht doch der 1. April ist. Allerdings höre ich Ihrer Stimme an, dass Sie tatsächlich meinen, was Sie da sagen.«

»Ich fürchte, es ist so.«

»Sie sind wirklich ein echter Gefahrensucher, Commissaire. Seitdem Sie hier sind …« Den Rest des Satzes verschluckte Hugo lieber.

»Das Tolle ist: Niemand kommt in die Rue de Paradis rein, in der wir festsitzen – und niemand kommt heraus. Die Südspitze des Cap ist komplett abgeriegelt.«

»Klingt ein bisschen nach Agatha Christie, wenn Sie mich fragen, Commissaire. *Mord im Orient-Express* oder so.«

»Dafür fehlt mir der Schnauzbart, Hugo. Und ehrlich gesagt wäre es mir lieb, den Fall nicht nur mit Aubry lösen zu müssen. Ich weiß, es ist ziemlich aussichtslos, aber können Sie versuchen, einen Hubschrauber aufzutreiben – oder ein Boot –, und hierherkommen? Ich brauche Sie hier. Und mich selbst müsste ich eigentlich wegbeamen. Anouk …«

»Was ist, Commissaire?« Sofort klang Hugo besorgt. Er hatte seine Kollegin Anouk von jeher ins Herz geschlossen.

»Die Geburt geht los, und ich sitze hier fest.«

»Ich setze alles in Bewegung«, sagte Hugo schnell. »Und wenn ich einen Helikopter aus Paris hole.«

»Vielen Dank, Brigadier!«

»Toi, toi, toi, Commissaire.«

Luc legte auf und kratzte sich am Kopf. Verdammt, er musste nachdenken. Er hätte gerne eine geraucht, aber damit hatte er ja dummerweise aufgehört und also nichts dabei. Mal abgesehen von allen anderen Widrigkeiten spürte er, dass ihn noch etwas verstörte, aber er konnte nicht benennen, was es war. Deshalb griff er erneut zum Handy und tätigte zwei weitere Anrufe. Danach wusste er mehr, aber noch nicht genug. Er spürte, wie nervös er war, wie unglaublich angespannt. Er drehte sich auf der Treppe um, sah, so gut es ging, Richtung Norden. Er hoffte auf sich bewegende Scheinwerfer, auf Blaulicht oder Sirenen, auf irgendein Zeichen, dass sie auf dem Weg zu ihnen waren. Doch da war nichts, kein Licht, keine Sirene, nur die Dunkelheit und das Schwappen des Wassers gegen Hausmauern und Spitzdächer. Sie waren eingeschlossen. Auch das Erdgeschoss von Deschamps' Haus stand komplett unter Wasser. Er kannte die Fotos vom März, die Flut war diesmal also wirklich noch schlimmer – die bereits erodierte Düne war der Kraft des Wassers auf voller Länge gewichen. »Merde«, flüsterte Luc, dann riss er sich los und öffnete die Tür zum Gastraum. Hier war es wenigstens etwas wärmer als draußen, wo der Sturm die Temperaturen schlagartig hatte sinken lassen, ihn fröstelte, doch vielleicht war das auch die Anspannung.

Als er hineinkam, sah er Laurent Aubry in der Mitte des Raumes stehen, alle Augen waren auf ihn gerichtet. Er hatte sich die Krawatte notdürftig wieder umgebunden und den Hals hochgereckt. Er war mitten in einer Rede, und Luc erstarrte, weil er nicht wusste, ob er die Worte an sich verabscheute oder den Hochmut, mit dem sie gesprochen wurden.

»… wie mir Dominique Peronne eben versichert hat, wenig Zweifel daran, dass die Wunde nicht zufällig an seinem Kopf entstanden ist. Daraus schließe ich als Leiter der Polizei von Bordeaux, dass Philippe Deschamps ermordet wurde. Da die Rue de Paradis zur Zeit des Mordes schon überschwemmt war, ist es kaum möglich, dass ein Außenstehender den Mord begangen hat. Also ist der Täter hier unter uns. Ich werde mich mit aller Kraft und mit der Hilfe meines untergebenen Commissaires Luc Verlain dafür einsetzen, dass wir diesen Mord aufklären. Der Täter hat nun die Möglichkeit, sich direkt zu stellen. Ansonsten werden wir hier im Raum Vernehmungen durchführen. Ich weiß auch, dass unter uns jemand ist, der schon früher mit dem Gesetz in Konflikt stand. In diese Richtung werden wir natürlich zuerst schauen, das sollte klar sein.«

Luc hätte ihm gerne die Faust in seine blasierte Visage gerammt. Aubrys Verhalten erinnerte ihn auf fatale Weise an seine eigene Ankunft in der Aquitaine und an den Streit mit Commissaire Etxeberria, der sich bei den Ermittlungen in einem Mordfall an einer jungen Frau ähnlich voreingenommen verhalten hatte. Mittlerweile waren der Baske und Luc aber Freunde geworden. So weit kann es hier nicht kommen, dachte Luc. Aubry war von der unbelehrbaren Sorte. Er näherte sich seinem Vorgesetzten.

»Können wir reden, Monsieur?«

Unwirsch drehte sich Aubry zu ihm um.

»Reden Sie, Commissaire.«

»Nicht hier.«

»Wollen Sie die Verdächtigen allein lassen? Das geht doch nicht.«

Luc wies zum Fenster hinaus.

»Wie sollen sie denn fliehen? Mit ihrem Luftkissenboot oder einem Militärhubschrauber?«

Achselzuckend ließ sich Aubry in die Küche führen, alle Blicke folgten den beiden Männern.

»Sind Sie wahnsinnig geworden?«

»Wie reden Sie mit mir, Commissaire?«

»Sie haben noch nie eine Mordermittlung geführt, und jetzt riskieren Sie alles, um sich hier zu profilieren? Wir wissen seit einer Viertelstunde, dass Deschamps ermordet wurde – und Sie lassen mir keine Zeit, eine Taktik zu entwickeln, sondern versetzen alle in Panik und beschuldigen nebenbei Franck Morel. Und was soll ich jetzt machen? Ich fege jetzt erst mal Ihre Scherben zusammen.«

Doch Aubry ließ sich nicht einschüchtern, er wich nicht zurück, blieb mitten in der Küche breitbeinig stehen und sagte laut und vernehmlich: »Ich werde mich nicht dafür entschuldigen, dass ich bereits eine Taktik habe, Commissaire, während Sie Ihre noch suchen müssen. Ich habe in meiner Zeit im Innenministerium gelernt, dass es auf die ersten Stunden ankommt. Deshalb konfrontiere ich die Verdächtigen sofort mit meiner Sicht der Dinge. Und dass der Mann, der vor drei Stunden einen Stein auf das Auto des Toten geworfen hat, auf meiner Liste ganz oben steht, finde ich jetzt nicht sonderlich überraschend. Sie etwa? Hören Sie, Monsieur Verlain, vielleicht ist es an der Zeit, dass auch Sie von Kollegen etwas lernen können.

Wir brauchen neue Ideen für Ermittlungen, und deswegen bin ich hier. Jetzt ist es für Sie eben *Learning by Doing*.«

»Sie meinen das ernst, oder?«, fragte Luc entgeistert.

»Natürlich, Commissaire. Sie sind sauer auf mich, weil ich Sie trotz Ihrer privaten Probleme um diesen Einsatz gebeten habe – nun gut. Aber das sollte Sie nicht daran hindern, jetzt Ihren Job zu machen. Wir sitzen hier fest, also können wir auch unseren Mörder finden.«

»Wenn ich in dieser Nacht nicht selbst zum Mörder werde«, flüsterte Luc.

»Wie meinen Sie das?«

»Ich habe nur laut gedacht.«

»Sie hätten der Chef der Einheit werden können, Verlain, das weiß ich wohl. Aber Sie haben sich gedrückt. Jetzt bin ich es. Kommen Sie damit klar.«

14

»Geht es Ihnen besser?«, fragte Luc und ging direkt auf Fanny zu, nachdem er die Küche verlassen hatte. Im Raum war es mucksmäuschenstill. Natürlich hatten alle gelauscht, dachte Luc. Verdammter Aubry. Die Köchin nickte, sah aber immer noch sehr blass aus.

»Ja, es geht einigermaßen. Aber es ist schlimm, dass er hier liegt.«

Sie wies auf die Leiche. Madame Jean hatte recht. Sie mussten den Bürgermeister irgendwo anders hinschaffen.

»Monsieur Peronne«, bat Luc, »können Sie, vielleicht zusammen mit Monsieur Lopez, den Leichnam ins Boot legen? Er kann hier nicht bleiben. Aber bedecken Sie ihn.«

»Klar«, sagte der Feuerwehrmann und wollte den Toten anheben, der Fischer griff schon die Beine, als Yves auf sie zuging.

»Nein, kommt hier entlang. Wir haben hinter der Küche einen kleinen Kühlraum. Dort bringen wir ihn hin.«

»Gut, das ist noch besser«, befand Luc.

Zusammen trugen sie ihn hinüber.

»Wer war das denn nur?«, flüsterte Fanny. »Denken Sie wirklich, Franck hat das getan? Ich kann mir das gar nicht vorstellen. Dass es einer unserer Nachbarn war.«

»Ehrlich gesagt habe ich es bei einem Mordfall noch nie erlebt, dass ich einen Raum voller Menschen hatte, von denen so ziemlich jeder ein Motiv hat. Monsieur Deschamps war der meistgehasste Mann dieser Straße.«

»Vielleicht kannten ihn nicht alle richtig.«

»Kannten Sie ihn denn richtig?«

»Verzeihung, Commissaire, ich bin ganz durcheinander. Ich muss etwas tun, ich muss mich ablenken. Was halten Sie davon, wenn ich allen hier etwas koche? Wir sitzen fest, und es wird eine lange Nacht. Da kann ein spätes Dîner doch nicht schaden.«

Luc sah auf die Uhr, kurz nach elf. »Das ist eine gute Idee, Madame Jean.«

»Nennen Sie mich doch Fanny, bitte.«

»Sehr gern – Luc.«

Er lächelte ihr zu, während sie die Schürze neu band, um dann in der Tagesküche zu verschwinden. Luc betrachtete die Szenerie, die aussah wie eine Versuchsanordnung auf der Polizeischule: ein Raum, in dem sich sämtliche Verdächtige eines Mordfalls aufhielten. Keiner von ihnen sah tatsächlich aus wie ein Verdächtiger, keiner benahm sich so. Oder doch alle – schließlich war es den Menschen selten anzusehen, was in ihrem Innersten vorging. Da war die Familie Peronne: Dominique sah Charlotte zu, die immer noch an ihrem Bild malte, während Albert gedankenverloren vor dem Fenster stand und die Flut da draußen betrachtete. Serge Lopez unterhielt sich leise mit Claudette Mercier. Paul hingegen saß einfach nur da und schaute in die Ferne. In Yves' Kleidung sah er aus wie ein junger Mann, der eben noch durch Paris flaniert war. Yves wusch hinter der Theke Gläser ab, als sei das jetzt wichtig. Andererseits: Es würde eine lange Nacht werden. Die Jeans hatten recht. Warum sollte man es sich nicht ein wenig angenehm machen? Und dann war da noch Franck Morel, der mit seinen Fingern auf den kleinen Tisch klopfte, an dem er ganz allein saß. Ab und zu hob er den Kopf und sah nervös zur Toilettentür hinüber. Als die sich öffnete, wandte er den Blick schnell ab. Aubry war es, der da herauskam, er durchmaß den Raum mit schnellen Schritten und stellte sich neben Luc.

»Was ist Ihr Plan, Monsieur Aubry? Wie gehen wir vor?«

»Wir befragen die Verdächtigen. Einzeln. Und wie ich es bereits angedeutet habe, beginnen wir mit Franck Morel. Helfen Sie mir, wir nehmen diesen Tisch dort und bringen ihn nach nebenan.«

Luc rollte unmerklich mit den Augen, doch er widersetzte sich nicht, er half seinem Chef, eine Verhörsituation zu schaffen, einen eigenen Raum, in dem sie ihre Verdächtigen auseinandernehmen konnten. Wie unsinnig das war. Als wenn Aubry zu viele schlechte Krimis gesehen hätte. Doch sie hatten die Fronten vorhin geklärt, und Luc wusste, dass er seine Schlachten klug schlagen musste. Zudem ging es ihm nun darum, möglichst schnell von hier wegzukommen.

Sie trugen den Tisch in die Küche, Luc holte noch zwei Stühle dazu, Aubry trug einen.

»Madame Jean, wir werden die Befragungen hier durchführen«, sagte er. »Sie können dort drüben weiterarbeiten. Befragen werden wir Sie natürlich auch noch.«

»Gut, Monsieur Aubry, so machen wir es.«

Der junge Mann stellte sich in die geöffnete Tür und rief: »Monsieur Morel, kommen Sie bitte zu uns?«

Luc sah Aubry nur von hinten, deshalb erschrak er fast, als sein Vorgesetzter nach Sekunden wie von der Tarantel gestochen losraste Richtung Treppenhaus. Der Commissaire stieß die Tür auf und folgte ihm. Aubry stand in der Tür, die nach draußen zur Treppe führte, und hielt Franck Morel am Arm gepackt, der wiederum mit seiner freien Hand nach Lucs Chef griff.

»Hiergeblieben«, schrie Aubry, doch der junge Morel war viel größer und stärker, er riss sich los, trat einen Schritt zurück und steckte sich im selben Moment mit seinem Sturmfeuerzeug seelenruhig eine Zigarette an. Luc hielt inne und wartete ab, was als Nächstes geschah.

»Sie wollten fliehen«, sagte Aubry, und Luc hörte seiner Stimme an, wie fassungslos er darüber war, dass sich jemand seinen Anweisungen widersetzte.

»Wohin denn, Sie Witzfigur? Ich wollte, bevor ihr mich in die Mangel nehmt, noch mal in Ruhe eine rauchen.«

»Das sah mir nicht danach aus.«

»Hast du gedacht, ich geh schwimmen? Mann, ich weiß doch, wo das hinführt, wenn ihr mich im Visier habt. Da dachte ich, ein kleines Mittel zur Beruhigung kann nicht schaden.«

Luc roch es, Franck Morel rauchte tatsächlich Marihuana.

»Sie sollten mich nicht duzen, Monsieur Morel«, sagte Aubry pikiert.

»Ich komm gleich rein, in Ordnung?«

»Sie warten beim Verdächtigen«, befahl Lucs Chef. Der Commissaire nickte, während sich Aubry fröstelnd zurückzog.

»Was für eine Scheiße«, sagte Franck gedankenverloren.

»Das können Sie laut sagen.«

»Was denkt der denn? Ich habe wegen Betäubungsmitteln gesessen und einmal wegen einer klitzekleinen Körperverletzung. Ich bring doch keinen um.«

»Vielleicht war der Stein auf Deschamps' Auto nicht die beste Idee«, sagte Luc trocken.

»Wusste ja nicht, dass den am selben Abend jemand kaltmacht. Er war ein Arsch, das ist ja wohl klar. Haben Sie doch auch gedacht, geben Sie es zu.«

Luc antwortete nicht.

»Hat der sich um seine Frau gekümmert, als ich den Stein geworfen habe? Nein, hat er nicht. Ich hatte sie gar nicht gesehen, sonst hätte ich das bestimmt nicht gemacht. Ich wollte doch keinen verletzen, verdammt noch mal.«

»Ehrlich gesagt, ich würde es gern hinter mich bringen, Franck. Meine Freundin bekommt in den nächsten Stunden unser Baby. Und auch wenn Sie Polizisten nicht leiden können – ich wäre gern dabei. Also los.«

»Junge oder Mädchen?«

»Mädchen.«

»Seien Sie froh. Die bauen nicht so viel Scheiß.«

»Ihr Wort in Gottes Ohr.«

Franck warf die Kippe in das Wasser, wo sie leise zischend erlosch. Sie gingen hinein und wie durch ein Spalier in die Küche.

Aubry saß schon so selbstverständlich am Tisch, die Tür und alle Eintretenden fest im Blick, als sei er hier in der Zentrale in Bordeaux – und als würde nicht eine in Weiß gekleidete Frau keine fünf Meter von ihm entfernt Zwiebeln und Knoblauch anschwitzen.

Franck nahm Aubry gegenüber Platz, Luc zog seinen Stuhl ein wenig zurück, um Abstand zwischen sich und seinen Chef zu bringen.

»Monsieur Morel«, begann Laurent Aubry, »wir haben Grund zu der Annahme, dass Sie dem Bürgermeister von Cap Ferret nicht eben wohlgesinnt waren. Nun ist der Mann tot, und Sie haben zur fraglichen Tatzeit kein Alibi. Was können Sie uns dazu sagen?«

Es war, als lese Aubry aus einem schlechten Polizei-Lehrbuch vor. Luc lief ein kalter Schauer über den Rücken. Das hier würde kein gutes Ende nehmen.

»Wie Sie das sagen – *wohlgesinnt*. Nein, natürlich war ich dem alten Deschamps nicht wohlgesinnt. Ich habe ihn sogar gehasst.«

»Hass ist ein gutes Motiv für einen Mord.«

»Hören Sie, wenn ich jemanden hasse, dann würde ich nicht zögern, ihm einen Stein ins Auto zu werfen – oder ihm des Nachts die Fresse zu polieren, wenn ich ihm zufällig begegnen sollte. Aber ich bringe den doch nicht um. Ich bin doch kein Killer, verdammt noch mal.«

»Monsieur Deschamps wurde erschlagen, und dann fiel er ins Wasser«, sagte nun Luc, um ein wenig Ordnung in die Sache zu bringen. »Es ist nicht gesagt, dass der Schlag ausgereicht hat, um ihn zu töten – vielleicht war er auch nur bewusstlos und ist dann dadurch ertrunken. Es ist nicht weit von ›Fresse polieren‹ zu ›erschlagen‹, ehrlich gesagt, Monsieur Morel, besonders nicht, wenn das Wasser so hoch steht wie heute Nacht.«

»Mann, ich hab es Ihnen doch schon draußen gesagt, Commissaire. Ich war das nicht. Ich war auch überrascht von dem Wasser, ich wollte nur machen, dass ich da wegkomme. Ich hatte ja gar keine Zeit, Deschamps aufzulauern. Wie hätte das gehen sollen?«

»Erzählen Sie uns, was Sie den Abend über gemacht haben – nachdem Sie den Stein auf Deschamps' Auto geworfen haben.«

»Ich war sauer, stinksauer. Wie die da alle rumgestanden haben und nichts gemacht haben. Die lassen sich ihre Häuser abreißen von diesem Kerl – aber richtig wehren …«

»So kannst du das nicht hinstellen, Franck«, sagte Fanny entrüstet, von ihrer Position am Gasherd aus. »Er war doch nicht schuld daran, nicht allein …«

»Madame Jean, Sie mischen sich hier nicht ein«, sagte Aubry

wütend. »Wenn Sie nicht still sind, müssen Sie diesen Raum verlassen.«

»*Excusez-moi*, Monsieur«, gab Fanny kleinlaut zurück.

»Fahren Sie fort, Monsieur Morel.«

»Ich bin reingegangen und hab erst mal ein Bier getrunken und dann noch eines. Ich wollte eigentlich abends rausfahren zum Angeln, bin sogar ins Boot, aber nach ein paar Metern war mir klar, dass der Wind zu stark ist. Ich hab also das Boot wieder angelegt und bin wieder rein ins Haus. Ich hab mich vor die Glotze gehauen. Und dann bin ich eingepennt.«

»Sie haben geschlafen?«

»Ja, klar. Warum, meinen Sie, habe ich mich so spät in Sicherheit gebracht? Ich bin erst aufgewacht, als das Wasser schon im Haus stand.«

»Und dann sind Sie – einfach rausgelaufen?«

»Klar, ich war total in Panik. Ich hab die Hintertür genommen, aber da stand schon das Wasser vom Bassin. Dann bin ich vorne raus, ich hatte echt Schiss. Das war so unglaublich, wie viel Angst erst Grand-mère gehabt haben muss.«

»Haben Sie Monsieur Mercier getroffen? Er hat nach Ihnen gesucht.«

»Der Strom war ja weg, es war stockdunkel. Und das Wasser war überall. Den alten Paul habe ich erst kurz vorm Restaurant gesehen. Wir haben uns zeitgleich entdeckt, und dann sind wir zusammen die Treppe rauf.«

»Aus welcher Richtung kam Paul?«, fragte Luc.

Franck Morel schien zu überlegen.

»Kann ich nicht sagen. Ich habe ihn nur auf der Straße gesehen. Er war vielleicht ein Stück vor mir am Restaurant.«

»Also hätte er auch von Serge Lopez' Grundstück kommen können?«

»Möglich.«

»Haben Sie vielen Dank«, sagte Luc und schob seinen Stuhl zurück, im Begriff aufzustehen. »Ich denke, wir sind hier fertig, oder, Monsieur Aubry?«

»Sie sind ein wütender Mann, nicht wahr, Monsieur Morel?« Laurent Aubry ignorierte Luc vollständig. »Wütend genug, um im Affekt jemanden umzubringen.«

»Was? Was soll denn das?«, schrie Morel. »Sie wollen mir das echt anhängen? Auf welcher Grundlage denn?«

»Ich sage Ihnen nur: Ich spüre, dass Sie nicht die Wahrheit sagen. Und ich werde Sie ganz genau im Blick haben.« Aubrys letzte Worte waren nur mehr ein Zischen. »Gut, gehen Sie.«

Franck Morel stand auf und bedachte Lucs Chef mit einem entrüsteten Blick. Dann verließ er die Küche.

Luc ging zu der offenen Flasche, die immer noch auf der Arbeitsplatte stand, und goss sich ein kleines Glas ein. Kopfschüttelnd trank er es aus. Der Wein war gut, er war dunkel und tief und wärmte ihn augenblicklich.

Aubry sah ihn an und stellte fest: »Sie sind nicht zufrieden damit, wie ich arbeite. Aber es ist doch so: Ich habe die Dinge jetzt ins Rollen gebracht. Ein Typ wie Morel kann diesen Druck nicht ab. Wenn er es war, dann wird er zusammenbrechen.«

»Aber er war es nicht.«

»Und das wissen Sie, weil Sie das Orakel vom Cap Ferret sind, Commissaire?«

»Denken Sie doch, was Sie wollen, Aubry. Können wir weitermachen?«

»Gut, Sie entscheiden, wen wir als Nächstes vernehmen.«
Luc hätte sehr gern eine Zigarette geraucht.

15

»Monsieur Mercier, können Sie mir sagen, wohin Sie gegangen sind, als Sie sich von unserer Gruppe getrennt haben?«

Die große Küche war erfüllt von angenehmen Düften, es roch nach Schalotten, Knoblauch und dem Muscadet, den Fanny eben aus zwei großen Flaschen in den Kochtopf gegeben hatte – nun schmorte alles, und Luc bekam eine Ahnung, was ihnen gleich serviert werden würde.

Der alte Paul Mercier saß auf seinem Stuhl, wie Luc ihn kennengelernt hatte: Trotz des Schrecks wirkte er souverän, freundlich und strahlte eine große Ruhe aus. Von allen hier Versammelten vertraute er diesem Mann am meisten und hätte sich im Falle eines Falles am ehesten mit ihm in ein Ruderboot gesetzt, um irgendwie von hier wegzukommen.

»Ich wollte auf direktem Wege hinüber zum Haus von Olive, aber Sie können sich ja vorstellen, es war nicht leicht für mich. Sehen Sie, ich habe mich kaum auf den Beinen halten können, die Strömung war so stark, dass es mich zweimal umgerissen hat. Gott sei Dank bin ich nicht versunken. Bevor ich dort angelangt bin, habe ich etwas gehört von nebenan, aus dem Garten von Serge.«

»Und was war das?«, fragte Laurent Aubry misstrauisch.

»Ich bin mir bis jetzt nicht sicher, es klang wie ein Schrei, aber ich kann es nicht beschwören. Sie haben ja selber mitgekriegt, wie laut es zu dieser Zeit war. Ich habe dennoch gedacht, ich sehe mal nach, aber es war einfach zu beschwerlich, das Wasser war schon höher gestiegen, und ich bin gerade mal bis zur Ecke seines Grundstücks gekommen, da musste ich umkehren. Ich wollte gerade Franck holen, aber dann sah ich ihn schon, er kämpfte sich in Richtung Restaurant vor.«

»Er kam von seinem Grundstück?«

»Ich glaube schon.«

»Oder hätte er auch von Serge Lopez' Grundstück gekommen sein können?«, insistierte Aubry.

»Es gibt einen Durchgang im hinteren Teil, nah am Bassin, natürlich hätte er auch dort entlanggelaufen sein können. Ja, möglich ist das.«

»Ist Ihnen sonst noch etwas aufgefallen auf dem Gelände des Fischers?«

»Ich hab gemacht, dass ich von der Straße komme, ich wollte ja noch ein bisschen am Leben bleiben.«

»Gut, Monsieur Mercier, das reicht einstweilen. Haben Sie vielen Dank.«

»Wissen Sie, ich kenne alle meine Nachbarn, ich kann mir wirklich nicht vorstellen, dass es einer von ihnen war. Philippe, er war …«, Mercier brach ab und schüttelte den Kopf. »Aber das hat er nicht verdient.«

»Ach, Monsieur Mercier, glauben Sie mir, ich kenne keinen Mord, bei dem mir in den Stunden vor der Tat so viele Motive geliefert wurden wie bei diesem hier. Haben Sie eine Ahnung, von welchen Geheimnissen Monsieur Deschamps vorhin bei dem Zwischenfall vorm Garten des Restaurants gesprochen hat?«

Mercier rutschte auf seinem Stuhl hin und her. Es war still geworden im Raum.

»Ich kann mir nicht vorstellen, dass es sich um große Dinge handelt«, sagte der alte Mann leise. »Und kleine Geheimnisse hat doch jeder, oder?«

16

»So, wir nehmen uns direkt den Nächsten vor«, sagte Aubry trocken.

»Ich überlege immer gerne einen Moment zwischen meinen Vernehmungen, Monsieur Aubry.«

»Sie lieben Ihre kleinen Spitzfindigkeiten, was?«

Luc antwortete nicht, sondern sah versonnen zu Fanny, die so selbstvergessen die Kasserolle schwenkte, dass man wirklich meinen konnte, sie würde nicht lauschen.

»Wie lang war der Zeitraum, den der Mörder hatte?«, fragte Verlain, wobei er die Frage vor allem an sich selbst richtete. »Gehen wir es durch: Er verlässt mit Madame Deschamps das Haus, vielleicht vier Minuten nachdem die Düne gebrochen war. Wir waren zu diesem Zeitpunkt kurz vor dem ›Chez Jean‹. Vielleicht waren wir auch schon auf der Treppe. Gut eine Minute später kam Madame Deschamps die Treppe rauf. Yves Jean und ich haben dann noch ziemlich genau drei Minuten gewartet, bis wir uns auf die Suche gemacht haben. Und dann waren es sicher noch mal sieben, acht Minuten, bis wir die Leiche gefunden hatten. Macht eine Zeitspanne von höchstens zehn bis elf Minuten.«

»Und unsere Verdächtigen sind alles Männer«, sagte Aubry, »denn nur sie waren zum Tatzeitpunkt draußen: Als da wären Serge Lopez, Paul Mercier und natürlich Franck Morel.«

»Yves war nicht mit mir zusammen während der Suche«, sagte Luc leise. »Es ist nicht sehr wahrscheinlich, dass er es war – aber nicht ausgeschlossen. Auch Albert Peronne war draußen unterwegs. Er kam zwar vom anderen Ende der Straße, aber er kennt die Gegend wie seine Westentasche.«

»Der Feuerwehrmann? Das glaube ich nicht. Was hätte der für ein Motiv?«

»Wie Paul Mercier es ganz treffend sagte: Ein jeder hat sein Geheimnis.«

Luc stand auf und ging in der Küche auf und ab. Der verführerische Duft wurde immer stärker. Er verspürte Hunger, gleichzeitig aber auch den zwingenden Drang, wieder bei Anouk anzurufen. Er kehrte zum Tisch zurück.

»Ich brauche einen Moment.«

Dann stellte er sich abseits und wählte ihre Nummer. Seine Hand zitterte. Es klingelte. Einmal. Zweimal. Dreimal. Sein Atem wurde schneller.

»Ja?« Endlich. Da war Straßenlärm im Hintergrund.

»Hey, wo bist du?«

»Es ging nicht mehr. Ich hab ein Taxi gerufen.«

»Du fährst …«

»Ja, in die Klinik. Ich glaube, es geht los.«

»*Mon Dieu* …«

»Mach dir keine Sorgen, Luc. Alles wird gut.«

»Mir scheint, ich sollte es sein, der dich beruhigt.«

»Und mir scheint, du bist gerade in einer misslichen Lage.«

Sie jaulte auf einmal auf.

»Was ist?«

»Also, wenn das die Wehen sind, dann bin ich froh, wenn es

schnell geht, ehrlich gesagt. Pass auf, Luc: Ich weiß, wenn du herfliegen könntest, dann würdest du es tun. Aber es geht nun mal nicht. Deshalb lös deinen Fall und dann … uh …«

Wieder eine Wehe.

»Geht's?«, fragte er, als sich ihr Atem beruhigt hatte.

»Ja, aber Sie, Monsieur le Chauffeur, sollten wirklich einen Zahn zule…«

Stille am anderen Ende. Eine neue Wehe? Nein, die Stille war endgültig. Luc sah aufs Telefon. Dort, wo sonst der Name des Netzanbieters Orange angezeigt wurde, stand nun »Suche«. Kein Balken.

»Was ist denn das jetzt?« Er verließ die Küche und eilte in den Gastraum. Die Kerzen flatterten im Luftzug. »Hat hier noch jemand Netz?«

Albert und Yves sahen zeitgleich auf ihr Handy.

»Merde«, sagte der Feuerwehrmann. »Scheint so, als ob dem Generator des Funkmastes der Diesel ausgegangen wäre. Ohne die Stromleitung hat der Generator immer nur Saft für ein paar Stunden.«

»Also sind wir nun völlig von der Außenwelt abgeschnitten?«

»Sieht so aus.«

»Ich fass es nicht.« Trübsinnig ging Luc zurück in die Küche, nicht ohne einen letzten Blick zurück. Franck Morel saß in der Ecke an einem Zweiertisch und starrte zu Boden, ohne sich zu rühren. Luc wandte sich an Aubry. »Alle Telefone sind tot«, sagte er. »Das verschärft die Lage. Wir können nicht mal mehr Verstärkung rufen, wenn wir es wollen. Dabei muss ich mich wirklich beeilen. Anouk ist auf dem Weg ins Krankenhaus.«

»Sie schaffen das schon, Commissaire. Wir sind auf einem guten Weg. Das sagt mir mein Gefühl.«

»Na, das beruhigt mich«, sagte Luc und versuchte, nicht so

ironisch zu klingen, wie er es meinte. »Also, befragen wir Serge Lopez. Das erscheint mir am sinnvollsten.«

»Ich glaube, wir müssten noch etwas mehr Druck auf Franck Morel ausüben, dann gesteht er.«

Genervt verdrehte Luc die Augen, ging zur Tür und rief: »Monsieur Lopez, kommen Sie bitte?«

Der Fischer kam auf Luc zu, der ihn in die Küche eintreten ließ. Er wirkte ganz ruhig, sein Blick war freundlich, sein ganzes Auftreten passte so gar nicht zu dem schweren Gang seiner Stiefel auf dem Steinfußboden. Sogar Fanny hob den Blick und lächelte Serge kurz zu, wie Luc aus dem Augenwinkel registrierte.

»Bitte, nehmen Sie doch Platz«, sagte Laurent Aubry, und Serge tat, wie ihm geheißen. Er sah die beiden Polizisten erwartungsvoll an.

»Wir haben Monsieur Deschamps zusammen aus dem Wasser geholt«, sagte Luc so ruhig wie möglich, »aber Sie wirken dennoch ganz gefasst.«

»Das hier ist alles merkwürdig genug«, sagte Serge und wies mit den Händen um sich, »wir sitzen hier gefangen wie Robinson Crusoe, nur ungleich bequemer, und ich werde in einer Küche befragt, in der es – nebenbei gesagt, liebe Fanny – herrlich duftet. Also, was ist hier schon normal? Und warum sollte ich jetzt, da das schon zum zweiten Mal passiert, dass das Wasser kommt und es Tote gibt, besonders geschockt sein?«

»Wie standen Sie zum Bürgermeister?«

»Wir waren Nachbarn. Er fand mich zu laut und nervtötend, aber es ist eben mein Betrieb. Was soll ich machen? Eigentlich war sonst alles in Ordnung zwischen uns.«

»Wie würden Sie ihn denn beschreiben?«

»Er war ein Pedant, und er war machtgeil. Aber er hatte was drauf. Und das ist gut gewesen für das Cap. Und das ist es, was zählt.«

»Maire Deschamps drohte mit der Aufdeckung von Geheimnissen – haben Sie eine Ahnung, was er in Bezug auf Sie loswerden wollte?«

»Dass ich ab und zu illegal für meinen Eigenbedarf im Bassin die Angel auswerfe so wie alle Fischer?«, fragte Serge lächelnd. »Dafür werden Sie mich wohl kaum hochnehmen. Aber ich würde es gestehen. Ich habe letztens auch tolle Messermuscheln rausgeholt. Kennen Sie den Trick?«

»Welchen Trick?«, fragte Luc, der tatsächlich gespannt war. Die Art des Fischers war ihm angenehm, und er spürte, wie er während des Gespräches tatsächlich ruhiger wurde. In diesem Augenblick fühlte er sich Anouk auf einmal besonders nahe und hörte Serge Lopez dennoch weiter wie gebannt zu.

»Sie können die *couteaux* ganz gezielt aus dem Watt holen.«

Couteaux de mer – ein Name, der Lucs Hunger noch verstärkte. Die Muscheln, die wirklich aussahen wie Rasiermesser, hatten ganz feines, zart schmelzendes Fleisch. Aber sie waren sehr teuer und nur zu bestimmten Zeiten im Jahr zu bekommen.

»Ich fahre bei Ebbe hinaus und gehe dann besonders gern zu den *Cabanes tchanquées*«, sagte Serge, »das sind die beiden Hütten draußen im Bassin. Früher haben sie von dort die Austernparks bewacht, heute beobachten dort nur noch Touristen die Vögel.«

Natürlich kannte Luc die beiden Holzhütten, die wie Ikonen mitten auf der Vogelschutz-Sandbank auf Stelzen standen, bei Flut befanden sie sich mitten im Wasser.

»Dort gibt es besonders viele *couteaux*, keine Ahnung, warum. Immer wenn Sie zwei kleine Löcher im Sand sehen, dann müssen Sie sich bücken und – wie ich es tue – ein wenig Salz aus einem Behälter in die Löcher streuen. Ein paar Sekunden – und schon kommt das Köpfchen der Muschel an die Oberfläche. Zack, ramme ich die Schaufel in den Sand und habe sie. Man muss wirklich schnell sein. Aber so kann man sich in kurzer Zeit ein feines Dîner zusammensuchen.«

»Und sie gucken hinaus, weil …«

»Na, Commissaire, kommen Sie drauf?«

Luc musste nur kurz überlegen. »Weil sie denken, das Salzwasser wäre wieder da. Ein sehr gutes Lockmittel.«

»Sie haben recht. So einfach sollten auch Verbrecher zu jagen sein.«

»Glauben Sie mir, Monsieur Lopez, manchmal ist es nicht viel schwerer.«

»So, haben wir genug vom Küchengeplauder?«, fragte Aubry deutlich genervt. »Sie haben also keine Ahnung, was Monsieur Deschamps über Sie enthüllen wollte?«

»Wie gesagt«, entgegnete Serge mit ernstem Gesicht, »nein, ich habe keine Ahnung. Ich bin mir jedenfalls keines Vergehens bewusst. Mit Ausnahme der paar illegal gefischten Makrelen.«

»Wir wissen, dass Monsieur le Maire in einer Zeitspanne von wenigen Minuten umgebracht worden sein muss. Wo waren Sie, Monsieur Lopez, in der Zeit zwischen dem Dünenbruch und dem Fund der Leiche?«

Luc hätte schwören können, dass eine Veränderung in dem Fischer vorging, irgendwas geschah in seinem Gesicht, ein Schatten vielleicht, der aber Sekunden später schon fort war. Sein Instinkt sagte ihm, dass er würde auf der Hut sein müssen, auch bei dem Mann, dem er eigentlich sein Vertrauen schenken wollte.

»Ich war in der Fischhalle«, sagte er schnell, »ich habe dort die Netze für den nächsten Tag klargemacht. Ich möchte mir gar nicht vorstellen, wie es dort jetzt aussieht. Mein Kühlraum war ja schon einmal völlig zerstört durch die Flut vor sechs Monaten. Wenn ich das jetzt noch mal mitmachen muss …«

»Und dann kam das Wasser zur Tür reingelaufen? Oder wie haben Sie die Flut bemerkt?«

»Die kam von allen Seiten. Sprichwörtlich. Das Wasser lief durch alle Holzritzen, Sie können es sich nicht vorstellen. Ich habe erst mal geflucht. Und dann habe ich die teuren Gerätschaften in Sicherheit gebracht, ich habe sie ganz oben auf die Schränke gestellt. Das hatte ich mir überlegt, falls noch mal eine Flut kommt. Ich wusste ja jetzt ungefähr, wie viel Zeit mir dann bleibt.«

»Was für Geräte?«

»Ich habe eine Filetiermaschine gekauft, für die weißen Fische. Und zwei Vakuumgeräte, die sind brandneu. Ich will den Fisch besser verarbeitet und damit teurer verkaufen, und dafür sind die neuen Geräte.«

»Wie lange hat das gedauert?«

»Fünf Minuten vielleicht. Dann bin ich raus. Und da habe ich Sie gesehen. Auf dem Boot. Und dann habe ich Philippe entdeckt. Der arme Teufel.«

»Vorher haben Sie ihn nicht bemerkt?«

»Hören Sie, Commissaire, ich bin in dem Moment aus der Scheune gekommen, als Sie mit dem Kahn um die Ecke gebogen sind. Francks Kahn.«

Hinter ihnen zischte es, und die Luft wurde vom Geruch siedenden Öls erfüllt.

»Gut, danke, Monsieur Lopez. Gehen Sie bitte wieder rüber.«

Der Fischer stand auf und nickte ihnen zu. Dann verließ er den Raum, ohne sich noch mal umzudrehen.

»So. Wir sind kein bisschen weiter als vorher«, sagte Luc verzagt.

»Ich habe das Richtige, um Sie aufzumuntern«, sagte Fanny vom Herd her. »Um uns alle aufzumuntern. Eine so kalte Nacht und eine solche Katastrophe, das braucht einen Mitternachts-snack.« Und dann rief sie lauter: »Yves!«

Es dauerte nur ein paar Sekunden, dann sah ihr Mann zur Tür herein.

»Deckst du bitte? Du weißt schon, wofür. In zwei Minuten trage ich auf.«

»*Bien sûr, chérie*«, entgegnete ihr Mann, nicht ohne den Polizisten einen ängstlichen Blick zuzuwerfen, der Luc nicht entging.

0.30 Uhr

FLUCHT UND SEGEN

17

Es war bizarr: Draußen, im Dunkel, schwammen Treibgut und Blumentöpfe vorbei, es war immer noch ein steter Strom, auch wenn er nun mit der abfließenden Ebbe in Richtung Meer verlief. Drinnen aber, im Schein der Kerzen, war für ein Mahl gedeckt, das sie alle nicht vergessen würden.

Der Wein war schon in den Gläsern, ein roter Côtes du Tarn, den Yves aber gekühlt serviert hatte. Der Wein war noch verschlossen, nur einen Hauch Brombeere hatte der Commissaire erschmecken können, er würde etwas wärmer werden müssen, damit er den Geschmack dieser großartigen, aber weitgehend unbekannten Region kurz vor Toulouse entfaltete.

Auf der Tafel stand eine weiße Schüssel mit grünem Salat und Nüssen. Luc hatte schon von der Vinaigrette gekostet, die nur aus Öl, Essig und Senf zu bestehen schien, mit einem Hauch Süße wie von Karamell. Sie war perfekt. Daneben standen Schüsseln mit frisch frittierten Pommes Allumettes, dünn geschnittenen Streichholzkartoffeln, die Fanny vorhin unter lautem Gespritze im Topf frittiert hatte. Und der Hauptdarsteller des *dîner à minuit*, des mitternächtlichen Dîners: die Miesmuscheln aus dem Bassin von Arcachon. Sie waren bissfest gekocht in einem Sud aus weißem Wein, Schalotten, Knoblauch und Thymian – war der Duft in der Küche schon verführerisch gewesen, so waren die Gerüche bei Tisch nun grandios. Luc spürte, wie enorm sein Appetit war – auf diese einfachste aller Meeresmahlzeiten, die, wenn sie gut zubereitet war, auch eine der leckersten war.

Sie hatten die Tische zu einer langen Tafel zusammengeschoben, nun nahmen sie sich alle der Reihe nach mit einer großen Kelle. Das gab Luc die Gelegenheit, seinen Blick über die Zeugen dieser Nacht schweifen zu lassen und bei jedem Einzelnen länger zu verweilen. Während es Aubry nicht abwarten konnte und sich schon vorab bei den Kartoffeln bediente.

Was für ein merkwürdiges Bild sie abgeben mussten, dachte Luc. Ein Polizist, ein hoher Beamter, ein kleines Mädchen – und neun Nachbarn, von denen mindestens die Hälfte des Mordes verdächtig war. Das schlug sich auch in der Stimmung der Tafelrunde nieder, niemand schwatzte oder plauderte daher. Man tastete sich mit Blicken ab und sprach nur leise miteinander. Das Ehepaar Peronne sprach gedämpft mit Claudette Mercier, während Paul sein Glas Rotwein schon ausgetrunken hatte und immer wieder beruhigend auf Brigitte einredete. Serge unterhielt sich mit Yves und aß dabei die ersten Muscheln. Nur Franck saß ganz allein am Ende der Tafel, sah stumpfsinnig auf seinen leeren Teller und sprach mit niemandem. Luc wollte nur weg von hier – wenn es doch endlich abfließen würde, das verdammte Wasser. Die Situation lastete schwer auf ihm. Vor allem aber der Tote, der im Kühlraum lag.

»Ich würde mir wünschen, dass wir auf Philippe trinken«, sagte Serge und erhob sein Glas. »Auch wenn unser Verhältnis schwierig war, das hier hat er nicht verdient.«

Doch Dominique schüttelte den Kopf. »Findest du das nicht ein bisschen heuchlerisch?«, fragte sie. »Bei allem Respekt, und auch wenn Brigitte hier am Tisch sitzt, unser Problem ist ja nicht gelöst. Und ich gebe dem Bürgermeister die Schuld daran.«

Luc beobachtete Brigitte, doch die ließ sich ihren Schmerz nicht anmerken. Sie hielt ihr Glas weiter erhoben, genau wie alle anderen, die schließlich, ohne auf Dominiques brüsk vorgetragenen Einwand einzugehen, einander zuprosteten.

»Ich konnte nicht ganz so gut kochen, wie ich es gewohnt war, nur bei Kerzenlicht, aber ich habe mein Bestes gegeben. Also, *bon appétit, mes amis*«, sagte Fanny und nahm sich selbst als Letzte Muscheln aus dem weiten Topf.

»*Bon appétit*«, schallte es vielstimmig zurück. »Und *merci* an die Köchin«, ergänzte Albert.

Eine plötzliche Stille setzte ein, die nur unterbrochen wurde von lautem Schmatzen und kleinen zufriedenen Grunzern, sie alle verschlangen das Dîner, die lange Nacht hatte viel Kraft gekostet. Luc liebte dieses einfache Mahl, die Muscheln waren perfekt gegart, und sie schmeckten so frisch, wie sie es wohl auch waren. Sicher hatte der Züchter sie erst am Vortag aus dem Bassin geholt. Der Sud war unglaublich herzhaft, und der leichte Muscadet, den Fanny dazugegeben hatte, unterstrich den salzigen Jodgeschmack der Meeresfrüchte. Die krossen Pommes Allumettes waren genau das Richtige, um so spät in der Nacht neue Kraft zu schöpfen. Schon musste Yves die vierte Flasche Wein öffnen, und die Stimmung wurde zusehends lockerer. Die Gespräche wurden lauter, Claudette und Albert lachten sogar einmal zusammen, wobei Luc nicht hörte, worüber.

Nur Laurent Aubry kam nicht in Stimmung, er räusperte sich nach einer Weile und sagte laut: »Ehrlich gesagt kann ich nicht glauben, dass niemand von Ihnen etwas gesehen hat. Sie, Franck, Sie haben doch bei dem Getöse, den Meer und Sturm veranstaltet haben, nicht wirklich schlafen können? Wer soll Ihnen das glauben?«

Die Gespräche verstummten, alle Blicke lasteten auf dem jungen Morel. Der funkelte Aubry wütend an. »Sie haben mich doch auf dem Kieker, das weiß ich schon.«

»Nein, aber ich finde Ihre Geschichte krude. So krude wie die Story von Ihnen, Monsieur Lopez: Sie bringen seelenruhig die Maschinen Ihrer Fabrik in Sicherheit – dabei wussten Sie doch, was passiert, wenn man zu lange wartet. Sie hätten sterben können. Sie wollen also auch nichts gesehen haben?«

»Wissen Sie, wie viel die Maschinen kosten? Es geht um meine Existenz!«

»Sie haben nicht etwa Monsieur Morel gesehen, wie der den Bürgermeister erschlagen hat, und wollen ihn decken? Mir scheint, hier schützen sich alle gegenseitig.«

»Das ist doch Quatsch, was erzählen Sie denn?«, fuhr Albert Peronne auf. »Sie wollen uns gegeneinander aufhetzen.«

»Gut«, sagte Luc, »wir sollten uns alle wieder beruhigen, das führt doch …« Er brach ab, weil nun draußen ein leises Surren zu hören war, das näher kam, ein Geräusch, das sich geradezu verheißungsvoll vom monotonen Rauschen des Wassers absetzte. Es war ein elektrisches Geräusch, ein Geräusch, das auf die Anwesenheit von Menschen hinwies. Schnell schob Luc den Stuhl zurück, sprang auf und rannte zum Fenster, das auf die Rue de Paradis hinausging. Er sah etwas, ein Licht. Ein Licht auf einem Boot, das rasch näher kam. Ein Boot – war das die Rettung? Eine einzelne dunkle Gestalt saß im Fond des Kahns und hatte Kurs auf das »Chez Jean« genommen.

»Da kommt jemand«, rief Luc. »Sie bleiben alle hier, ich sehe nach.«

Mit einem Satz war er an der Tür.

»Hier … Hallo, hierher, helfen Sie uns …«

Das Geräusch des Bootsmotors verklang, es war nur noch ein leises Rauschen, offenbar wollte der Bootsführer anlegen.

»Hierher, Polizei, kommen Sie …«

»Na, das trifft sich gut«, rief der Mann im Boot, und Luc erkannte seine Stimme sofort. Die Steine, die ihm vom Herzen fielen, waren gewaltig. Endlich Rettung. »Hier ist nämlich auch die Polizei. Oder meinst du, ich lass dich in der wichtigsten Nacht überhaupt hängen?«

»Lou. Du glaubst gar nicht, wie sehr ich mich freue, dich zu sehen. Wie hast du es hierhergeschafft? Ich dachte, bei euch ist auch die Hölle los.«

»Das kannst du laut sagen. In Lacanau ist die Strandpromenade überflutet. Aber das Wasser steht nicht so hoch wie hier. Nur Katzenjammer bei den Geschäftsleuten – als wenn die Welt unterginge. Die Leitstelle hatte mich angerufen, dass ihr hier Probleme habt. Aber da habe ich noch gedacht, das kriegst du allein hin. Erst als Hugo mir gesagt hat, dass du eigentlich gerade viel Besseres zu tun hast, da hab ich mich in den Jeep gesetzt und bin auf Schleichwegen hergerast. Und die letzten dreihundert Meter hab ich das kleine Schlauchboot genommen. Es ist unglaublich, wirklich alles ist überflutet, die ganze Spitze der Halbinsel. Wobei das Wasser so langsam abzulaufen scheint.«

»Ja, die Ebbe hat eingesetzt. Aber es wird noch dauern …«

»Wie schlimm ist es drinnen?«

»Du wirst dich freuen. Es gibt gerade Essen.«

»Ihr esst zusammen? Mit einer Leiche? Ist das nicht etwas makaber?«

»Na ja, der Bürgermeister liegt im Kühlraum. Und es ist besser, wenn sich alle etwas entspannen. Schließlich ist der Mörder hier unter uns, und es wäre gut, wenn er sich selbst verrät. Dabei können einige Flaschen Wein sicher helfen.«

»Du meinst, einer von ihnen war es?«

»Ich bin mir sicher.«

Luc setzte dem Dorfpolizisten auseinander, wer für den Tatzeitpunkt kein Alibi hatte: Franck Morel, Serge Lopez, Paul Mercier und eigentlich auch Albert Peronne und Yves Jean. Dazu kamen auch die Frauen, wenn sie sich verschworen hatten und es auf irgendeinem Weg aus dem Haus geschafft hatten, bevor Luc bei der Leiche gewesen war. Obwohl ihm das reichlich abwegig schien. Die Zeitspanne war doch zu kurz gewesen.

Lou hörte aufmerksam zu, doch dann wurden seine Züge ernst, und er holte aus der Tasche seiner Uniform ein Schreiben, das er Luc reichte.

»Ich wünschte, es wäre anders, und ich würde die Bewegung in diesem Fall nicht ausgerechnet in diese Richtung lenken, aber sieh dir das an.«

Luc las das amtliche Schreiben, das mit dem Vermerk *Confidentiel* überschrieben war – vertraulich.

»Herrgott, warum hast du mir das denn vorhin nicht gesagt?«

»Ich wusste es noch nicht. Sie haben es mir erst vorhin per Fax übersandt. Ich hätte es heute gar nicht gesehen, wenn ich nicht wegen des Sturms ins Büro gegangen wäre. Es war ja erst eine Anforderung für morgen.«

»Eine Zwangsvollstreckung mit Räumungsbescheid gegen Serge Lopez – das ist ein dickes Ding.«

»Hast du die Begründung gelesen?«

»Ja, das habe ich. Klingt ...«

Es kratzte an der Tür, Luc drehte sich schnell um und stieß sie auf. Dahinter stand Albert Peronne mit hochrotem Kopf.

»Ich wollte wissen, wer gekommen ist.«

»Gehen Sie wieder rein, Albert, wir kommen gleich.«

»Mach ich. Abend, Lou.«

»N' Abend, Albert.«

Der Feuerwehrmann schloss die Tür schnell hinter sich.

»Ich hätte morgen mit voller Mannschaft hier anrücken müssen, um Serge Lopez aus seinem Haus zu begleiten. Danach hätten die Bagger es plattmachen können. Es wäre ein Freifahrtschein gewesen für die Räumung der gesamten Straße.«

»Wenn ich das richtig verstehe, dann hat Serge sich bei Deschamps Geld geliehen und es nicht zurückgezahlt. Weil er es nicht konnte. Nun waren alle Fristen abgelaufen, und Deschamps hat die Räumung erwirkt.«

»Ich bin ja kein Kriminalbeamter – aber das wäre ein hervorragendes Motiv, oder, Luc?«

»Da kannst du Gift drauf nehmen. Entschuldige das Bild.«

»Verdammt. Ich kenne sie alle. Serge mochte ich schon immer, sein Fisch ist der beste die ganze Küste rauf und runter. Sein Vater war eine Legende. Und Albert, Mann, mit dem bin ich schon gemeinsam Einsätze gefahren, da war Mitterrand noch Präsident.«

»Wir müssen Serge zur Rede stellen.«

Lou griff Luc am Arm.

»Du musst gar nichts, Commissaire. Du nimmst jetzt mein Boot und fährst zu meinem Auto, und dann steigst du ein und fährst nach Bordeaux. In einer knappen Stunde kannst du im Kreißsaal sein bei deiner Liebsten.«

»Aber ich muss doch diesen Fall lösen, ich kann dich doch nicht allein mit Aubry lassen, diesem durchgeknallten Karrieristen.«

»Es gibt jetzt wirklich Wichtigeres, Luc. Ich komm schon mit dem zurecht. Und wenn nicht: Die Leute in dem Raum sind mir seit so vielen Jahren vertraut, wir kriegen es auch hin, Aubry gemeinschaftlich im Wasser zu versenken. Niemand hätte was gesehen.« Verschwörerisch zog Lou eine Augenbraue hoch. Luc grinste.

»Ich denke über den Vorschlag nach. Los, wir gehen hinein. Ich erkläre, dass ich abfahre, und dann vernimmst du mit Aubry den Fischer.«

Der Commissaire öffnete die Tür und betrat den duftenden Gastraum. »Ich bringe meinen Freund und Kollegen Lou mit, von der Police Municipale in Lacanau, er müsste Ihnen allen bekannt sein.«

Tatsächlich kam aus allen Kehlen ein freudiges Raunen, als Lou zur Begrüßung in die Runde nickte. Nur Aubry sah den uniformierten Kollegen mit der stattlichen Erscheinung misstrauisch an.

»Können wir kurz reden?«, richtete sich Lou an Aubry.

Der nickte und legte seine Gabel weg, dann stand er auf und ging mit Luc und Lou in eine Ecke des Gastraums. Der Commissaire fühlte, dass die Blicke aller ihnen folgten.

»Hier, Monsieur Aubry«, flüsterte er und reichte seinem Chef das Papier. »Lesen Sie das.«

Aubrys Augen wurden groß, als er das Schreiben überflog. »Das ändert die Sache, obwohl …«

»Messieurs«, sagte eine Stimme neben ihnen, »entschuldigen Sie.«

»Ja, Monsieur Peronne? Was ist?«

Der große Mann mit dem grauen Bart war sehr aufgeregt, seine Unterlippe zitterte, als er nun vor ihnen stand.

»Ich habe Ihnen nicht alles gesagt, und ich glaube, dass ich etwas gesehen habe, das wichtig ist.«

»Albert, wir sind jetzt wie lange hier? Fünf Stunden? Sechs?«, fragte Luc ungehalten. »Und nun erst kommen Sie zu uns? Was gibt es denn?«

»Ich habe mit dem Boot eine Runde gedreht, bevor ich Sie

gesehen habe. Ich wollte sehen, wer eventuell noch in den Häusern ist«, sagte er und sprach zu laut, als dass es in dem kleinen Raum noch als Flüstern durchgehen konnte. Die Wände warfen jedes Wort zurück. »Da sah ich Monsieur Morel, der … der …«

»… der Philippe Deschamps erschlagen hat?«, fragte Aubry drängend und laut, um hinzuzufügen: »Hab ich's doch gewusst.«

Albert Peronne senkte den Blick zu Boden und nickte vorsichtig. Luc griff ihn am Arm.

»Kommen Sie, wir gehen in die Küche, darüber will ich genauer sprechen.«

»Das ist nicht nötig«, sagte Aubry, »wir haben, was wir brauchen.«

Er löste sich aus der Gruppe und ging durch den Raum ans Ende der Tafel, dann stellte er sich vor Franck Morel auf und sagte: »Monsieur Morel, ich nehme Sie fest wegen des Mordes an Philippe Deschamps. Commissaire Verlain wird Sie gleich über Ihre Rechte belehren. Wir werden warten, bis das Wasser abgeflossen ist, und dann werden wir Sie nach Bordeaux bringen.«

Luc stand fassungslos neben Lou, Alberts Zittern war stärker geworden. Die Spannung im Raum war mit Händen zu greifen.

Dann ging alles ganz schnell. Der junge Mann sprang wie von der Tarantel gestochen auf, das Gesicht vor Hass verzerrt, er stieß Aubry zur Seite, der entweder durch den Stoß ins Straucheln geriet oder schon vorher aus Angst zurückgewichen war, Luc konnte es hinterher nicht mit Bestimmtheit sagen.

»Ihr Bastarde, das hängt ihr mir nicht an«, rief er im Wegrennen.

Er war schnell, riss die Tür auf, ohne sich umzudrehen, und war längst hinaus, ehe Aubry mit Brigittes Hilfe wieder auf die

Beine gekommen war. Der Commissaire bemühte sich, ruhig zu bleiben, er sah dem Gesicht seines Chefs an, dass er mit dessen Hilfe nicht rechnen konnte. Der Mann war kreidebleich.

»Paul, Yves, Sie bleiben hier bei den Frauen und Charlotte. Albert, Serge, Sie kommen mit. Wir müssen ihn finden, es ist zu gefährlich da draußen. Sie, Albert, nehmen die westliche Düne, Ihr Boot liegt ja am Ende der Straße. Sie, Serge, nehmen die östliche am Bassin. Lou, wir suchen mit dem Boot die Inselspitze ab. Alles klar?«

»Ich komme mit«, sagte Laurent Aubry tonlos.

Erst wollte Luc widersprechen, aber dann fügte er sich. Angesichts der Dunkelheit und der Sturmflut konnten sie tatsächlich jeden Mann gebrauchen.

»Taschenlampen?«

Yves machte sich an einem Schrank zu schaffen und reichte ihm eine.

»Ich habe meine eigene«, sagte Albert.

»Ich fahre bei Ihnen mit, Monsieur Lopez«, sagte Aubry, und sein Befehlston zeigte an, dass er sich gefangen hatte.

»Gut, dann los. Weit kann er noch nicht sein, das Wasser steht zu hoch.«

»Mein Gott, dass wir ihn bloß schnell finden«, sagte Lou.

»Bei Gott, dass wir ihn lebendig finden«, erwiderte Luc.

Sie rannten hinaus, doch sie hörten nur noch ferne Geräusche von Schritten, die das Wasser durchpflügten, zu sehen war Franck nicht mehr. Albert und Serge machten sich auf zu den Dünen, die ihnen zugewiesen waren, Serge in seinem Boot, der Feuerwehrmann hingegen zu Fuß, er hatte Wathosen an. Luc war für einen Moment verwundert, dass Franck nicht Lous Boot gekapert hatte. So kletterte er vorsichtig hinein, damit sie nicht kenterten, Lou ließ den Motor an, und dann wendeten sie einmal in dem winzigen Kahn.

»Los, wir umfahren einmal das Haus der Deschamps' und sehen, ob er dort irgendwo ist.«

»Wir müssen vorsichtig sein, ich will nicht mit dieser Nussschale ins Meer hinausgezogen werden. Die Strömung ist sehr stark.«

»Wenn ich mit jemandem auf einem Boot festsitzen will, dann mit dir, Lou. Wobei vielleicht nicht in dieser Nacht, wenn ich mir was wünschen darf.«

»Wäre mir recht.«

»Los geht's.«

Lou legte ab, während Serge und Aubry schon losgemacht hatten und in Richtung Norden auf der Rue de Paradis unterwegs waren. Gerade überholten sie den watenden Albert. Aus den Fenstern sah Luc die Blicke der Zurückgebliebenen, Yves hatte Charlotte auf den Schultern sitzen. Er winkte ihnen zu, dann lenkte Lou das Boot von der Treppe weg, und der kleine Yamaha-Motor zog seine Spur durchs Wasser.

Der tiefere Teil des Gartens der Deschamps' stand immer noch unter Wasser, das Haus und der hohe Steingarten waren wieder zu sehen, aber das Meer hatte nur Schlamm und Verwüstung hinterlassen. Sogar eine Scheibe war durch die Wucht der Wellen zu Bruch gegangen.

Sie umrundeten das Haus, und Luc leuchtete mit der Lampe hinauf zu den Wegen.

»Dort, siehst du, da ist die Düne eingebrochen.«

Tatsächlich: Auf einer Breite von mehr als hundert Metern war der Sandberg komplett den Kräften von Wasser und Sturm gewichen. An dieser Stelle hielt sich Lou besonders dicht an Land, um nicht hinaus ins offene Meer gezogen zu werden.

»Nichts, oder?«

»Nein, niemand zu sehen. Verdammt, wo steckt der?«

»Lass uns auf der Rückseite der Häuser am Bassin entlangfahren, mal sehen, ob wir Serge unterstützen können.«

»Meinst du wirklich, der Morel war es?«, fragte Lou. »Ich habe seine Akte gelesen. Kein unbeschriebenes Blatt. Aber es scheint mir trotzdem nicht nahezuliegen.«

»Ehrlich gesagt, Lou: Ich verstehe gar nichts mehr. Ich will jetzt erst mal diesen Mann finden. Wenn er es war, gesteht er.«

»Wenn das mal nicht schon das Geständnis war«, sagte Lou und sah starr ins Dunkel. Sie fuhren an Serges Steg vorbei, dann an dem von Franck Morel. Hier auf der Bassinseite war das Wasser schon wieder weit zurückgegangen, es sah beinahe aus, als sei nichts gewesen.

Gerade, als sie das letzte noch existierende Haus der Rue de Paradis passierten, das Anwesen der Familie Peronne, hörten sie den Schuss. Luc erstarrte.

»*Non*«, sagte er leise.

18

»Hier lang«, rief Luc, doch es war mehr das Gefühl, nicht abwarten zu können, als dass er sich wirklich sicher war, dass das Geräusch des Schusses aus dieser Richtung gekommen war.

Er wandte sich um, Lou kletterte mühsam aus dem Boot.

»Los, Luc, renn vor, ich brauch mehr Zeit«, rief er atemlos gegen den Wind.

Also schlug sich Luc in die Dunkelheit, der Sand unter seinen Füßen knarzte, und er wetzte die Düne hinauf, der Himmel war ganz schwarz, nur die Wolken rasten immer noch darüber hinweg. Wiederholt sah er sich um, doch der alte Polizist war schon weit hinter ihm, er war wieder einmal auf sich allein gestellt. Es ging sicher hundert Meter bergan, der Weg war beschwerlich, weil seine Füße bei jedem Schritt tief einsanken. Die Düne war hier stabil geblieben, deshalb hatte es das Wasser nicht darüber geschafft, nasser Sand hätte den Untergrund verhärtet und den Lauf erleichtert.

Oben angekommen, orientierte sich der Commissaire: vor ihm das Meer, hinter ihm der Wald und – in einiger Entfernung – das sich drehende Licht des Leuchtturms vom Cap, das in die Nacht strahlte, als sei alles ganz normal. War das da in der Ferne, über Arcachon, tief im Osten, bereits ein Hauch von Licht, das sich bemerkbar machte?

Er lauschte einen Moment nach Stimmen, doch da war nur die Geräuschkulisse des Ozeans, eine Melange aus Wind, Rauschen und Brandung. Links oder rechts? Luc entschied sich und bewegte sich nach Norden, nun auf dem Scheitelpunkt der Düne.

Wie durch eine schallschluckende Nebelwand hörte er das Wimmern, dann sah er, wie sich etwas dunkel auf dem weißen Sand abzeichnete. Nicht etwas. Jemand. Er beschleunigte, dann sank er neben dem Mann zu Boden, kniete sich hin und hob Laurent Aubrys Kopf vorsichtig an. Dessen Augen waren nur leicht geöffnet, er war der Ohnmacht nahe. Luc nahm die Taschenlampe und fand sofort den Grund dafür: Die Stoffhose seines Vorgesetzten war oben am Oberschenkel rot, das Blut sickerte in den Sand.

»Laurent«, rief Luc, »Laurent, was ist passiert?«

In der Ferne sah er Lou näher kommen, er hob die Lampe, damit das Licht dem Polizisten den Weg weisen konnte. Er zerriss kurzerhand die Hose, dass Aubry vor Schmerzen zuckte, dann betrachtete Luc die Wunde. »Verdammt«, murmelte er. Ein Schuss, der direkt in den Oberschenkel eingedrungen war.

»Lou«, rief Luc, »mach schnell.«

Sein alter Freund war endlich bei ihm und sah zu ihnen herab, mit verzerrtem Gesicht, der Atem ein Stakkato, er kam nur langsam wieder zu Luft. *Oh merde*, sagte er, und dann kniete er sich neben Luc. »Kugel noch drin?«

»Sieht so aus«, antwortete der Commissaire, »ich kann keine Austrittswunde sehen.«

»Da läuft die Beinschlagader entlang …«, sagte Lou, und selbst in der Dunkelheit schien es Luc, als sei er reichlich blass geworden.

»Hier ist viel Blut, aber für die Arterie nicht genug – ich hoffe, dass ich recht habe.«

Er zog sein Shirt aus und zerriss es in zwei breite Stücke, mit denen sich ein guter Druckverband anfertigen ließ. In diesem Moment kam Aubry wieder zu vollem Bewusstsein, er schrie vor Schmerzen und sah von unten zu Luc herauf.

»Es tut höllisch weh, mein Bein, was ist da … Verlain, machen Sie doch was.«

»Sie haben eine Schusswunde im Oberschenkel, Monsieur Aubry«, sagte Luc und versuchte, seiner Stimme einen beruhigenden Klang zu geben. »Bleiben Sie einfach liegen und lassen Sie uns machen.«

»Rufen Sie jemanden. Einen Helikopter, ich muss … Ich verblute.«

»Wir tun, was wir können, Laurent. Sagen Sie mir, was passiert ist!«

»Ich weiß nicht, ich bin gelaufen, und dann habe ich einen Schatten gesehen, es war Franck, ich bin mir ganz sicher. Es gab einen Schlag und dann … Ich weiß nichts mehr. Aber meine Waffe, sie ist … sie ist weg.«

»Sie tragen eine Waffe?« Luc dachte, er höre nicht recht.

»Meinen Sie, ich gehe in einen gefährlichen Einsatz ohne Waffe?«

»Sie sind Zivilist.«

Luc sah zu Lou herüber, der ebenso fassungslos den Kopf schüttelte.

»Ich habe eine Sondergenehmigung des Ministers. Verdammt, Verlain, nun tun Sie endlich was. Ich sterbe hier vor Schmerzen …«

»Okay, Lou, du verbindest die Wunde, ich suche Franck Morel und die anderen. Eine geladene Polizistenwaffe, das verändert die Lage.«

»Gut, Luc. Pass auf dich auf.«

Der Commissaire stand auf und ging vorsichtig in Richtung Norden. Es gab hier nur Sand und freie Sicht, keinen Baum, kein Haus, hinter dem man in Deckung gehen konnte. Er hatte seine Waffe natürlich nicht mit ans Cap genommen, sie lag gut behütet im Safe des Hôtel de Police – das hier war ein Routineauftrag gewesen, nun war er zu einer Katastrophe geworden.

Luc sandte ein Stoßgebet in den Himmel, die dichten Wolkentürme bewegten sich so schnell, dass der Mond immer wieder mal durchschimmerte und ihm wenigstens dann und wann Anhaltspunkte gab. Es war eisig kalt geworden. Anouk, dachte er, selbst in diesem Moment: Anouk. Hoffentlich ging es ihr gut, hoffentlich war er bald bei ihr. In einem Stück.

Waren es Rufe? Schreie? Oder war es nur das Meer? Luc beschleunigte seine Schritte. Dort, hinten auf der Düne, da waren Schatten, dunkle Bewegungen auf hellem Grund, er duckte sich und rannte los, auf die Schatten zu, der eine war weiter hinten – und auch tiefer, dem Meer zugewandt, der andere näher an ihm dran.

Luc versuchte, die Stimmen zuzuordnen, aber das Getöse der Wellen war einfach zu laut. Er setzte an, rief: »Polizei, bleibt stehen!« Doch dann ging alles ganz schnell.

Er sah die Waffe in der Hand von Albert Peronne, der damit herumfuchtelte, sie nach vorn auf den anderen Schatten gerichtet hielt, aber plötzlich den Kopf herumriss, erschrocken von der Stimme – oder von der unmittelbaren Bedrohung, doch nur kurz, dann drehte er sich wieder um, und der Commissaire erkannte den anderen Mann. Franck Morel war es, natürlich, Morel, der immer weiter zurückwich, schnell und ungestüm, seine Bewegungen waren panisch, der Mann war die personifizierte Angst, er rutschte von der Düne hinunter, Albert folgte ihm, immer noch hielt er die Waffe in der Hand, aber er feuerte nicht, er rief etwas, das Luc nicht verstand, er sah, wie Franck weiter abrutschte, schon war er im Wasser. Albert war ihm dicht auf den Fersen, er war schneller, als der Commissaire es für möglich gehalten hatte, aber auch Luc selbst holte auf.

»Albert, lass die Waffe fallen!«, rief er. »Franck, bleib stehen!«

Franck bremste als Erster, dann Albert, dann auch Luc, sie hielten beinahe zugleich inne, den Commissaire trennten vielleicht hundert Meter vom ersten Mann. Doch der Junge, der schon bis zur Brust in den kalten Fluten stand, wo die Wellen ihn anhoben, gegen ihn krachten, hielt den Blick immer noch auf Albert und die Waffe gerichtet und rief: »Es hat doch keinen Sinn, ich geh nicht in den Knast!«

Luc sah das Weiße in seinen Augen, die geweitet waren vor Angst. Sein Ruf: »Nein, Franck, bleib stehen«, verhallte über dem Ozean, als Morel sich wieder umdrehte und weiter ins Wasser ging, ein Stück nur, dann riss es ihn mit.

Luc löste den Blick und rannte auf Albert zu, der die Waffe sinken ließ. Er rannte ins Wasser, es war eisig, wild und schwarz, er vergaß seine Panik, war schnell bis zur Hüfte im Meer, rief immer und immer wieder: »Franck, Franck«, bis ihm die Kälte die Kehle zuschnürte, bis die Wellen auch nach ihm griffen, bis die Hand hinter ihm seine Schulter packte und Alberts Stimme sagte: »Nein, komm. Er ist weg …«, und Luc dachte sofort an Anouk und riss sich von seinem Vorhaben los, ließ sich, die Füße nicht mehr auf dem Sandboden, von Albert mitziehen, zurück ans Ufer, auf die rettende Düne. Doch er blickte immer noch aufs Meer, in die Wellen, in denen kein Mensch mehr zu sehen war, bis er sich niederließ in seinen nassen Sachen und spürte, wie ihm die Tränen kamen, die Wut vernebelte ihm den Kopf, und er schrie:

»Nein, verdammt, verdammt, warum denn?«

3 Uhr

L'HEURE LA PLUS SOMBRE
—
DIE DUNKELSTE STUNDE

19

Das Feuer loderte im Kamin, das Holz glühte bereits tiefrot. Die Kerzen auf den Tischen waren weitgehend runtergebrannt.

Niemand im Raum sprach ein Wort, sie saßen alle weit voneinander entfernt an den Tischen, Yves hatte sich sogar, auf dem Fußboden hockend, an die Wand gekauert, Fannys Kopf lag auf seiner Schulter, die junge Frau weinte. Luc kniete neben Lou am Boden, gemeinsam mit Dominique untersuchte er Aubrys Oberschenkel. Sein Vorgesetzter war noch bei Bewusstsein gewesen, als Luc zu Lou zurückgekehrt war, doch auf der Fahrt in dem kleinen Schlauchboot hatte er das Bewusstsein verloren.

»Okay«, sagte Madame Peronne, »die Blutung ist nur durch die Kälte gestoppt worden, weil die Gefäße sich zusammengezogen haben. Hier drinnen wird die Sauerei gleich wieder losgehen. Wir müssen die Arterie abschnüren.«

Luc stand auf und ging schnell zu der Kommode, aus der Fanny die Kerzen geholt hatte. Er vermutete richtig, auch die Tischdecken waren darin. Er riss eine mit den Zähnen an und zog einen dünnen Streifen ab, dann kniete er sich wieder hin und fing an, das Bein eng abzubinden. Dominique fühlte währenddessen Aubrys Puls. Als Luc aufsah, erblickte er Brigitte, die zitternd und kalkweiß neben ihnen stand. Sie sah zu dem Polizisten herab, ihr ganzes Gesicht eine einzige ängstliche Fratze.

»Was ist mit ihm?«, fragte sie. »Ist er tot?«

»Nein, er hat Puls«, sagte Madame Peronne, »aber er ist sehr schwach. Er hat da draußen viel Blut verloren. Er kann nicht hierbleiben.«

Luc machte einen zweiten Knoten in den Stoff, dann sah er auf sein Handy und schüttelte den Kopf.

»Kein Netz, immer noch nicht. Verdammt. Wir können keine Hilfe rufen.« Er sah Lou an. »Du musst ihn von hier wegbringen. Schaffst du es mit dem Boot bis zu deinem Auto? Er muss sofort ins Krankenhaus.«

»Das kriege ich hin. Aber willst du nicht gleich fahren? Dann kannst du endlich zu Anouk.«

Luc sah ihn ernst an. »Das muss warten«, sagte er bestimmt. »Ich will den Verantwortlichen für den Mord – und für den Tod von Franck Morel. Ich kann seinen Schrei nicht vergessen.«

Lou legte Luc die Hand auf die Schulter.

»Hilf mir, ihn ins Boot zu tragen.«

»Das kann ich machen«, sagte Albert Peronne, der neben sie getreten war. »Ich kann auch mitkommen zum Krankenhaus.«

»Sie bleiben hier«, sagte Luc streng. »Keiner verlässt diesen Raum.«

Er griff Laurent Aubry unter die Arme, Lou nahm die Beine, und gemeinsam schafften sie ihn nach draußen und legten ihn vorsichtig in das Boot.

»Pass auf ihn auf – und auf dich«, sagte Luc.

»Und du finde deinen Mörder«, entgegnete Lou.

»Das werde ich«, sagte Luc und sah zu, wie der Polizist den Motor startete und das kleine Schlauchboot wendete. Aubry bewegte sich immer noch nicht. Lange blickte Luc dem Licht hinterher, dann zündete er sich eine Zigarette an, die erste seit Monaten. Er hatte die Schachtel vorhin auf dieser Kommode liegen sehen. Der Rauch stieg in der kalten Luft in kleinen Wölkchen auf. »Deinen Mörder« hatte Lou gesagt. Einzahl. Doch stimmte das? War es ein und derselbe Mann, der den Tod von Philippe Deschamps und den von Franck Morel verantwortete?

Auf jeden Fall war er, Luc Verlain, von nun an auf sich allein gestellt. Das hieß: Er musste noch wachsamer sein. Andererseits: Er konnte endlich nach seinen Regeln arbeiten.

Er öffnete die Tür, dass die Kerzen wild zu flackern begannen, dann trat er ein. Es war Brigitte Deschamps, die auf ihn zueilte und ihn, immer noch völlig aufgelöst, sogleich fragte: »Wird er es schaffen? Was meinen Sie, Commissaire? Überlebt er?«

»Ehrlich gesagt: Ich weiß es nicht, Madame. Er hat viel Blut verloren. Ich hoffe, dass mein Kollege ihn schnell ins Krankenhaus bringen kann. Wir müssen für Monsieur Aubry beten.«

»Es ist alles so furchtbar …«, sagte sie, und ihre Augen füllten sich mit Tränen. Luc nahm ihre Hand und drückte sie für einen Moment. »Kommen Sie«, sagte er, dann ging er zur langen Tafel und setzte sich auf seinen angestammten Platz. Draußen, im Osten, machte sich ein erster Lichtschein bemerkbar. War das möglich? Kam da tatsächlich schon der neue Tag? Seine Hoffnung wuchs.

»Können Sie bitte hier zusammenkommen?«, fragte er in die Runde. Sofort erhoben sich alle: Fanny und Yves Jean nahmen Hand in Hand Platz, genau wie Claudette und Paul, die sich den Wirten gegenüber hinsetzten. Albert Peronne trug seine schlafende Tochter auf dem Arm und nahm sie auf den Schoß, Dominique kam aus der Küche, wo sie sich wohl das Blut abgewaschen hatte, jedenfalls trocknete sie sich gerade mit einem Tuch die Hände ab. Brigitte Deschamps trat an den Tisch und wischte sich über die Augen. Und der Fischer blieb noch eine Weile stehen und schob seinen Stuhl nervös vor und zurück, bevor er widerstrebend darauf Platz nahm. Aubrys Platz an der Tafel blieb leer, doch die Blicke aller streiften den anderen leeren Sitz in der Ecke. Francks Stuhl, eine stille Anklage.

Luc räusperte sich und schloss kurz die Augen, bevor er begann.

»Wissen Sie, ich bin gestern Nachmittag von Bordeaux aus hergefahren, in der guten Hoffnung, hier einen kurzen Einsatz zu haben, mit Ihnen allen freundlich zu reden, die Dinge zu einer für alle passablen Lösung zu bringen und dann zu meiner hochschwangeren Freundin zurückzukehren.« Er blickte jeden von ihnen reihum an, während er sprach. »Doch nun liegt meine Freundin in den Wehen, oder vielleicht ist meine Tochter auch schon auf der Welt, was weiß ich. Ich bin jedenfalls nicht dabei, weil hier in dieser Nacht Dinge geschehen sind, die ich mir nicht hatte ausmalen können – und ich glaube, dass auch Sie es nicht konnten. Nicht vorhersehen, was passieren würde. Und auch wenn Ihnen das jemand gestern vorhergesagt hätte, Sie hätten nicht geglaubt, dass all das tatsächlich eintritt. Was ich damit sagen will: Ich denke nicht, dass hier zwei vorsätzliche, von langer Hand geplante Morde geschehen sind – und dazu noch der Angriff auf einen Polizeibeamten, mindestens also eine schwere Körperverletzung, wenn Monsieur Aubry überlebt. Ich denke, dass all diese Taten im Affekt geschehen sind, dass sich hier Dinge Bahn gebrochen haben, deren Ursprung in dem begründet liegt, was Philippe Deschamps Ihnen angedroht hat: die Enthüllung all Ihrer Geheimnisse. Nun ist der Bürgermeister tot und hat diese Geheimnisse mit in sein Grab genommen. Deshalb ist es an mir, diese Geheimnisse zu offenbaren – und vielleicht wollen Sie mir dabei helfen. Das ist mit Sicherheit leichter, als wenn

Sie all die Geschehnisse dieser Nacht für immer in sich tragen müssen. Denn diese Schuld«, Luc schüttelte traurig den Kopf, »diese Schuld als neues Geheimnis in sich zu tragen, das ist fast nicht auszuhalten, glauben Sie mir.«

Niemand im Raum sprach ein Wort, alle hielten die Köpfe gesenkt. Luc spürte das Misstrauen von Sekunde zu Sekunde wachsen. Niemand hier traute mehr dem anderen, nicht mal seinem direkten Sitznachbarn.

20

»Monsieur Lopez«, wandte sich Luc an den Fischer, der ihm schräg gegenübersaß und nur widerwillig den Kopf hob. »Fangen wir mit Ihnen an. Was wusste Philippe Deschamps von Ihnen, das Sie hätte zwingen können, ihn umzubringen?«

»Commissaire, bei allem Respekt«, mischte sich Albert Peronne ein. Seine Stimme klang jetzt ganz tief und streng, so streng, dass sogar seine Frau ihn beinahe ehrfurchtsvoll ansah. »Ich kann mir nicht vorstellen, dass einer von uns zu dieser Tat fähig war. Wir sind Nachbarn, wir kennen uns alle schon unser halbes Leben. Manche, wie die Merciers und die arme Olive Morel, sogar noch länger. Also bitte, warum sollten wir so etwas tun? Warum sollte irgendjemand von uns das tun? Philippe und ich, wir haben jahrelang zusammengearbeitet. Hören Sie, ich habe Ihnen doch gesagt, was ich gesehen habe. Franck Morel war es. Er war schon als Kind ein schwieriger Fall, das hat Olive immer gesagt. Aber sie hat ihn geliebt, so sehr, dass sie ihm das Haus vererbt hat, als seine letzte Chance. Obwohl sie seine Polizeiakte kannte – Commissaire, Sie wissen das doch: Er war ein vorbestrafter Mann, auch wegen Gewaltdelikten. Es passt alles. Franck Morel hat sich am Bürgermeister gerächt für den Tod seiner geliebten Großmutter. Und jetzt ... jetzt hat er sich selbst gerichtet, um nicht für den Mord büßen zu müssen.«

»Wissen Sie, Monsieur Peronne, bis vor zwei Stunden hätte ich Ihnen das alles abgenommen«, sagte Luc möglichst beiläufig. »Aber nun bin ich mir sicher: Franck Morel hat Philippe Deschamps nicht ermordet. Und er hat sich nicht selbst gerichtet, also, jedenfalls nicht aus dem Grund, den Sie vermuten. Und ich sage Ihnen noch etwas: Mir fehlt die Zeit, um mich auf Ihre Spielchen einzulassen. Sie alle haben mich lange genug auf falsche Fährten geführt. Zu Ihnen, Monsieur Peronne, komme ich später noch. Nun aber will ich erst mal mit Ihnen reden, Serge. Denn ich kenne Ihr Motiv. Wissen Sie, mein Vater mochte Sie vom ersten Augenblick an. Und ich mag Sie auch. Sie sind ein ehrlicher Typ. Das alles muss schwer auf Ihnen lasten.«

Bitterkeit umspielte den Mund des Fischers, Luc sah, dass er reden wollte. Gestehen wollte. Und endlich, nach langen Sekunden des Schweigens, in denen die ganze Runde darauf wartete, dass Serge Lopez endlich das Wort ergriff, sagte er leise: »Ja, Philippes Tod hat mich erlöst.«

Serge Lopez
Ein Jahr vorher

Noch war das Land durch den Nebel zu sehen, deshalb drückte er den Gashebel stärker durch, er wollte weg von hier, weg von dem Ort, der auf ihm lastete wie ein tonnenschwerer Fels. Die kleine Landzunge zu seiner Rechten wurde kleiner und verschwommener, bis irgendwann nur noch das monotone Blinken des Leuchtturms zu sehen war. Das Cap war im Frühnebel verschwunden.

Nun war er endlich da, wo er sich frei von Sorgen fühlte, frei von der Last. Die Wellen hoben das Boot so stark an, dass sich eine Landratte klein und verloren gefühlt hätte. Doch Serge hatte keine Angst vor dem Ozean, vor seiner Dunkelheit und seiner Wildheit. Er wusste um die Gefahren des Atlantiks, er respektierte seine Kraft und fühlte sich ihm ansonsten tief verbunden, er brauchte ihn schlicht zum Atmen.

Er kannte den Weg hinaus seit seiner Kindheit, schließlich hatte er die Fischgründe schon von seinem Vater übernommen. Deshalb hätte er jederzeit blind hierhergefunden, im Sturm oder wie jetzt bei schlechter Sicht.

Und er genoss die Einsamkeit. Nie hätte er auf einem großen Fischtrawler arbeiten wollen, weil bei all dem Getöse der Maschinen und den vielen Arbeitern das verloren ging, was das Fischen für ihn ausmachte: das Spiel mit dem Element Wasser, ganz allein zu sein, Zeit zu haben, über die Dinge nachzudenken, die auf ihm lasteten. Und seine Arbeit zu machen, nahe an der Natur. Denn so verstand er sein Metier: Mit kleinen Stellnetzen betrieb er Wildfang, manchmal, im Sommer, arbeitete er sogar mit Angeln. Er fischte wilde Wolfsbarsche, Doraden und Steinbutt. Aquakulturen lehnte er ab, weil er wusste, dass die Fische darin litten und dass sie mit Antibiotika vollgepumpt wurden, damit sie nicht erkrankten und die anderen Fische auf dem engen Raum ansteckten. Er wollte solche Fische nicht essen, also wollte er sie auch nicht fischen. Lieber holte er viel weniger aus dem Meer, bekam dafür aber einen ordentlichen Preis. Gab es ein Kilo Wolfsbarsch aus Aquakulturen schon für knapp fünf Euro, bekam er für ein Kilo wild geangelten Fisch immerhin das Drei- bis Vierfache. Besonders die Spitzenrestaurants drüben an der Düne von Pilat kauften bei ihm, seit er den guten Ruf seines Vaters durch harte Arbeit bestätigt hatte. Eigentlich hätte sein Geschäft also laufen müssen. Eigentlich.

Hier draußen glaubte er immer, er könne alles schaffen. Das alles hinkriegen, das mit dem Geld. Aber wenn er nachher in den Hafen zurückfuhr, dann war dieses Gefühl gleich wieder verschwunden. Schnell schob er diesen Gedanken von sich weg.

Er zog den Gashebel zurück, als die zwei Bojen vor ihm auftauchten, die die Position eines seiner Stellnetze anzeigten. Das Boot wurde langsamer und stand schließlich genau über dem Netz. Jetzt hatten die Wellen noch leichteres Spiel mit dem Kahn, doch Serge genoss das Auf und Ab und dieses Gefühl im Bauch. Er präparierte den Seilzug und brachte dann das aus dem Wasser ragende Seil daran an, betätigte den Schalter, und der Zug begann, das Netz einzuholen. Serge Lopez war geübt darin, alles allein zu machen. Hier draußen musste jeder Handgriff sitzen. Es dauerte lange, bis der tiefe Teil des Netzes eingeholt war, derjenige, der genau auf Höhe der Doraden und Wolfsbarsche trieb und in dessen engen Nylonvierecken sich die Kiemen der Fische verfingen, die dann weder vor noch zurückkonnten. Er löste zwei kleinere Exemplare aus dem Netz, sie waren aber größer als die sechsunddreißig Zentimeter, die laut Vorschrift das Minimum waren für den Fang dieser Fischart, das sah er auf den ersten Blick. Andernfalls hätte er sie über Bord werfen müssen. Diese hier würde er auf dem Markt verkaufen müssen, für ein Sternerestaurant waren sie noch immer zu klein, denn bei Fischen galt: Je größer, desto höher war auch die Qualität, desto fester ihr Fleisch, desto feiner ihr Geschmack.

Er zog das Netz weiter und weiter ein, löste kleine Fische ab, die er in eine gesonderte Kiste warf, diese hier, Sardinen, Makrelen, waren für ihn Beifang, der aber dennoch etwas Geld einbrachte. Doch richtig große Exemplare hatten sich nicht ins Netz verirrt. Serges gute Laune schwand. Sein Geschäft war hart geworden, so wie für alle kleinen Fischereibetriebe an der Küste. Seitdem der Klimawandel der Population schadete – genau wie die Überfischung des Ozeans, besonders durch die großen Trawler, die weit draußen auf See mit nur einem Mann Tonnen über Tonnen abfischten. Da konnten die Luxusrestaurants noch so gute Preise für Lopez'sche Qualität bezahlen – wenn nichts im Netz war, dann gab es auch nichts zu verdienen. Er kannte das Gefühl nur zu gut, das mit jedem weiteren Quadratmeter des ins Boot gleitenden Netzes weiter anwuchs, das die Hoffnung, dass im nächsten Teil, im nächsten Quadratmeter, der jetzt noch unter Wasser war, der große Fang wartete, immer mehr unter sich begrub: die Enttäuschung. In letzter Zeit häuften sich die ernüchternden Tage. Und Wochen.

»Vergiss es. Ich werfe doch kein Geld in ein Fass ohne Boden. Und außerdem bin ich doch froh, wenn du endlich zusperren musst. Dann hat der Lärm am Morgen endlich ein Ende.«

Er erinnerte sich peinlich genau an die Worte, die vor ein paar Stunden gefallen waren, sie hingen ihm klebrig in den Ohren. Sicher, ein unbeherrschterer Mann seines Kalibers hätte den Urheber dieser Worte einfach umgelegt, mit einem fulminanten rechten Haken in den Boden gestampft. Aber was hätte es ihm gebracht, Philippe Deschamps umzuhauen? Er hätte eine Anzeige bekommen, wäre vor Gericht gezerrt worden, und hätte dadurch ja noch keinen Cent seiner Schulden beglichen, im Gegenteil. Gewalt war nicht seine Sache.

Obwohl seine Verachtung für diesen Mann, den er selbst immer zum Bürgermeister gewählt hatte, warum nur?, nicht größer hätte sein können. Wie war das möglich, dass ein Politiker, der sich um das Wohl seiner Kommune sorgte, dabei zusehen konnte, wie die traditionsreichsten Betriebe des Ortes einfach zusammenbrachen?

Er wusste, dass Deschamps genug Geld hatte. Sie waren schon sehr lange Nachbarn. Deschamps' Vater und sein Vater waren miteinander befreundet gewesen, hatten sich stets gegenseitig unterstützt. Nur deshalb hatte Serge den Bürgermeister gefragt. Nur deshalb hatte er seinen Stolz überwunden. Weil er einfach keinen Ausweg mehr wusste.

Serge Lopez hatte sich verschätzt, schlicht und einfach. Er hatte die Fischerei von seinem Vater übernommen und kannte dann nur ein Ziel: wachsen, wachsen, wachsen. Dabei die Qualität aber steigern und dadurch die Käufer überzeugen. Mit der einzigen Fischerei auf der Spitze des Cap sollte das klappen, deshalb hatte er das Grundstück gekauft – und sich schon dabei finanziell weit übernommen. Er war ein guter Fischer, und er war ein guter Geschichtenerzähler – aber er war ein schlechter Geschäftsmann. Es schien, als habe er sich die eigene Geschichte immer zu gut erzählt, den eigenen Traum. Die Landung auf dem Boden der Realität war hart. Weil die Fangquoten zurückgefahren wurden, die Meere leer gefischt waren, weil der Umbau seiner neuen Fischerei doppelt so teuer wurde wie geplant. Weil der Bootsmotor im Frühsommer kaputtgegangen war, einfach so – die nächste Ausgabe, die einfach nicht eingeplant gewesen war. Es war jetzt einen Monat her, dass die Bank den Hahn endgültig zugedreht hatte. Jetzt lebte er von nichts mehr. Der Geldautomat spuckte nichts aus, sondern schien ihn leise auszulachen. Ihm blieb sogar für das Schiffsbenzin und sein eigenes Essen nur das Geld, das die Restaurantbesitzer ihm am selben Tag für seine Fische gaben. Sprichwörtlich von der Hand in den Mund.

Es ging um zehntausend Euro. Damit würde er ein Vierteljahr lang klarkommen. Damit könnte er durchhalten, um dann im Herbst und im Weihnachtsgeschäft endlich wieder etwas Gewinn zu machen. Zehntausend nur, um endlich die neuen Maschinen kaufen zu können, um die Fische selbst zu filetieren und mit dem verarbeiteten Produkt mehr Umsatz zu machen. Doch Deschamps hatte ihn nur ausgelacht.

Er zog die letzten Meter des Netzes ein und atmete auf. Da zappelten drei, nein, sogar vier Wolfsbarsche mit einem sehr guten Gewicht, sicher anderthalb Kilo pro Stück. Perfekt fürs »Haaïtza«, dieses ultraschicke Fünfsternehotel drüben in Pyla. Das würde helfen, zumindest für den heutigen Tag.

Er nahm die Fische aus dem Netz und tötete sie, dann legte er sie vorsichtig in die Kiste, wo sie auf Eis die Heimfahrt antreten würden. Er freute sich, er lachte, er spürte, wie die Anspannung für einen Moment nachließ. Dann ließ er das Netz wieder ins Wasser und befestigte es zwischen den Bojen, um die Position später wiederzufinden.

Etwa zwei Stunden später, nachdem er die beiden anderen Netze geprüft hatte, fuhr er zurück. Der Nebel hatte sich verzogen. Der Leuchtturm war nun schon aus der Ferne zu erkennen, genau wie der hellgrüne Seekiefernwald, der über die Düne lugte. Es war der schönste Ort auf der ganzen Welt, kein Zweifel. Er fuhr in das Bassin von Arcachon ein und bog dann schon nach kurzer Zeit nach Backbord ab. Der kleine Anleger, sein hölzerner Steg.

Sie musste ihn erwartet haben, sie kam aus dem Schatten unter seiner Lagerhalle.

Er legte an, sie betrat den hölzernen Steg. Ihr schüchterner Blick zurück. Niemand beobachtete sie. Sie reichte ihm einen Umschlag.

»Hier. Philippe hatte unrecht. Es tut mir leid, wie er mit dir geredet hat. Das hier ist von unserem gemeinsamen Konto, aber ich werde ihn schon überzeugen. Zahl es uns zurück, wann immer du willst.«

Dann verschwand sie. Serge stiegen die Tränen in die Augen. Sie hatte alles gehört. Sie wusste immer alles. Er öffnete das Kuvert und zog den Scheck heraus. Brigitte Deschamps lieh ihm fünfzehntausend Euro.

21

»Du hast mich damit gerettet, Brigitte«, sagte Serge leise und ergriff ihre Hand. Brigitte Deschamps ließ sie ihm.

»Aber Philippe konnte es nicht hinnehmen«, erwiderte sie kopfschüttelnd, »er dachte, du würdest es nie schaffen. *Er ist nicht wie sein Vater. Das hat er immer gesagt. Und dieser ständige Lärm.* Er hat geflucht über dich. Als er rausbekommen hat, dass ich dir das Geld geliehen habe, bekam er einen Tobsuchtsanfall. Er hat mit mir geschimpft wie selten zuvor. Aber dann hat er gesagt: *Serge hat doch immer alle Frauen um den Finger gewickelt. Jetzt hat er auch dich rumbekommen. Frauen ist eben nicht zu trauen. Sie sind alle gleich.* Ich wusste, dass er nur wütend und verletzt war, weil ich ihn gewissermaßen hintergangen hatte. Aber es wurde immer schlimmer.«

»Er hat das Geld zurückgefordert?«, fragte Luc.

»Ja, und zwar, ohne direkt auf mich zuzukommen«, antwortete Serge. »Stattdessen ist er von Anfang an den offiziellen Weg gegangen. Briefe von seinem Anwalt, Briefe vom Gericht. Dann die Klage. Ich hätte es ja zurückbezahlt, aber ich hatte es nicht mehr. Ich habe die Maschinen gekauft und alles sofort komplett investiert. Ich wusste, dass ich es in der vorgegebenen Zeit zurückgegeben hätte, in anderthalb Jahren. Darauf war alles ausgelegt. Aber eine sofortige Rückzahlung war nicht möglich. Zur Verhandlung vor vier Wochen bin ich gar nicht gegangen, ich wusste, es wäre sinnlos gewesen. Philippe hat nicht mehr mit mir geredet. Das Gericht hat die Räumung entschieden und vier Wochen Frist gesetzt. Die wäre heute Morgen abgelaufen.«

»Ich konnte Philippe nicht von seiner Raserei abbringen«, fügte Brigitte hinzu. »Er war fest entschlossen. Aber seinen Nachbarn zu verklagen, das geht doch nicht. Ich hab es ihm immer wieder gesagt. Als der Gerichtstermin dann stand, habe ich nichts mehr gesagt. Ich konnte …«, wieder blickte sie Serge an, mit Tränen in den Augen, »ich konnte dich nicht mal mehr ansehen, weil ich mich so sehr geschämt habe.«

Serge nahm sie kurzerhand in den Arm, und Luc wandte den Blick ab. Die Szene rührte ihn. Als sie sich wieder voneinander lösten, sagte der Fischer leise:

»Heute Morgen wäre ich ruiniert gewesen. Ich hätte das Erbe meiner Familie verloren – und der Ruf meines Vaters wäre für alle Zeiten dahin gewesen. Alles umsonst.«

»Deshalb haben Sie es getan?«, fragte Luc und spürte, wie im selben Moment alle um ihn herum den Atem anhielten.

»Nein, ich habe es nicht getan«, sagte Serge, und seinen Mund umspielte ein merkwürdiger Ausdruck. War es ein leichtes Lächeln? Luc konnte es nicht deuten.

»Ich habe nicht einmal darüber nachgedacht, es zu tun. Sicher, er hätte mir alles genommen. Aber welches Recht hätte ich, ihm sein Leben zu nehmen? Nein, Commissaire. So bin ich nicht – und Sie wissen das auch.«

»Ach, Monsieur Lopez«, sagte Luc ruhig, »deshalb habe ich ja vorweggeschickt, dass hier meiner Meinung nach alles im Affekt passiert ist. Auch ich könnte in der Raserei jemanden umbringen, ich bin mir da ganz sicher. Deshalb ist es auch egal, ob ich Sie mag oder nicht – ich traue es Ihnen zu, so wie allen hier, mit Ausnahme Ihres schlafenden Engels.« Er lächelte Albert zu.

»Aber gut, nehmen wir an, Sie sagen die Wahrheit. Dann müssen wir das Rad weiterdrehen. Noch jemand in der Runde war draußen, als Monsieur Deschamps starb. Sie, Monsieur Mercier.«

Der alte Mann nickte Luc so verbindlich zu, als sei er eben im Wartezimmer seines Arztes zu einem Routinecheck aufgerufen worden. Kein Zeichen von Erregung, keine Nervosität.

»Doch nun wird sich jeder fragen: Warum sollte der alte Paul – Sie verzeihen – etwas gegen Philippe Deschamps haben, richtig?«

»Ich denke, jeder hier weiß, dass ich den Bürgermeister gehasst habe.« Paul Mercier sprach den Satz ohne Bitterkeit aus, nur als simple Feststellung. Luc hatte mit etwas in der Art gerechnet und war dennoch überrascht von der kühlen Wahrheit.

»Aber in dieser Geschichte geht es gar nicht so sehr um Sie, Paul, sondern eigentlich viel mehr um Ihre Frau. Richtig, Claudette?«

Die ältere Dame rutschte nervös auf ihrem Stuhl hin und her, Pauls Hand hatte sie längst losgelassen. »Wieso? Ich weiß gar nicht, worauf Sie hinauswollen.«

»Ich denke, Sie wissen es ganz genau, Madame Mercier. Und ich kann mir vorstellen, dass es nicht leicht gewesen ist, dieses Geheimnis die ganze Zeit mit sich herumtragen zu müssen und es nicht einmal mit dem Menschen teilen zu können, den man auf der Welt am meisten liebt.«

Ihr Gesicht verkrampfte sich, und der ganze Schmerz trat in ihre Züge, sie sah auf einmal gebrochen aus, grau, maskenhaft, als hätte das Geheimnis seit Monaten im Hintergrund sein Werk getan und ihr alle Energie geraubt.

»Wie sind Sie darauf gekommen?«, fragte sie.

»Mir ist bewusst geworden, dass Sie eine Flut in diesem Ausmaß heute nicht zum ersten Mal mitgemacht haben. Ich habe all die Schilderungen der Bewohner von der Flut im Frühjahr in der Akte gelesen. Wie alle hektisch geflohen sind. Ohne Rücksicht auf ihr Hab und Gut. Sogar heute, beim zweiten Mal, war es bei vielen in der Rue de Paradis noch genauso. Sie aber kamen ziemlich ruhig mit den Aktenordnern unterm Arm aus dem Haus, Sie wussten, worauf es ankommt, und Sie wussten, woran es beim letzten Mal gefehlt hatte. Ich habe zuerst gedacht, Sie sind besonders abgebrüht, weil Sie schon viel erlebt haben. Aber dann kamen mir Ihre Worte in den Sinn, die Sie mir in Ihrem Haus gesagt haben. Sie haben den grauen Himmel beschrieben, die dunklen Wolken, als Sie am Tag danach Ihre Straße erblickt haben. Das war aber gar nicht möglich. Denn am Tag nach dem Unwetter herrschte strahlender Sonnenschein. Waren Sie also schon zurückgewesen? Ich habe vorhin, als wir alle noch Netz hatten, kurz mit meinen Kollegen der Flughafenpolizei in Bordeaux gesprochen. Es war nur ein kurzer Blick in den Computer nötig, um Klarheit zu haben.«

Claudette Mercier
Sechs Monate vorher

Sie zog den schweren Koffer hinter sich her und überquerte die kleine Straße, die das Terminal des Flughafens Bordeaux-Mérignac von dem großen Parkplatz trennte.

Oh, war sie glücklich, dass sie wieder auf festem Boden stand, sie hätte am liebsten den Asphalt geküsst, wenn es nicht so geregnet hätte. Was war das für eine abenteuerliche Landung gewesen. Die Boeing 737 der Royal Air Maroc war in Casablanca bei schönstem Sonnenschein gestartet, aber über dem Atlantik waren die Wolken unter ihnen dichter und dichter geworden. Als die Maschine den Sinkflug antrat, durchflogen sie minutenlang den schwarzen Himmel, es blitzte um sie herum, dass es das Flugzeug schüttelte, und keiner der Passagiere sprach ein Wort, stattdessen klammerten sie sich alle an ihren Sitzen fest. Das Rollfeld des Flughafens kam erst Sekunden vor der Landung in Sicht, so tief hingen die Wolken über der Aquitaine. Und es goss wie aus Kübeln.

Warum nur hatte sie ihr Auto so weit weg geparkt. Nach einer gefühlten Ewigkeit schloss sie die Tür des Renault Clio auf, stellte den Koffer auf den Beifahrersitz und setzte sich schnell hinein, das Wasser tropfte aus ihrem Haar.

Es war ein schöner Urlaub gewesen, sie betrachtete ihren braunen Teint im Spiegel. Sie war mit ihrer besten Freundin durch Casablanca spaziert, sie hatten in der Medina frischen Minztee getrunken, auf dem Souk eingekauft und in ihrem schicken Hotel am Strand gedöst und gelesen. Heute war Eve zurück nach Paris geflogen und sie, Claudette, nach Bordeaux. So, wie sie es immer machten. Sie liebte diese gemeinsamen Reisen. Viermal im Jahr machten sie Urlaub, immer fernab der Heimat. Sie folgten ihrer Sehnsucht nach Exotik, Sonne, danach, die Welt kennenzulernen. Es war genau so, wie Claudette sich die Rente immer vorgestellt hatte. Sie hatte immer gewusst, dass ihre Pläne nicht die ihres Mannes waren. Paul hatte das Reisen nie gemocht. Früher, als sie beide gearbeitet hatten, konnten sie auch nicht viel reisen, weil sie zu anderen Zeiten Hochsaison hatte als er – so blieben sie eigentlich das ganze Jahr am Cap. Erst, als sie beide in Rente waren, fiel der Widerspruch auf: Sie wollte endlich raus aus Frankreich, Paul hingegen freute sich auf die Zeit auf seiner Halbinsel, er wollte im Garten die Rosen beschneiden – und er wollte …

Es war immer nur ein Geraune gewesen, schon, als sie noch Tür an Tür in Lège gewohnt hatten, die Merciers und die Morels. Doch Claudette hatte das immer abgetan. Olive und Paul verstanden sich eben gut, rein nachbarschaftlich, sodass das Gespräch am Gartenzaun irgendwann zu einem gemeinsamen Beschneiden der Rosen geworden war. Sie hatte sich nie Sorgen gemacht, auch weil sie sich stets für die Attraktivere der beiden Frauen gehalten hatte. Es kam der Umzug ans Cap, Olive und Paul verstanden sich weiter prächtig. Und dann der Renteneintritt, Olives Mann starb ziemlich bald darauf, das Herz, er hatte aber auch wirklich immer recht fett gegessen und sich nie zu einem Spaziergang überreden lassen, sodass seine Gattin dann also mit Claudettes Mann losgezogen war, manchmal waren sie einen halben Tag lang am Strand unterwegs gewesen.

Paul hatte jedenfalls nicht widersprochen, als Claudette vor einigen Jahren entschieden hatte, dass sie dann eben mit ihrer besten Freundin in den Urlaub fahren würde. Nach dem ersten Mal hatte ihr Paul sogar zugeredet, doch so bald wie möglich wieder eine Reise zu machen.

Irgendwann hatte sie genug. Nicht weil sie es nicht aushielt, eventuell die Betrogene zu sein. Nein, das war es gar nicht. Sie wollte es einfach wissen. Sie wollte nicht, dass es alle anderen wüssten – und sie als die Gehörnte betrachteten.

Also war sie von einem Urlaub auf La Réunion früher nach Hause gekommen, einen ganzen Tag früher. Sie hatte es niemandem erzählt, außer Eve. Am frühen Abend war sie still und leise nach Hause zurückgekehrt und hatte sich im Schutz der Dunkelheit in der Rue de Paradis auf die Lauer gelegt. Um halb neun hatte Paul die Lichter des Hauses gelöscht, die Tür geöffnet, hatte abgeschlossen und war dann schnellen Schrittes hinübergegangen zu Olive, wo die Tür nur angelehnt gewesen war. Er war hineingegangen, als wäre dort drüben sein eigenes

Zuhause. Claudette hatte eine halbe Stunde später durchs Fenster gelugt und die beiden am Tisch sitzend vorgefunden. Sie aßen zusammen, es gab ein *pot-au-feu*, eine Kerze stand auf dem Tisch, Weingläser. Mit ihr trank Paul nie Wein. Das ärgerte sie. Genau wie die Selbstverständlichkeit. Er hatte sich nicht versteckt, als er hinüberging, war nicht hintenrum gegangen, sondern einfach durch die Vordertür. Und Olive und er hatten da ganz unverstellt im Fenster gesessen, ungeniert gar, so als verbrächten sie nicht nur den Abend, sondern den Alltag zusammen. Claudette hatte sich verborgen gehalten, bis eine Stunde später das Licht im Haus gelöscht wurde. Paul aber kam nicht wieder heraus. Da war sie sich sicher, dass es nicht nur ein Dîner zwischen einer Witwe und einem Strohwitwer gewesen war.

Sie hatte sich in ihr Auto gesetzt und versucht zu weinen. Doch es gelang ihr nicht. Also fuhr sie zurück nach Bordeaux und checkte in einem gesichtslosen Hotel am Stadtrand ein. Dort lag sie dann die halbe Nacht wach, voller Wut, vor allem über sich selbst und ihr Gefühl der Verlorenheit. Doch sie schwieg, sie sagte Paul kein Wort davon, dass sie im Bilde war. Fortan hielt sie es stets so: Sie reiste immer einen Tag früher aus dem Urlaub zurück, versteckte sich in der Rue de Paradis und sah ihren Mann das Haus verlassen und zu seiner zweiten Frau gehen – so nannte sie Olive mittlerweile im Geheimen und gegenüber Eve: *sa deuxième dame*. Mit Betonung auf *deuxième*. Denn dass sie *la première* war, daran hatte Claudette keinen Zweifel, offiziell zumindest. In dunklen Nächten, wenn sie wach lag, sah das etwas anders aus. Sie schlief in diesen Nächten stets im gleichen Hotel und kehrte dann, abgestimmt auf ihre eigentliche Ankunftszeit, pünktlich und bestens gelaunt nach Hause zurück – und Paul erwartete sie mit seiner ruhigen Freude und seinem schönsten Lächeln, das sie ihm am liebsten mit einer seiner Heckenscheren aus dem Gesicht getilgt hätte. Doch im nächsten Moment umarmte sie ihn und genoss seine Wärme und den vertrauten Geruch – und wollte für immer *la première* bleiben. Auch dafür hasste sie sich. Für ihre Schwäche.

Sie hatte fast die gesamte Strecke in diesen Gedanken verbracht, nun rauschte ihr Kleinwagen bereits über die kurvige Départementale am Fähranleger vorbei. Der Regen prasselte auf das Dach und die Frontscheibe und ließ die Wischblätter fliegen. Heute hatte sie vorgesorgt. Sie hatte am Morgen noch vom Pool des Hotels aus bei Paul angerufen. Sie hatte betont aufgeregt geklungen und ihm gesagt, sie habe jetzt keine Zeit, aber sie müsse ihm unbedingt etwas ganz Wichtiges erzählen. Eine sensationelle Neuigkeit. Sie würde ihn am Abend anrufen, so gegen zehn. So wollte sie ihm wenigstens das Dîner mit Olive verderben. Sie hatte den Plan, ihn gleich aus ihrem Versteck anzurufen, ihn eine Weile aufzuhalten und dann dabei zuzusehen, wie er – die Liebe ihres Lebens – nach dem Telefonat das Haus, die Schlafzimmer, die Frau wechseln würde.

Sie fuhr in die kleine Seitenstraße, in der sie ihr Auto immer verbarg, schaltete den Motor ab und sah beunruhigt auf das ungeheure Unwetter, das sich, so wie es aussah, genau über ihrer Halbinsel am stärksten entlud. Wenn sie jetzt in ihr Versteck ging, dann wäre sie in nicht mal einer Minute bis auf die Knochen durchnässt. Regenkleidung hatte sie natürlich nicht mitgenommen, sie war ja in Marokko gewesen, nicht auf Island. Sie sah auf die Uhr: zehn vor neun. Sie müsste ihn gleich anrufen. Doch erst mal wollte sie schauen, ob er wirklich wie besprochen zu Hause war. In ihrem Albtraum des Mittagsschlafs am Pool saß er bei Olive zum Dîner und erzählte ihr von Claudettes bevorstehendem Anruf, und sie lachten höhnisch, bevor er sich kurz ins eigene Haus begab, um das Telefonat anzunehmen. Sie war aus ihrer Sonnenliege hochgeschreckt und hatte Paul verflucht – und sich selbst. Was für ein dämlicher Gedanke.

Sie öffnete die Tür, und sofort umwehte sie der Sturm, doch sie machte sich trotzdem auf den Weg, es war mühsam, obwohl es bergab ging, wenigstens musste sie bei diesem Höllenwetter nicht fürchten, in ihrer Sackgasse irgendjemandem zu begegnen.

Sie sah das Licht durchs Wohnzimmerfenster und atmete auf: Er war daheim. Sie hatte sich vor anderthalb Jahren für eine dichte Hecke entschieden, hinter der sie sich in diesen Nächten verbarg. Mittlerweile war die Pflanze so ausufernd gewuchert, dass sie sogar den Regen einigermaßen abhielt. Zum Glück. Sie kniete sich hin, ihre Hose würde sie hinterher wegwerfen können. Ihr Handy hielt sie schon in der Hand und wollte eben die Nummer des eigenen Festnetztelefons wählen, als das Licht im Haus ausging. Sie hielt den Atem an. Die Tür öffnete sich, und Paul trat heraus. Ihr alter lieber Paul, der immer diese Ruhe ausstrahlte, die sie so mochte, weil sie sich dann geborgen fühlte. Doch heute Abend wirkte er unruhig, er schlurfte nicht wie sonst, sondern ging ziemlich zielstrebig hinüber zu Olives Haus. Dieser Schuft. Warum hatte er nicht auf ihren Anruf gewartet? Er fasste die Tür an, doch anders als sonst war sie verschlossen. Also ging er ums Haus herum. Sie wollte schon aufstehen und zurück zum Auto laufen, doch nur einige Sekunden später kam Paul zurück. Was war denn nun los? Er ging die Rue de Paradis gen Süden, sein Blick war besorgt, er sah ständig hinauf zum Himmel und zur Düne, dann sah sie ihn auf dem Stichweg verschwinden, der dorthin führte, wo Bassin und Ozean sich trafen. Sofort hatte sie ein schlechtes Gewissen, weil sie verstand, was er tat: Sie sorgte sich um ihre Ehe, während Paul sich um das große Ganze sorgte – um die Düne, um ihr Haus, um ihre Gemeinschaft.

Sie überlegte, ob sie ihm hinterherlaufen und sich zu erkennen geben sollte – doch was würde er dann denken? Also blieb sie in ihrem Versteck, sicher würde er gleich zurückkommen. Sie wartete und wartete, die Minuten verrannen. Doch Paul kehrte nicht zurück. Sie erschrak, als sie sah, was stattdessen kam: das Wasser, den Stichweg floss es hinab, genau wie die Hänge der Düne auf der östlichen Seite der Straße. Es kam kalt und schnell, in nicht mal einer Minute hatte es sie erreicht, wie eine Flutwelle, mit ungeheurer Kraft. Sie sprang auf, sie verstand sofort, eine Sturmflut, die Düne musste zumindest teilweise zerstört worden sein. Sie sah zu ihrem Haus und ging im Kopf durch, was sie darin alles retten müsste. Aber nein – sie durfte sich nicht zeigen, es ging einfach nicht. Paul würde ihr das nicht verzeihen.

Die Flut stieg und stieg, sie befand sich noch auf einer kleinen Anhöhe, doch die Rue de Paradis stand nach nicht einmal drei Minuten schon total unter Wasser. Ihr schönes Haus, die tollen neuen Tapeten im Wohnzimmer, all die Bücher, die teuren Bilder von Pauls Familie. Alle Unterlagen, auch die von der Versicherung. Verdammt. Aber sie sah ein: Es war zu spät. Es war schon alles verloren.

Hoffentlich ging es Paul gut, er hatte sich sicherlich auf den Dünenweg gerettet. Sie kletterte aus der Hecke und wollte eben loslaufen, schnell, zu ihrem Wagen und in ihr warmes trockenes Hotelzimmer, da hörte sie die Stimme. Sie orientierte sich kurz, sie begriff erst nicht, woher sie kam, doch dann wurde es ihr klarer, sie wollte näher ans Haus ran, aber es ging nicht, das Wasser stand schon zu hoch, sie hörte sie nun klar und deutlich, die lauten Schreie, sie verstand sofort: Das war nackte Panik, sie schrie um ihr Leben.

Claudette schätzte den Weg ab, sie könnte es schaffen. Sie könnte versuchen, sich auf den Beinen zu halten, in die Flut hinein, und wenn es sein musste, könnte sie schwimmen, das Fenster einschlagen, hineintauchen, sie war fit, eine versierte Schwimmerin, in Ägypten hatte sie sogar tauchen gelernt.

Sie könnte Olive retten.

Doch sie lauschte noch eine Minute ihren Schreien, dann verstummten sie. Sie wischte sich die Tränen aus den Augen, wandte sich um und lief schnell zu ihrem Auto.

Doch die Schreie blieben in ihrem Ohr. Den ganzen Weg, bis nach Bordeaux.

»Paul! Paul!« Das war es, was Olive in den letzten Sekunden ihres Lebens geschrien hatte.

22

»Du warst wirklich hier in jener Nacht? Und hast nichts getan? Claudette?« Dominiques Stimme war ihre ganze Fassungslosigkeit anzuhören. Die alte Dame hielt den Kopf gesenkt und antwortete nicht. Die Frau des Feuerwehrmannes schrie nun: »Und du, Paul, du sagst jetzt gar nichts?«

Die Miene des Alten blieb undurchdringlich. Luc wartete schweigend ab.

»Du wusstest es, oder?«, fragte Claudette, und Paul nickte schwach.

»Ja, ich habe es geahnt«, antwortete er leise. »Du hast mir nicht mehr in die Augen sehen können in den Wochen nach ihrem Tod. Da habe ich gespürt, dass etwas in dir arbeitet. Aber ...«, er stockte, »es ist meine Schuld. Ich hätte mich viel früher von dir lossagen müssen, um auch dir die Chance zu geben, dich neu zu verlieben. Es ist nicht fair, dass ich dir das versagt habe. Ich habe dich verraten, so wie ich Olive verraten habe. Dieses ständige Nach-drüben-Schleichen, das ist doch ehrlos. Wir hätten längst zusammenleben können, dann ... dann wäre das alles nicht passiert.«

Paul fing an zu schluchzen, ein heiseres, verzweifeltes

Schluchzen, und widerstandslos ließ er sich von Claudette in den Arm nehmen.

»Es tut mir leid«, sagte er unter Tränen, und sie antwortete: »Es tut mir leid, so leid, mein Paul.«

Nach einer Weile hob sie den Kopf von Pauls Schulter und sah Luc mit festem Blick an.

»Philippe wusste es. Er hat immer nach den Schwächen der Menschen gesucht. Und sie dann entweder auf die fieseste Weise zur Schau gestellt – oder sein Wissen darüber in der Hinterhand behalten, um es irgendwann für seine Zwecke zu nutzen. Bei mir war Letzteres der Fall.«

Sie schien all ihre Kraft zusammenzunehmen für das nun folgende Geständnis.

»Er muss einmal mein Auto entdeckt haben, vor Jahren, als ich zu früh aus dem Urlaub zurückgekommen war. Er hat seine Schlüsse daraus gezogen und es für sich behalten. Nun, nach der Flut im März hat er sich daran erinnert. Er hat seinerseits bei der Meldebehörde angerufen und dort erfahren, dass ich einen Tag früher aus Marokko abgereist bin. Er hat mir aufgelauert, vor zwei Wochen. Und mich damit erpresst. Er meinte, dass ich Paul dazu kriegen sollte, das Haus ohne Gegenwehr aufzugeben – sonst würde er mein Geheimnis verraten. Sie können sich vorstellen, was das für mich bedeutet hätte. Nicht nur die unterlassene Hilfeleistung, ich wäre sogar ins Gefängnis gegangen dafür – aber ich hatte solche Angst, dass Paul mich deswegen verlässt. Ich habe seine große Liebe sterben lassen.«

»Aber du warst doch vorhin überhaupt nicht draußen, Claudette«, sagte Albert Peronne überrascht. »Du kannst es nicht gewesen sein.«

»Commissaire Verlain hat recht«, sagte Claudette, »jeder kann einen anderen umbringen. Bei mir aber wäre es nicht im Affekt gewesen. Ich hätte tatsächlich einen Mord begangen. Und ich habe überlegt, wie ich Philippe aus dem Weg schaffen könnte. Aber was soll ich sagen? Ich bin alt und schwach. Und ich hatte viel zu viel Angst. Nein, ich habe es nicht getan. Auch wenn ich es gern getan hätte. Er war ein verachtenswerter Mann. Zutiefst verachtenswert.«

Der Hass in ihrer Stimme schockierte Luc. Auch wenn ihm klar war, dass sie viele gute Gründe hatte, den Toten gehasst zu haben.

»Ich werde dem, der es getan hat, die Hand schütteln«, sagte Madame Mercier voller Überzeugung. »Obwohl ich immer noch glaube, dass es Franck Morel war. Gott hab ihn selig.«

»Hm, ich bin mir mittlerweile sicher, dass dem nicht so war«, gab Luc zurück. »Aber es gibt jemanden in dieser Runde, der ein großes Interesse daran zu haben scheint, dass ich das glaube. Jemanden, der eine falsche Fährte gelegt hat. Eine Fährte, die Franck Morel das Leben gekostet hat. Monsieur Peronne, es macht mich wirklich fassungslos, wie skrupellos Sie sind. Dieser junge Mann ist Ihretwegen in den Tod gegangen.«

Albert Peronne
Zwei Jahre früher

»Abfahrt!«, rief der Lokführer und zog an der Leine, die die Hupe betätigte, und weil sie im ersten Wagen hinter der Lok saßen, hörten sie es besonders laut. Charlotte juchzte vor Freude über diese unerwartete Ruhestörung, dann setzte sich der alte Zug auch schon in Bewegung und ächzte auf seinen schlanken Gleisen gen Westen. Aus dem Schornstein der Diesellok kam weißer Rauch.

Er hielt die kleine Charlotte auf der Holzbank fest, nicht dass sie zur Seite aus dem offenen Zug fiel. Aber die Kleine schaute ohnehin wie gebannt zu dem Mann in der Lok, der den Zug steuerte, und winkte dann wieder den Passanten, die dem ungewöhnlichen Fahrzeug hinterhersahen.

Was für ein Spaß, wie sehr sie lachte. Charlotte. Sein Augenstern.

Früher hatte Albert Peronne die Bahn entweder nicht beachtet oder genervt mit den Augen gerollt, wenn die Hauptstraße mal wieder für drei Minuten geschlossen war, weil der Zug passierte, was in der Hauptsaison immer zu gigantischen Rückstaus führte.

Nun aber, wenn er die Freude der Kleinen sah, dann liebte auch er diese Bahn. Manchmal fuhren sie zwei-, dreimal die Woche zwischen Fähranleger und Strand hin und her, einfach so. Der kleine Zug zuckelte langsam und gemächlich durch das Ortszentrum von Cap Ferret, immer entlang der Rue des Lilas, bevor diese auf die Départementale abbog, um dann kurz vor der Feuerwehr wieder in Richtung Strand zu fahren, wo die Häuser größer und der Aufstieg steiler wurde, sodass die Lok regelrecht zu schnaufen schien.

Charlotte winkte die ganze Zeit, selbst wenn draußen niemand zurückwinkte, sie war dabei so fröhlich und ausdauernd, dass es ihn rührte.

Er hielt die Strandtasche in der einen Hand und Charlottes kleine Kinderhand in der anderen, und als die Lok die Düne endlich bezwungen und der Zugführer die Kette vor ihrem Waggon entfernt hatte, nahm er Charlotte auf seinen Arm und setzte sie draußen vorsichtig ab.

Er nickte dem Lokomotivführer zu, der den Leiter der Feuerwehr natürlich immer kostenlos mitfahren ließ.

»Guck mal, Papa, die Wellen«, rief Charlotte und zeigte hinunter auf ein wunderschönes Set, das in diesem Augenblick angerauscht kam, wie von einem Pedanten geschnitten lief der

Atlantik auf die Küste zu, sechs oder sieben Wellen, alle perfekt zum Surfen, sie brachen erst sehr spät und bildeten dann herrlich weiße Schaumkronen. Seitdem er Vater war, kam er nicht mehr zum Surfen her, es blieb einfach keine Zeit. Er bedauerte es nicht. Alles hatte seine Zeit.

Er suchte den Strand ab, dann fand er sie, besser: er fand den Sonnenschirm mit den hellblauen Streifen und die dunkelrote Decke, Dominique aber war nicht zu sehen. Wahrscheinlich war sie schwimmen gegangen.

»Komm, *chérie*, wir gehen zu Maman«, sagte er, und Charlotte jauchzte wieder auf, nahm seine Hand, und dann zog sie ihn die Holzbretter hinab, die die Gemeinde hatte verlegen lassen, damit der Auf- und Abstieg nicht so beschwerlich war.

Unten an der Düne riss sie sich schon los und hopste durch den Sand, immer wieder rief sie: »Er ist so heiß, Papa, so heiß, probier auch mal …«, und lachte und tobte, und er spürte es, als der Sand in seine Flipflops rieselte, ja, er war sehr heiß, die feinen Körner am Atlantik hatten sich bereits in der Vormittagssonne derart aufgeheizt, dass es abends schier unerträglich werden würde. Aber Charlotte konnte nicht genug bekommen, sie wetzte nach vorne, dass der Sand hinter ihren Füßen nur so spritzte, dann ließ sie sich, wie sie es immer tat, an der Wasserkante nieder und fing an, mit den Händen im Matsch zu buddeln.

Er stellte die Strandtasche unter den Schirm und ließ seinen Blick über das Wasser schweifen, es waren nicht viele Leute weit draußen, nur die Einheimischen trauten sich überhaupt eine lange Schwimmpartie zu und allzu wagemutige Touristen. Doch ihren Bikini entdeckte er im Nass, ihren weißen Bikini, den sie schon seit Jahren besaß und nie austauschen wollte. Sie schwamm ihre Bahn durch das Meer, tauchte unter den Wellenbergen durch, ihr Haar ganz lang und nass, verführerisch wie eh und je.

Diese Frau dort im Wasser – und dieses Mädchen dort vorne am Strand. Beides erfüllte ihn in diesem Moment mit ungeheurer Demut. Das war seine Familie.

»Hey, Albert«, sagte eine Stimme hinter ihm, eine Stimme, die ihn für einen Moment die Augen schließen ließ, weil er sie natürlich erkannte. Warum kam er ausgerechnet hier an den Strand? Heute – wo die ganze Familie Peronne hier war? Das konnte doch kein Zufall sein.

»Wie geht's, Serge?«, fragte er betont beiläufig. Der Fischer trat neben ihn, das Gesicht dem Meer zugewandt. Er trug Surfshorts und hatte sein Brett unter dem Arm. Arme und Brust waren durchtrainiert und sonnengebräunt.

»Was für ein Tag«, seufzte Serge und legte sein Brett im Sand ab.

»Dass du jetzt surfen gehen kannst, wo du so früh aufgestanden bist«, bemerkte Albert.

»Na, ich kann mich doch nach dem Fischen bei diesem Wetter nicht auf die faule Haut legen, sieh dir doch mal die Wellen an.«

Doch Albert betrachtete jetzt nicht mehr das Line-up und die grünen Wellen, die perfekt auf den Strand zufuhren. Sein Blick ruhte vielmehr auf dem Fischer.

Serge Lopez war ein Phänomen. Natürlich hatte er – anders als Albert – das Surfen nie aufgegeben. Das sah jeder, besonders daran, wie unterschiedlich sie aussahen. Während der Fischer beinahe als Athlet durchging, hatte der Feuerwehrmann ein ziemliches Bäuchlein bekommen. Zudem fand Albert, dass Serge quasi nicht gealtert war, während er selbst aussah wie ein Mann, den er selbst in jungen Jahren alt genannt hätte, auch wenn er heute wusste, dass das natürlich Quatsch war. Serge war aber auch in anderer Hinsicht ein Phänomen. Im Umgang mit anderen Männern war er der klassische Fischer. Er galt als rau und bärbeißig, aber auch als verlässlicher Kumpel. Er war trinkfest und riss laute Witze, konnte aber auch stundenlang schweigend auf seinem Boot stehen. Auf Frauen hingegen hatte er eine Wirkung, die Albert für sein Leben gern kopiert hätte, allein, bei ihm wirkte es nur komisch. Doch der hellblonde Serge legte einfach seinen Kopf schief, verklärte seinen Blick und hörte jeder Frau, die ihm etwas erzählte, so kontemplativ zu, dass es um die meisten schon in Minutenfrist geschehen war. Am Cap nannten sie ihn den *pêchosophe,* eine Verballhornung aus Fischer und Philosoph, aber Albert wusste, dass es stimmte.

»Guter Fang heute?«, murmelte er und ärgerte sich zugleich, weil er doch gar nichts mehr wollte, außer dass Serge verschwand.

»Zu heiß«, antwortete der Fischer. »Wie geht's euch?«

»Bestens. Dominique und mir geht's bestens.«

Die Antwort war ihm zu barsch geraten, aber nun, jetzt war sie heraus.

Charlotte hatte am Strand mittlerweile eine Freundin aus dem Kindergarten getroffen, und die beiden buddelten miteinander. Alles gut also. Doch Albert behielt Dominique im Blick, die sich mittlerweile flach in die Wellen gelegt hatte und sich zurücktreiben ließ. Er räusperte sich und kniete sich auf die Decke, um den mitgebrachten Proviant aus seiner Tasche zu holen, sie hatten vorhin Kekse und Orangina in dem kleinen Supermarché in der Nähe vom Leuchtturm gekauft.

»Sag mal, was war das denn neulich für ein Alarm? Vor, ich glaub, zwei Tagen in der Nacht? Hat etwas im Wald gebrannt? Niemand von den Fischern wusste was.«

Genervt erhob sich Albert wieder und sah an der Wasserkante Dominique mit Charlotte sprechen. Er versuchte zu erkennen, ob Serge seine Frau im Blick hatte, aber dessen Sonnenbrille gab nichts preis.

»War ein Verkehrsunfall in Claouey, aber nichts passiert«, sagte er schnell. Der Typ sollte endlich verschwinden. Doch Serge machte keine Anstalten – und nun war es ohnehin zu spät. Dominique kam schon auf sie zu, sie hob den Arm zum Gruß, dann fuhr sie sich mit großer Geste durch ihr triefnasses Haar. Als Erstes begrüßte sie Serge und gab ihm die *bises*, Albert sah, wie der Fischer seinen Arm wie zufällig um ihre Taille legte. Dann lösten sie sich voneinander, und sie gab ihrem Mann ein kleines Küsschen.

»Na, ihr beiden? Ist das nicht ein herrlicher Tag? Das Wasser ist sehr erfrischend. Und, Monsieur Lopez? Wie beißen die Doraden?«

Sie konnte einfach mit jedem reden, seine Dominique, und sie traf immer den richtigen Ton mit ihrer frischen Art. Während er sich bei jedem Satz von ihr noch verstockter vorkam.

»Wolfsbarsch, es ist die Zeit für Wolfsbarsch«, sagte Serge streng, aber der verschmitzte Zug um seine Mundwinkel zeigte an, dass er sie neckte. »Mir reicht es ja, wenn du die Fische bei mir kaufst und nicht im Supermarkt.«

»Na, wenn du mir einen guten Nachbarschaftspreis machst!«

»Okay«, sagte Serge lachend, »weitere Verhandlungen erst wieder nach dem Surfen.« Er schnappte sich sein Brett und ging in Richtung Meer, Dominique und Albert sahen ihm nach.

»Hattet ihr es schön im Zug?«, fragte sie nach einer Weile.

»Ja«, antwortete er knapp.

»Schlechte Laune?«

Doch Albert antwortete nicht, stattdessen legte er sich auf die Decke und behielt dabei sein T-Shirt an, er wollte nicht, dass sie ihn mit Serge verglich. Er schloss die Augen, doch zu dem Sonnenflimmern hinter seinen Lidern gesellte sich das Gesicht von Serge, das sich allmählich zum Gesicht von Charlotte verformte.

Er war sich sicher, dass sie nicht ahnte, dass er es wusste. Das alles. Diese große Lüge, die sie zu ihrem gemeinsamen Leben gemacht hatte. Ja, er wusste es. Er musste nicht mal Genetiker sein. Gut, er hatte nicht studiert, aber selbst ihm war klar, dass das Kind von zwei dunkelhaarigen Eltern nicht hellblond sein konnte – aber nun, er war schon als junger Mann grau geworden, deshalb war es sonst niemandem aufgefallen. Was ihn selbst anging: Er hatte sie gesehen, im Sommer vor drei Jahren. Dominique war schon immer zugänglich gewesen für andere Männer, angeblich in ihrer Jugend in Bordeaux auch für andere Frauen. Sie brauchte die Bestätigung von außen einfach wie die Luft zum Atmen. Albert hatte ihr so viel davon zuteilwerden lassen, wie er nur konnte – so hielt er es bis heute –, doch es reichte einfach nicht.

Er wusste nicht, wie lange es gedauert hatte, ob es nur ein paar Wochen waren oder der ganze verdammte Sommer vor drei Jahren. Es musste immer dann passiert sein, wenn er auf seinen wöchentlichen Übungen gewesen war. Einmal hatten sie ein Training absagen müssen, weil eines der Fahrzeuge einen Motorschaden hatte. Er war nach Hause gefahren, doch nur Dominiques Wagen hatte vor der Tür gestanden, von seiner Frau selbst keine Spur. Also war er über die Düne gegangen, er wähnte sie auf einem Spaziergang.

Im Schatten des Bunkers hatte er sie gesehen, sie hatte rittlings auf Serge gesessen, es war ein inniges Bild gewesen, das war nicht nur Sex, es war mehr.

Später hatte er gerechnet: Es waren genau zehn Monate gewesen bis zum Tag von Charlottes Geburt.

Albert hatte den Namen bestimmt, sie hatte nicht widersprochen. Er hatte nie ein Wort gesagt und dieses blonde Mädchen über alle Maßen in sein Herz geschlossen. Er fühlte eine so große Liebe, dass er sich nicht vorstellen konnte, wie er ein leibliches Kind mehr hätte lieben sollen. Er glaubte sie mehr zu lieben, als alle anderen echten Väter, die er kannte, ihre Töchter liebten.

Doch in ihm arbeitete es. Er hasste Dominique. Und liebte sie, dass es wehtat. Und er hasste Serge. Der der Vater seiner Kleinen war.

23

»Sie haben es wirklich getan, um Serge zu schützen. Weil Sie dachten, dass er der Mörder von Philippe Deschamps ist.«

Luc und Albert maßen sich über den Tisch ab, die anderen schienen nicht mehr zu existieren.

»Ja«, erwiderte der Feuerwehrmann schließlich, »es stimmt. Ich wollte nicht, dass Charlotte ihren leiblichen Vater im Gefängnis besuchen muss, sollte sie eines Tages erfahren, dass er ihr Vater ist.«

»Du wusstest es die ganze Zeit?« Dominique schlug sich die Hände vors Gesicht.

»Wie konntest du glauben, dass man euch nicht entdecken würde? Wir sind ein Dorf. Und ihr treibt es am Strand. Herrgott noch mal. Und dann ist Charlotte auch noch so blond wie eine Schwedin. Wie soll ich denn da nicht draufkommen? Klar, du hältst mich eh für einen Trottel, Dominique, aber so vertrottelt bin ich dann doch nicht.«

»Und du meinst, ich hätte Philippe wirklich umgebracht?«, fragte Serge, und seinen Mund umspielte wieder dieser spezielle Ausdruck, den Luc nicht richtig greifen konnte: War es Ironie oder nur echte Verwunderung angesichts all dieser

Katastrophen, die sich über die Halbinsel legten wie ein teuflisches Puzzle?

»Philippe hat mir das mit dem Geld erzählt«, entgegnete Albert. »Er hat über dich gelästert, als seist du der schlimmste Unhold. Du hättest Brigitte um den Finger gewickelt, mit deiner eloquenten Art und deiner tiefen Stimme. Und Brigitte sei auch noch darauf reingefallen.« Er warf Madame Deschamps einen entschuldigenden Blick zu. »Aber jetzt werde er es dir heimzahlen, hat er gesagt, als wir uns vor ein paar Tagen in der Mairie getroffen haben. Er werde dir alles nehmen. Ich weiß, Serge, wie sehr dich dein Vater immer unter Druck gesetzt hat. Hier sagen alle, der alte Lopez sei eine Legende gewesen. Klar, das stimmt auch, für seine Kunden, auch für seine Nachbarn. Für seine Familie aber war er wie Philippe: ein Menschenschinder, ein Manipulator. Er hat dir immer gesagt, du sollst ja vorsichtig mit seinem Erbe sein, du würdest es doch bestimmt ohnehin ruinieren. Deshalb hast du doch so viel investiert, nicht wahr, du wolltest aus seinem Schatten treten. Doch dann geht das schief – und du stehst tatsächlich vor dem Ruin. Brigitte hilft dir, aber Philippe erträgt das nicht – er macht dich fertig. Ich kann sogar verstehen, dass du nicht anders konntest, als ihn zu töten. Wirklich, ich verstehe es. Aber ich wollte es eben nicht wahrhaben, dass du dafür büßen musst – und dass ich das eines Tages Charlotte erklären muss. Ich habe an der Tür gehört, wie Ihr Kollege, wie Lou Ihnen den Räumungsbescheid erklärt hat. Da war mir klar, dass sich die Schlinge um dich zuzieht, Serge, dass du gleich verhaftet werden würdest. Und da blieb mir keine andere Wahl, als Franck auszuliefern. Ich habe gesagt, ich hätte etwas gesehen – was ich natürlich gar nicht gesehen habe. Herrje, ich konnte doch nicht wissen, dass er so reagieren würde, dass er einfach abhauen würde – und ins Wasser gehen.«

Er hatte während des ganzen leise vorgetragenen Monologs die blonden langen Haare seiner Tochter gestreichelt.

Serges Blick wechselte von Charlotte zu Albert und wieder zurück. Mit zusammengekniffenen Lippen zischte er über den Tisch: »Aber Albert, du kannst doch nicht wirklich denken, dass ich das war. Der arme Franck ist tot, weil du mich für einen Mörder gehalten hast.«

»Aber du bist ein Mörder. Es gibt doch keine andere Möglichkeit. Du warst da draußen. Du hast kein Alibi. Du hattest ein Motiv. Du hast es getan.«

»Ebenso hättest du es getan haben können«, sagte Fanny, die fassungslos und blass zwischen den Männern hin- und hersah. »Was soll denn das, Albert? Ich erkenne dich ja gar nicht wieder.«

»Tut mir leid, Fanny, aber da solltest du dich nicht einmischen«, zischte Dominique, die nun ihrerseits die Hand ihres Mannes ergriffen hatte. Sie sah ihn seit seinem Monolog anders an – so als sehe sie ihn nun in einem anderen Licht. »Ich verstehe, was du getan hast, *chéri*. Du wolltest Serge schützen, und ich … ich kann gar nicht sagen, was das in mir auslöst. Dass du mir das wirklich verziehen hast.«

»Aber ich war es nicht«, wiederholte Serge. »Ich war es nicht. Ich habe ihn gefunden. Zeitgleich mit Ihnen, Commissaire. Und mit dir, Yves.«

»Nein, Sie waren es nicht, Serge«, sagte Luc nun ganz ruhig, verwundert darüber, dass Charlotte in diesem ganzen Trubel immer noch nicht aufgewacht war. Aber gut, es war wirklich tief in der Nacht, bald würde der Morgen anbrechen. »Ich weiß, dass Sie es nicht waren, und das macht die Geschehnisse dieser Nacht umso tragischer. Sie, Monsieur Peronne, haben uns mit Ihrer Falschaussage auf die absolut falsche Fährte geführt. Die Flucht von Franck Morel und sein Tod sind Ihr Werk. Und

Sie werden sich dafür verantworten müssen. Sie haben meinem Kollegen die Pistole entwendet, nachdem Sie ihn niedergeschlagen und angeschossen haben.«

»Nein, das stimmt nicht«, fuhr Albert auf, »ich habe ihn niedergeschlagen, und als ich die Pistole genommen habe, hat sich der Schuss gelöst. Das wollte ich nicht. Wirklich.«

»Aber was wollten Sie mit der Waffe?«

»Ich hatte Schiss. Mann, Franck war doch ein harter Typ. Ich wollte mich schützen. Er rannte um sein Leben. Er hatte doch nichts mehr zu verlieren. Ich war mir ja nicht sicher, ob Serge wirklich der Mörder war. Vielleicht habe ich ja doch auch den Richtigen gejagt.«

»Sie jagten den Falschen. Und Sie schützten den Falschen.«

»Sie wissen, wer es war, Commissaire?«, fragte nun Fanny. »Wer hat Philippe umgebracht?«

»Sie, Madame Jean, haben ein wirklich bemerkenswert großes Interesse daran, wer der Mörder von Philippe Deschamps ist.«

Alle Blicke am Tisch wendeten sich nun der jungen Köchin zu.

Luc fuhr fort: »Mehr noch als seine eigene Ehefrau, wenn ich das mit allem Respekt sagen darf. Ich war mir sicher, dass ich einen Schrei gehört habe, einen sehr lauten und wirklich schockierten Schrei, als der Stein von Franck Morel das Autofenster des Bürgermeisters durchschlug. Ich habe da erst nicht weiter drüber nachgedacht. Aber es fiel mir immer wieder ein. Warum hat Sie das so schockiert? Und dann hat Philippe Deschamps in seinem Haus eine Bemerkung gemacht, die mich aufhorchen ließ: dass das ›Chez Jean‹ vielleicht nicht würde schließen müssen, weil es nicht abgerissen werden muss.«

»Was sagen Sie da?«, fuhr Claudette Mercier hoch. »Warum denn das? Das wäre ja Verrat!«

»Wieder musste ich nur einen Anruf tätigen, um zu hören, wer all die Bauanträge für den Umbau des Restaurants gestellt und genehmigt hat – und wer per Dekret den Erhalt des Gebäudes bestimmt hat. Keine große Sache, wenn man seine Leute in der Präfektur hat.«

Philippe Deschamps
Zwei Wochen vorher

»Monsieur le Maire«, sagte der Concierge in seiner schwarzen Uniform, »schön, Sie wiederzusehen. Wie geht es Ihnen? Hatten Sie einen angenehmen Sommer? Das darf ich doch annehmen, am Cap lässt es sich doch aushalten.«

Philippe Deschamps wurde um fünf Zentimeter größer. Der Umstand, dass sich der feine Herr an ihn erinnerte, machte ihn stolz, schließlich war das hier das beste Haus am Platz.

»Oh, es ist zu nett, haben Sie vielen Dank«, sagte er mit betont tiefer Stimme. »Ja, es war eine sehr erfolgreiche Saison, besonders für die Hoteliers und Gastronomen. Wir Einheimischen hingegen sind ja immer froh, wenn wir die Touristen von hinten sehen, aber da dürfte es Ihnen ja ähnlich gehen, oder?«

»Wenn es so wäre, dürfte ich es nicht sagen«, antwortete der Concierge verschmitzt. Er wies den Weg zu den Aufzügen. »Sie haben Zimmer 223, wie beim letzten Mal?«

»Genau. Wir finden dorthin, haben Sie vielen Dank.«

»Sehr gern. Ich wünsche Madame und Ihnen einen schönen Aufenthalt – und lassen Sie es mich wissen, wenn ich etwas für Sie tun kann.«

Der Bedienstete hatte seine Begleitung natürlich genau taxiert. *Madame* hatte er sie genannt. Ohne einen Namen. Die formvollendete Ausbildung der Mitarbeiter dieses Hotels und ihre Diskretion waren weltberühmt. Philippe hatte zwar überlegt, mit Fanny in ein anderes Haus zu gehen als in jenes, in dem er während der letzten Bürgermeistertagung vor zwei Jahren mit Brigitte gewesen war. Doch hier, in diesem Hotel an der Place de la Concorde, bestand nun wirklich keine Gefahr, dass er komisch angeschaut würde.

»Wow, ist das schön hier«, sagte Fanny und hakte sich bei ihm unter, und er genoss die vertraute Geste. Sie war sehr sprunghaft, mal war sie ganz körperlich und übergriffig und zärtlich und begeisterungsfähig, dann wieder war sie abwesend und igelte sich ein, und dann machte es ihn verrückt. Aber jetzt reagierte sie so, wie er es erhofft und geplant hatte, als sie die Halle durchschritten, rechts das große Wintergartenrestaurant mit den ausladenden Kronleuchtern hinter sich ließen und dann die marmorne Treppe hinauf in ihre Etage stiegen, die Zimmertür und dann dieser große Raum, eine andere Dimension des Luxus, das riesige Bett mit der weißen Satinbettwäsche, all die teuren Möbel und diese Details, die lederbezogene Kaffeemaschine, die teuren Seifenflakons im Bad, die auf dem Rand der riesigen Badewanne standen. Sie sah alles an und musste es berühren, dann warf sie sich auf das Bett und streckte alle viere von sich.

»Unglaublich, dass ich jetzt hier wohnen darf«, rief sie und lachte, »komm her, mein Gönner, und lass uns Liebe machen.«

Er ging zu ihr, langsam, prüfend, wie er es mit ihr von Beginn an getan hatte, immer auf der Hut, als sei er in Sorge, sie könne es sich mit ihm noch anders überlegen. Aber als sie dann miteinander schliefen, erkannte er, dass seine Angst unbegründet war. Eine junge Frau wie sie, die aus Paris stammte, hatte diese Luxusherberge immer nur von außen gesehen, den alten Adelspalast, der nun eines der exklusivsten Hotels der Welt beherbergte. Nun, mit ihm, konnte sie endlich mit dem Auto vorfahren, die Tür aufgehalten bekommen und dann hinein, ins »Crillon«, in dem die Mitarbeiter sogar seinen Namen kannten. Er hatte immer darauf Wert gelegt, nicht nur ein grauer Mitarbeiter einer Stadtverwaltung zu sein, lieber mochte er die Auftritte mit seiner Bürgermeisterschärpe, die Augenblicke, in denen sein Beruf etwas Schillerndes hatte. Deshalb fand er es auch selbstverständlich, auf Dienstreisen eben nicht irgendwo zu nächtigen, sondern in den guten Häusern – wie sollte das denn sonst aussehen? Dass es am Ende die Bürger von Cap Ferret bezahlten, fand er nur folgerichtig, es war ja schließlich ein dienstlicher Aufenthalt – zugegeben: mit etwas Vergnügen, aber nun gut.

Als sie endlich nebeneinanderlagen, erschöpft und verschwitzt, war für lange Minuten nur der Verkehr zu hören, der draußen auf dem alten Pflaster der Place de la Concorde rappelte – der Wind wehte durch die offenen Fenster und bauschte die weißen Gardinen auf. Doch innerlich frohlockte Philippe schon. An anderen Tagen wäre das Hotel der Höhepunkt gewesen, heute aber hatte er noch eine andere Überraschung in petto, eine, die Fannys Leben für immer verändern würde – und damit auch seines.

Es war seine Lebensaufgabe: Hebel zu finden, um andere Menschen von sich abhängig zu machen – oder nach dem Eine-Hand-wäscht-die-andere-Prinzip Gefälligkeiten zu erweisen, um sie Jahre später mit doppelter Münze zurückzubekommen.

Doch bei Fanny war es schwierig gewesen, denn sein Einsatz war höher, weil auch der Lohn höher war. Es ging darum, dass er nach Monaten der Affäre entschieden hatte, dass sie die Frau sein sollte, mit der er sein weiteres Leben verbrachte. Er hatte lange überlegt, wie er das bewerkstelligen könnte. Denn ihm war klar, dass sie ihn zwar aufregend fand, seine Macht ihr imponierte, dass sie vielleicht auch wusste oder zumindest ahnte, wie wohlhabend er war. Doch in puncto Alter und Attraktivität konnte er rein objektiv mit Yves nicht mithalten – auch wenn der ein alter Langweiler war. Er brauchte ein Druckmittel. Und er hatte eines gefunden.

Eine Stunde später hatten sie sich angekleidet und waren auf ihrem Weg die Rue du Faubourg Saint-Honoré hinunter, den Präsidentenpalast hatten sie gerade passiert, nun kamen all die teuren Modeboutiquen, für die die feine Straße berühmt war.

Philippe Deschamps war stolz, als er die neidischen Blicke der vorbeieilenden Anzugträger sah. Sie alle betrachteten Fanny in ihrem figurbetonten grauen Kleid, ihre langen Haare, ihre Hand, die in seiner lag. Alle Männer wollten diese Frau, aber er hatte das große Los gezogen, er, der Bürgermeister aus dem Kaff am Ende der Welt, zumindest von Paris aus betrachtet.

Sie blieb am Schaufenster von Chanel stehen, dann bewunderte sie den Schmuck von Cartier, bevor sie ihn weiterzog zur Vitrine von Tory Burch, um sich die Handtaschen genauer anzusehen.

Dort nahm er sie in den Arm und hielt sie fest, um ihr ins Ohr zu flüstern: »Weißt du, ich kann mir dich hier viel besser vorstellen, du passt so gut in diese Stadt, du hast diese Klasse, diese Finesse …«

Sie löste sich von ihm und sah ihm in die Augen, dann küsste sie ihn, ihr Strahlen erfüllte ihn mit Glück. »Ich liebe dieses Kleid an dir«, sagte er und fügte leiser hinzu: »Weißt du, ich liebe dich.«

Sie fasste seine Hände fester und wollte ihn küssen, aber er ließ sie nur seine Wange streifen, weil er sie weiter ansehen wollte, er wollte ihre Reaktion sehen, wollte wissen, woran er bei ihr war.

Sie schloss die Augen, näherte sich seinem Ohr und flüsterte: »Und ich dich.« Damit hatte er genug gehört. Er hatte sich entschieden: Er würde seinen Plan durchziehen.

Später, als sie unter der gewaltigen Holzdecke des »Lipp« saßen und die Kellner die schweren Teller vorbeitrugen, nahm er die beiden Gläser Champagner, die er bestellt hatte, und reichte ihr eines davon, dann führte er seines an ihres.

Ein leises Klirren, dann sagte er: »Ich habe es dir ja schon vor langer Zeit versprochen, aber nun habe ich alles in die Wege geleitet, damit du dein Restaurant nicht verlierst.«

Ihr Blick war unbezahlbar, sie bekam sofort feuchte Augen, weil sie wohl spürte, wie ernst er es meinte. Sie hatten sich über die ganze Chose mit der Rue de Paradis überhaupt erst richtig kennengelernt. Vorher waren sie nur Nachbarn gewesen, er hatte sich ab und zu über die vielen Gäste auf der Restaurantterrasse beschwert, und er hatte damit auch jetzt nicht aufgehört, damit die Fassade für Yves aufrechterhalten blieb. Doch dann hatte es im Juni eine Anwohnerversammlung gegeben, auf der Philippe den Abriss bekannt gegeben hatte. Den Bürgern vom Cap war es einigermaßen egal, weil nur eine Straße betroffen war. Die Bewohner der Rue de Paradis aber kochten – auch wenn sie nicht dachten, dass es so schnell gehen würde, weil die französische Bürokratie naturgemäß langsam war. Nicht aber dieses Mal. So beruhigten sich alle Gemüter kurz nach der Sitzung schon wieder, nur nicht Fanny, die vor dem Rathaus den ganzen Abend wie wild auf Philippe einbrüllte. Die anderen Bewohner waren längst abgezogen, es ging auf elf Uhr abends zu, da hatte sich der Maire schon unsterblich in diese aggressive Schönheit verliebt und versprach ihr kurzerhand, er »werde schon eine Lösung finden«. Sie glaubte ihm nicht, doch fortan war es umgekehrt: Er bestürmte sie, folgte ihr, machte ihr Avancen. Bis sie, entweder genervt oder doch hoffnungsvoll, irgendwann nachgab und sich von ihm in Bordeaux zum

Essen einladen ließ. Sie aßen bei »Gordon Ramsay« im Grandhotel am Opernplatz, und er gab sich sanft, interessiert, klug, von da an war es um Fanny Jean geschehen. In dieser Nacht, im Hotel, begann ihre Affäre. Und nun, über den Holztisch hinweg, sah sie ihn an, als habe er ihr ein Geschenk gemacht.

»Sag mir, wie das geschehen soll.«

»Du hast doch gesagt, dass du alleine im Grundbuch stehst, oder?«

»Ja, das Kataster läuft nur auf meinen Namen. Wir haben das damals beim Kauf so gehalten, weil es hauptsächlich mein Eigenkapital war, und weil die Bank Yves keinen Kredit geben wollte als Selbstständigem.«

»Sehr gut. Also …«

Er griff in seine Jackentasche und legte den Zettel vor ihr auf den Tisch. Das Siegel der Kommune Cap Ferret prangte ganz unten auf dem Schreiben, neben seiner Unterschrift.

»Ein Bauantrag?«

»Du wirst dein Restaurant hochwassersicher machen. Danach kann ich den Abriss für diese Immobilie absagen.«

»Und du hast den Antrag vorbereitet?«

»Ich habe ihn vorbereitet, eingereicht und dann auch gleich noch per Eilbeschluss durchgedrückt. Die Bauarbeiter kommen morgen. Dann sollten sie mit dem Aufbau in einem Monat durch sein. Neues Dach inklusive, versteht sich.«

»Aber Philippe«, sagte sie, und ihr Blick wurde ein wenig verschämt, »ich habe doch gar kein Geld. Wir haben das alles für den Umbau des Restaurants ausgegeben, und wir haben es gar nicht so leicht, jeden Monat den Kredit rechtzeitig zu bedienen.«

Er ließ ihre Hand nicht los. »Mach dir keine Sorgen, *chérie*. Ich bezahle das. Alles. Den Aufbau, das Dach, die Verwaltungskosten, alles.«

»Aber … Das kann ich doch nicht annehmen, warum solltest du das tun?«

»Weil ich will, dass dein Haus stehen bleibt, schließlich ist es dein Traum. Deshalb. Ich will nicht, dass du deinen Traum aufgeben musst. Du bist so eine phantastische Köchin.«

Sein Blick wurde ernst. Jetzt galt es.

»Ich möchte, dass wir zusammen sind. Ich möchte das Restaurant mit dir führen als dein Financier. Ich möchte, dass unsere Häuser weiterhin nebeneinanderstehen, sozusagen die Rue de Paradis in kleinerer, aber dafür auch konzentrierterer Form. Unser Paradies.«

»Und Yves? Wie soll ich …«

»Ich habe alles vorbereitet«, sagte er schnell, »die Bauarbeiter haben ihr Geld schon bekommen.« Eine kleine Lüge, aber morgen würde er die Schecks abschicken. »Wir müssen nur den Notartermin morgen früh wahrnehmen, es ist ein ehrwürdiger Notar hier in Paris in der Nähe des Senats. Er wird mich in das Grundbuch des Restaurants mit aufnehmen, aber natürlich behältst du die Entscheidungsmehrheit, 51 Prozent. Dafür zahle ich künftig alle Kosten, und du kannst nach dem Umbau sofort wieder aufmachen und ohne Verluste weiterarbeiten. Das Einzige, was ich brauche, ist eine schnelle Entscheidung.«

Er streichelte ihre Hand, weil er so aufgeregt war. Fannys Blick aber schweifte im Restaurant umher, sodass er sie weiter betrachten konnte, ihre Figur in dem Kleid, ihre dunklen Augen, ihre von der Atlantiksonne gebräunte Haut. Sie sagte nichts.

Ihr Kellner, in schwarzer Weste und mit Fliege, brachte das Essen, die Jakobsmuscheln mit dem getrüffelten Risotto für sie, die Kalbsnierchen für ihn. Er liebte diesen Ort. Die Teller mit dem dunkelgrünen Rand und der schlichten, aber ikonografischen Schrift mit dem Namen der Brasserie, die Formvollendung, all das. Er konnte sich vorstellen, dass sie sich in Paris eine Zweitwohnung nahmen, ein kleines Appartement unter dem Dach, in das sie reisen konnten, wann immer sie wollten. Zum Shoppen, gut essen, zum Beisammensein, nur sie beide.

Als sie spätnachts ins »Crillon« zurückkehrten, nahmen sie in der Bar noch ein Glas Champagner. Dann, im Aufzug, drückte sie sich ziemlich betrunken an ihn und flüsterte: »Machen wir's so.«

24

Bei Fannys letztem Wort sprang Yves auf und rannte hinaus, er schmiss die Tür hinter sich zu, und dann drang sein Schrei nach innen, eine Anklage, eine Gewalt, ein Urschrei. So laut, dass nun sogar Charlotte erschrak und die Augen aufriss. Albert streichelte sie und flüsterte ihr beruhigend »Alles gut, *chérie*« zu.

»Du hast uns wirklich verraten. Uns alle«, sagte Dominique und wendete sich angewidert ab.

»Alle Häuser wären abgerissen worden, nur deines nicht. Und seines. Meinst du, irgendwer vom Cap wäre nach dieser Geschichte noch zu dir zum Essen gekommen?«

Fanny wischte sich die Tränen ab und funkelte die andere Frau am Ende der Tafel wütend an.

»Von Verrat verstehst du ja eine Menge, Dominique. Ich glaube nicht, dass ich mir deine Lehren anhören sollte.«

Dominiques Gesicht färbte sich rot.

»Aber du solltest dir schon vorstellen, was das mit unserer lieben Brigitte macht«, sagte Claudette.

»Es tut mir so leid«, flüsterte da Fanny, jedoch ohne Philippes Ehefrau anzusehen. Die saß auf ihrem Stuhl wie ein Fels, sie wirkte in keiner Weise erschrocken.

Luc stand auf und ging zur Tür. »Kommen Sie wieder herein, bitte?«

Yves folgte ihm zur Tafel, ging aber an seinem Stuhl vorbei und setzte sich auf der anderen Seite auf den freien Platz, der einige Stunden zuvor Laurent Aubrys gewesen war.

»Schatz«, flüsterte Fanny, doch ihr Mann zischte nur: »Vergiss es. Vergiss es einfach.«

Luc erhob sich und fing an, im Raum auf- und abzugehen. Alle Augen folgten ihm. Der letzte Akt hatte begonnen.

»Sie sind ein irrsinnig guter Schauspieler, Monsieur Jean, wenn ich das sagen darf. Sie haben wahrscheinlich gerade viele hier glauben gemacht, Sie hörten von der Affäre Ihrer Frau zum ersten Mal. Das glaube ich aber nicht. Wissen Sie, zweimal schon hat mich jemand auf die Idee gebracht – oder bringen wollen –, das hier, dieser schreckliche Tod des Bürgermeisters, sei wie dieser Roman von Agatha Christie, Sie wissen schon: *Mord im Orient-Express*. Dort stellt sich ja am Ende heraus, dass es eine Verschwörung von allen im Zug war – und schließlich kommen alle ungeschoren davon, weil jeder von ihnen auf die ein oder andere Weise unter dem Toten gelitten hat. Das zumindest trifft auch auf Sie zu: Ein jeder von Ihnen hat auf seine Weise unter Philippe Deschamps gelitten. Und dennoch haben Sie sich nicht zum Mord an ihm verschworen. Nein, das nicht. Was ich aber nicht glauben kann, ist, dass niemand den Mord gesehen hat.«

Er blieb plötzlich stehen, hinter dem Stuhl von Yves. »Es gab nur wenige Minuten lang die Möglichkeit, Philippe umzubringen. Vielleicht waren es vier, vielleicht auch sechs Minuten. In einer Zeit, in der eine ganze Straße auf den Beinen ist, alle Bewohner, um ihr Leben zu retten. In so einem Moment, da ist man von so viel Adrenalin durchflutet, da sind der Körper und der Geist hellwach, da sieht man alles. Da kann alles die Rettung sein – oder eine potenzielle Gefahr. Niemals ist es unter solchen Umständen möglich, unbemerkt einen Mord zu begehen.«

Er richtete seinen Blick auf jemanden am Tisch. »Ich bin mir nicht hundertprozentig sicher, dass Sie den Mord beobachtet haben, Monsieur Lopez, aber ich würde sehr viel darauf verwetten.«

Der Fischer senkte seinen Blick, zum ersten Mal zeigte er ein Gefühl von Scham. Er nickte schwach.

»Und wo wir schon dabei sind, Sie, Monsieur Jean, auch Sie haben den Mord beobachtet, richtig?«

»Ja, das habe ich«, sagte der junge Gastwirt hart und kalt, »aber ich werde den Täter niemals verraten. Der elende Scheißkerl hat den Schlag auf den Kopf so sehr verdient. Er hat mein Leben zerstört. Nichts wird mehr so sein wie vorher.«

Luc nickte und setzte sich wieder auf seinen Platz, er ließ dem Schweigen, das eingesetzt hatte, etwas Raum – dann sagte er leise: »Es ist auch nicht nötig, dass Sie mir den Täter verraten. Richtig, Madame Deschamps?«

Brigitte Deschamps
Sechs Stunden zuvor

»Philippe hat recht, ihr könnt nichts mehr tun. Der Kampf ist gekämpft. Es ist vorbei.«

Sie wusste nicht, warum sie es sagte. Das Fenster war runtergekurbelt, und sie lauschte den eigenen Worten nach. Sie fühlte sich so müde. Der eitle Pfau stand da und plusterte sich auf, schwang große Reden und begrub die eigene Heimat unter einem Berg von Lügen und Verwaltungsvorschriften. Und sie? Sie konnte einfach nicht mehr. Sie wollte nur, dass das alles aufhörte. Dass alle Häuser abgerissen wurden – bis auf ihres, solange sie eben noch darin wohnen durfte. Dass hier endlich Ruhe war. Dass sie nicht mehr die Blicke ihrer Nachbarn bemerken musste. Die mitleidigen. Die verständnisvollen. Die fragenden. Wie hält sie das aus, die arme Brigitte – mit diesem Mann? Herrgott, das fragte sie sich auch.

Die mitleidigen Blicke waren für sie die schlimmsten. Sie wollte nicht bemitleidet werden. Sie war immer noch eine attraktive Frau, eine interessante Frau – vor allem aber war sie eine Frau, die sich aufopferte für den Mann, den sie liebte. Das hatte sie lernen müssen, in all den Jahren, indem sie der eigenen Verwandlung zugesehen hatte: von der Bikinischönheit, die sie vor dreißig Jahren gewesen war, als Philippe sie an der Strandbar am Cap angesprochen hatte, zur Bürgermeistergattin vom Cap, die sich stets im Hintergrund hielt, aber ihrem Mann den Rücken stärkte, alles für ihn tat. Sie hätte gemordet für ihn, viele Jahre lang hätte sie für ihn gemordet – und zwar nicht nur sprichwörtlich.

Aber nun spürte sie, dass ihre Kraft aufgebraucht war. Die tobende Menge draußen hinter dem Zaun, ihr Mann auf der anderen Seite des Zaunes, sie selbst, festgeschnallt in dem protzigen Auto, so wie sie festgeschnallt war in ihrem protzigen Leben. Und sie begriff etwas in diesem Moment: Sie konnte sich selbst abschnallen. Sie musste nur den kleinen roten Knopf drücken, dann würde sich der Gurt lösen. Für das Band zu Philippe gab es keinen roten Knopf, das nicht, aber auch von ihm würde sie sich lösen können – mit großen Verlusten, finanziellen vor allem, aber sie würde es schaffen.

Sie wollte nicht mehr hören, was Philippe antwortete, doch gerade als sie die Augen schloss, zerbrach etwas hinter ihr, sie hörte das laute Klirren, nahm wahr, dass der Wagen trotz seiner Schwere wackelte, und schon flogen die Splitter aus dem Heck quer durch den Innenraum und trafen sie, es war ein kleines Inferno. Im ersten Moment verstand sie nicht, was los war, drehte sich panisch um, da sah sie ihn, Franck, diesen schrecklichen Menschen, der hinter ihrer zerborstenen Heckscheibe stand und wütend auf Philippe zeigte. Sie beachtete er gar nicht, aber das traf sie nicht. Was sie traf war, dass *er* sie nicht beachtete. Sie rechnete damit, dass er als Erstes nach ihr sah, zum Wagen stürzte und sie herauszog, sie in den Arm nahm, vor allen Leuten, und sie dann nach Hause brachte, um im Bad die Splitter zu entfernen und ihre Wunden zu versorgen. So wie sie es bei ihm getan hätte.

Doch *er*? Fing an, Franck zu beschimpfen. Und dann wandte er sich den anderen zu. Sie beachtete er gar nicht. Sie hörte seine Stimme, laut und barsch, das Finsterste an ihm kam zum Vorschein. Doch alles wäre ihr egal gewesen, wenn er sie nur beachtet hätte. Doch da war nichts, kein Gedanke an sie, nichts. Sie verfolgte all das wie in Trance, das Zwiegespräch mit den beiden Polizisten, sie hörte gar nicht hin. Minuten später stieg *er* wutschnaubend ein, ließ sich in den Sitz fallen, schaltete den Motor an – dass Laurent Aubry hinten in den Wagen sprang, schien er gar nicht richtig mitzukriegen – und fuhr los.

»Dieser Bastard«, schimpfte er, »jetzt hat der echt die Scheibe zerdeppert. Den werde ich mir vorknöpfen.«

Er sah sie nicht mal an. Fuhr die paar Meter bis zu ihrem Grundstück wie in eine undurchdringliche Wutwolke gehüllt. Doch er war sicher nicht der Einzige, dessen Kopf in ein alles verzehrendes Gefühl gehüllt war. Brigitte Deschamps dachte über das Wegweisende einer jeden Entscheidung nach: Hätte er vorhin nicht angehalten, sondern wäre schon eine Viertelstunde früher direkt zu ihrem Haus gefahren, dann würden sie jetzt bei einem Apéro sitzen, bis er sie wieder in der Küche stehen lassen und den ganzen Abend aktiv ignorieren würde. Stattdessen hatte sie nun also angefangen, ihn zu hassen. Es war ein komplett neues Gefühl für sie. Jahrelang hatte sie seine offensichtliche Ablehnung einfach still erduldet und des Nachts in ihrem großen Doppelbett ihre Wunden geleckt, während er noch draußen war, irgendwo, sie fragte schon lange nicht mehr. Nein, das hier war anders, und es hatte in dem Moment begonnen, als die Scheibe splitterte. Der Hass war groß, und er musste irgendwohin. Auch wenn er in diesem Moment noch vollkommen formlos war.

Sie ging mit Philippe und Aubry ins Haus, immer noch plapperte er empört irgendetwas vor sich hin, doch sie hatte zu viele Jahre zu ihm aufgesehen, ihm jeden Wunsch von den Lippen abgelesen und jedes seiner unzähligen Worte immer kommentiert und ihm gehuldigt, nun ließ sie seinen wütenden Wortstrom einfach an sich vorbeiziehen. Es war genug. Sollte dieser Aubry ihn doch in die Schranken weisen. Nicht dass sie glaubte, dass der dazu fähig war.

Sie ging sofort in die Küche, während die Männer die Treppe hinaufstiegen, ihrer mit diesem Schritt, den andere Menschen vielleicht forsch« nannten, den »Gang eines Machers«, den sie aber schlicht trampelig fand, trampelig und nervtötend. Sie sah sich in dem großen Raum um, dem einzigen im Haus, den sie nach ihren Wünschen hatte gestalten können, ließ ihre Finger über die Arbeitsplatte aus Granitstein gleiten und sah aus dem Fenster auf die dunkle Wolkenwand, die sich über dem Meer gebildet hatte und die exakt ihrer Stimmung entsprach. Dieser Raum, dieser Blick – vor sehr langer Zeit hatte er ihren Träumen entsprochen. Und sie würde Philippe nicht verzeihen, dass er diese Träume in ihr getötet hatte. Dass er ihr diesen Raum vergällt hatte – und dieses Panorama. Sie hatte längst begonnen, Abschied zu nehmen von alldem, das spürte sie jetzt. Platz zu machen für jemand anderen. Eine andere. Es waren immer Frauen dagewesen, jüngere, aktuell hübschere, aufregendere. Immer hatte sie seinem Verhalten angemerkt, wann es begann: Öfter als sonst war er geistig abwesend, sah sie nicht mehr an, war erst fahrig und dann tagelang fort – und auch nächtelang. Und wenn sie sich in dieser Zeit trotz allem begegneten, war er noch liebloser als sonst. Und sie merkte auch, wann immer sich eine Geschichte wieder dem Ende neigte: Wenn die Frauen Forderungen stellten oder erkannten, dass Philippe schlicht Mittelmaß war, dann verlor auch er die Lust. Dann war er wieder viel daheim, versuchte, mit Brigitte zu sprechen, manchmal kehrte auch das Begehren zurück, für eine Nacht oder zwei. Höchstens zwei.

Doch dieses Mal schien es anders zu sein. Denn die neue Frau hatte einfach zu viel: Sie war jung, weltgewandt, verführerisch, sie widersprach. Was ihm diesmal zu gefallen schien. Es hatte begonnen. Und nicht wieder aufgehört. Die Neue hatte noch nicht gemerkt, dass ihr Auserwählter weitaus mittelmäßiger war als ihr aktueller Mann.

Sie rechnete jeden Tag damit, dass er es öffentlich machte. Sie vor die Tür setzte. Doch in diesem Moment, in ihrer wunderschönen Küche, in diesem seelenlosen Haus, fragte sie sich, warum um alles in der Welt sie es war, die weichen sollte. Warum es nicht an ihm war, zu weichen.

Auch ihr Gast hatte sie derart missachtet, dass sie kurz dachte, er müsse mit ihrem Mann verwandt sein. Er hatte sich an ihr vorbei durch die Tür gedrängelt, die Schuhe anbehalten, ihr nicht mal gedankt, als sie Philippe und ihm die Gläser für den scheußlichen Whiskey reichte.

Als es wenig später klingelte, kam ein Gentleman. Er zog die Schuhe aus, sprach mit ihr, erkundigte sich nach ihrem Befinden, wirkte ehrlich interessiert. Und er sah gut aus. Als er hochging, sah sie ihm nach.

Sie kramte unten eine Weile herum. Versuchte dabei, Wörter von oben aufzuschnappen. Sie hatte Übung darin, Gesprächen nebenbei zu lauschen. Und in diesem Haus hatte sie die Akustik jahrelang studiert und wusste, wo sie in Stellung gehen musste, um Wort für Wort aufzuschnappen.

Deshalb hörte sie die Begründung ihres Mannes, warum ihr eigenes Haus stehen bleiben konnte. Und die Antwort des offensichtlich skeptischen Commissaires, der anmerkte, dass doch auch das »Chez Jean« nun eine erste Etage habe. Da ließ sie vor Schreck, vor Wut über diese Niedertracht ihre Teetasse fallen, die schwere, die natürlich nicht zerbrach. Die Stimme ihres Mannes, der nach ihr rief. Ihre Antwort, mit erhitztem Gesicht, das niemand zu sehen bekam.

Er hatte seiner Affäre die verdammte Baugenehmigung zugeschanzt, wahrscheinlich hatte er in seinem Wahn, in seinem Sexrausch sogar noch den Aufbau bezahlt. Sie hatte keinen Zugriff auf sein Konto. Dennoch wusste sie es. Und sie wusste, dass er wusste, dass sie es wusste. Sie wollte ihn gerne umbringen.

Sie hörte, wie der Gentleman laut wurde, sie hörte, dass das Gespräch endete, sie hörte die ersten Schritte auf der Treppe. Der Mann, Commissaire Verlain hieß er, verabschiedete sich formvollendet, der andere, seinen Namen hatte sie längst wieder vergessen, winkte ihr nur unbeholfen zu. So fahrig wie ihr Mann. *Quel crétin.*

Draußen ging mittlerweile die Welt unter, der Tag war längst zur Nacht geworden, wilde Blitze zuckten, doch Brigitte war keine Frau, die sich vor Wetter fürchtete.

Sie hörte Philippe oben leise fluchen und fing an, das Frühstück für den Morgen vorzubereiten. Sie öffnete das Glas mit der Quittenmarmelade, die Früchte stammten aus ihrem Garten, und roch daran, sog den Duft ein und lächelte. Sie lächelte selten, es gab einfach keinen Grund. Höchstens diese Quitten, an manchen Tagen auch die Sonne – und das Meer.

Sie legte alles zurecht, die richtigen Teebeutel, die Orangen für die Saftpresse, das Besteck, die Teller, dann stieg sie auf den kleinen Tritt, um aus dem oberen Schrank noch das neue Kaffeepulver zu nehmen und den Schrank etwas aufzuräumen. Als sie Minuten später wieder die Füße auf den Boden setzte, schrie sie auf und riss vor Schreck mit ihrem Arm das Marmeladenglas von der Arbeitsplatte.

»Was ist das?«, rief sie und betrachtete das Wasser, das über den Küchenboden lief, braunes, schlackiges Wasser, gemischt mit den Scherben des kaputten Glases und mit feinem Sand. Der Sand der Düne, von den Fluten in ihr Haus getragen. Sie begriff es sofort. Die Strafe, es war die Strafe für alles – dafür, dass sie vor Monaten verschont geblieben waren. Nun aber traf es auch ihr Zuhause.

»Philippe, Philippe!«, schluchzte sie, und es dauerte einige Sekunden, bis er in seinem genervten Ton herunterrief: »Was ist?«

»Die Düne …«, rief sie hinauf, und mehr brauchte es nicht. Sie hörte seine raschen Schritte, den Gang quer durch das Wohnzimmer zu den Fenstern zum Meer. Sein schweres Atmen. Und dann sein Fluchen.

»Das ist nicht wahr«, schrie er, »was für eine Katastrophe, mein Haus, mein schönes Haus …«

Er kam die Treppe heruntergerannt und stand sofort im Wasser, das immer höher stieg. »Los, raus hier, bloß raus …«, sagte er in dem Moment, als der Strom ausfiel und das Haus ins Dunkel getaucht wurde. Brigitte zuckte zusammen und stieß einen kurzen Schrei aus. Doch er war schon an ihr vorbei, und drehte sich auch nicht nach ihr um, er stakste wie ein Storch durch das Erdgeschoss, und dann öffnete er die Tür, und sofort kam das Wasser von allen Seiten, aus dem Haus, aus dem Garten, und es sah für einen Moment so aus, als würde Philippe straucheln, weil die Flut ihm die Füße wegriss. Brigitte spürte etwas: Hoffnung. Doch er fing sich wieder und trat fest auf, ging die Garageneinfahrt herunter, Schritt für Schritt in tieferes Wasser.

Das Gefühl in ihr aber blieb. Und die Vorstellung, er würde mit der Flut fortgespült. Ihn zu sehen, von hier oben, sein Gesicht unter Wasser. Wie er nie wieder den Himmel würde sehen können.

Sie ging hinaus, und es traf sie. Er stand im Vorgarten und sah hinüber zu den dunklen Fenstern des »Chez Jean«, und auf seinen Zügen lag tatsächlich etwas wie Sorge.

Sorge. Sie sah die gerunzelte Stirn, die gefurchten Lider. Er sorgte sich um *sie*. Um Fanny. Diese verdammte Schlange. Doch die würde ihn nicht bekommen. Das wusste Brigitte jetzt.

Er stieg ins Auto und ließ den Motor an. Doch Brigitte stellte sich vor den Wagen und schüttelte den Kopf. Er öffnete die Tür wieder.

»Was machst du da?«

»Wir kommen hier nicht raus. Sieh doch, wie hoch das Wasser schon steht. Da geht der Motor kaputt.«

Er wollte ihr widersprechen, doch er überlegte es sich und stieg frustriert aus. Wieder folgte sie seinem Blick hinüber zum Restaurant. Was erwartete er? Dass Fanny aus dem Fenster mit einem weißen Tuch winkte?

Sie folgte ihm und hielt gleichzeitig schon Ausschau nach etwas, sie wusste noch nicht, wonach, doch ihr Unterbewusstsein war längst im Bilde.

Als sie auf der Rue de Paradis waren, schon bis zur Hüfte im Wasser, in einer fast surrealen Lage, sagte sie: »Lass uns nach

Serge sehen, nicht dass er eingeschlossen ist, du weißt doch, was der armen Olive passiert ist.«

Doch ihr Mann wandte sich ab.

»Philippe, los doch«, beharrte sie.

»Serge hat ein Boot«, murrte er, »los, ich will dort hinein.«

Er wies aufs Restaurant, das nicht mal hundert Meter entfernt stand. Etwas stieß an ihren Unterschenkel, und sie fuhr herum. Sie griff danach, es trieb langsam, alles schien in diesem Wasser zu treiben, die Unterströmung riss alles, was in der Rue de Paradis gelegen hatte, mit sich. Auch diese Latte, eine von denen, die bei Franck Morel gelegen hatten, Bauschutt, Steine, Altholz, eine dicke Holzlatte, die sie nun unter Wasser festhielt, sie fühlte sich gut an, mit ihren geriffelten Kanten, das Wasser hatte das Holz weicher gemacht. Eben wandte sich Philippe ungeduldig nach ihr um, so als wolle er doch nicht ohne sie los.

»Los, wir müssen da rein, uns in Sicherheit bringen.«

»Du willst dich bei Fanny in Sicherheit bringen.«

Er sah sie völlig überrascht an. Sie hätte schwören können und schwor es noch viele Wochen lang, dass er es wirklich nicht für möglich hielt, dass sie von selbst draufgekommen war. Er gab ihr in diesem Moment – nur durch diesen Blick – das Gefühl, dass er sie für absolut unwissend, dumm und vor allem harmlos hielt.

»Was redest du da?«, fragte er nach Sekunden, die wie Stunden waren, während das Wasser stieg und stieg. Als sie stumm blieb, wandte er sein rotes Gesicht ab, und sie musste nur die Latte heben, ihr rechter Arm tat das ganz von alleine, sie war einen Schritt schneller als er, und dann sauste das Holz mit aller Kraft, die sie hatte – und das war in diesem Moment sehr viel –, auf seinen Schädel, und es machte ein Geräusch von platzenden Pflaumen, und dann fiel er vornüber, landete einfach im Wasser, sie sah seinen Hinterkopf bluten, und es kam keine

Gegenwehr mehr und kein Geräusch, nicht einmal die Atembläschen, er war ganz leicht, als sie nach ihm griff, ihn noch einen Moment hielt, und sie spürte die Tränen kommen, weil sie wusste, wie endgültig das alles war, sie spürte die Unterströmung, sie wollte nicht ins Gefängnis, sie wollte in ihr Haus zurück, *ihr Haus*. Sie merkte, wie sich die Lüge, die ganze Geschichte in ihr ausbreitete, sie erfand sie in diesen Sekunden, in denen sie ihn noch im Arm hielt, dann zog sie ihn ein Stück mit sich, schnell, sie musste schnell sein, Serge durfte sie nicht sehen, niemand durfte sie sehen, aber sie waren in ihrer Einfahrt gut versteckt. Also gab sie ihm endlich einen Stoß, und die Strömung zog ihn augenblicklich mit, in Richtung Meer und Bassin. Den Berg hinauf ging es nicht, also zog das Wasser ihn in Richtung von Serges Grundstück, flach wie ein Brett trug es ihn fort.

Ein Stück hinterdrein schwamm das Holz obenauf, sie glaubte, noch eine Spur von Rot daran zu sehen.

Sie aber watete, so schnell sie konnte, in Richtung des »Chez Jean«. Sie wollte sie nicht sehen, gerade jetzt nicht, aber es musste sein. Für ihre Geschichte. Für ihr Alibi. Und dafür, dass sie nachher ihr Gesicht sehen konnte, wenn Philippe nicht aufzufinden war.

25

»Ich hätte dich niemals verraten«, sagte Serge leise.

»Ich auch nicht«, fügte Yves hinzu.

»Ich habe euch gar nicht gesehen. Ich war wohl wie in Trance.« Es waren Brigittes erste Worte nach ihrem Geständnis.

Luc hatte die ganze Zeit wortlos neben ihr gesessen, nun wandte er sich ihr komplett zu.

»Ich war mir ganz sicher, als ich sah, wie sehr die Schusswunde meines Kollegen Sie entsetzte. Sie haben den Tod Ihres Mannes so gelassen hingenommen – aber Aubrys Verletzung hat Sie gänzlich unter Schock gesetzt.«

»Weil ich das nicht wollte. Ich war zufrieden, dass Philippe tot war. Aber ich wollte sicher nicht, dass seinetwegen noch jemandem Leid zugefügt wird. Dass Franck gestorben ist, das macht mich verrückt. Und wenn Ihr Kollege es nicht schaffen sollte …«

Es war eine merkwürdige Stimmung im Gastraum: Wendeten sich sonst nach einem solchen Geständnis alle angewidert vom Täter ab, zeigten die Mienen hier vor allem Mitleid. Immer wieder hatte Dominique während Brigittes Erzählung genickt, Claudette und Paul hatten sich wieder aneinander festgehalten. Nur Fanny hatte bittere stumme Tränen geweint.

»Madame Jean«, sagte Brigitte nun, »es tut mir leid, ich lag falsch. Es ist nicht Ihre Schuld, Sie sind seinem Charme erlegen, so wie es mir ergangen ist, vor vielen, vielen Jahren. Er war ein bemerkenswerter Mann. Und ich habe ihn nicht getötet, weil er diese Affäre mit Ihnen hatte. Das habe ich in den letzten Stunden begriffen. Nein, ich habe ihn getötet, weil ich all diese kleinen Verletzungen leid war. All diese Nadelstiche, die es schon fast nicht mehr in mein Innerstes geschafft haben, weil ich mir ein so dickes Fell habe wachsen lassen. Aber doch, ein wenig haben sie mich noch jedes Mal getroffen. Und nun, nach all den Jahren, war es einfach zu viel geworden. Es war einfach genug. Genug.«

Sie stand auf und ging ans Fenster. Sie war fertig.

»Sehen Sie, Commissaire, das Wasser ist gesunken.«

Luc erhob sich ebenfalls und stellte sich zu ihr. Sie hatte recht. Wohl niemand im Raum hatte gemerkt, wie das Licht die Nacht vertrieben hatte, wie hinter den Fenstern der Morgen anbrach. Der Regen hatte aufgehört, und die Ebbe hatte das Wasser aus der Rue de Paradis herausströmen lassen. Nur noch wenige Zentimeter hoch stand der braune Schlamm in der Straße. Die Gärten waren verunstaltet, doch der Weg war wieder frei. Luc atmete auf.

»Madame Deschamps, es tut mir leid, aber so sind nun mal die Regeln: Ich verhafte Sie wegen Totschlags an Ihrem Ehemann Philippe Deschamps. Sie haben eben vor Zeugen ein Geständnis abgelegt, und ich werde das zu Protokoll geben.«

»Gehen Sie zu Ihrer Freundin, Commissaire«, sagte Brigitte mit einem leichten Lächeln um die Lippen, bevor sie sich wieder auf ihren Stuhl setzte. »Ich renne nicht weg, ich setze mich hierhin und warte auf Ihre Kollegen.«

Luc überlegte nur einen Augenblick, dann nickte er. Er blickte noch einmal in die Runde. In die Schicksalsgemeinschaft einer einzigen Nacht. Einer Nacht, die er nie wieder vergessen würde. So wie alle in diesem Raum. Sie alle sahen zu ihm. Der Schreck stand ihnen ins Gesicht geschrieben. Ihre Geständnisse. Ihre Schuld.

»Eines hat mich diese Nacht gelehrt«, sagte Luc leise. »Die größten Geheimnisse sind keine.«

Dann drehte er sich um und ging.

5.20 Uhr

LEVER DU SOLEIL
—
SONNENAUFGANG

26

Er lief die menschenleere Straße entlang und betrachtete die Häuser der Rue de Paradis nach der Flut. Etwas war anders. Nur was? Richtig. Das Wasser hatte die roten Kreuze abgewaschen. Es war wie ein Zeichen.

»Gott sei Dank«, flüsterte Luc und strich über das Dach seines alten Jaguar. Nur die Reifen standen im Wasser, ins Auto war die Flut nicht gelaufen. Er hatte weit genug oben an der Straße geparkt.

Gerade wollte er einsteigen, als hinter ihm jemand nach ihm rief. »Luc!« Wie war das möglich?

Er drehte sich um, und da kam er auf ihn zugelaufen, als sei er nicht Ende siebzig und schwer krank, sondern kein Jahr älter als Luc selbst: Alain.

Sie fielen sich in die Arme, Luc hielt seinen Vater eng umschlungen. Nach einem langen Moment schob Luc seinen Vater ein Stück von sich weg, sein Gesicht immer noch voller Überraschung und Erleichterung.

»Wie bist du zurückgekommen? Fuhr die Fähre schon wieder?« Er hatte eine dumpfe Ahnung, was die Antwort sein würde.

»Ich war nicht weg«, sagte Alain und zwinkerte. »Ich war die ganze Zeit auf der Insel. Weißt du, ich bin gestern auf dem Weg zur Fähre gewesen, wie ich es dir versprochen hatte. Aber dann ist mir eingefallen, dass ich doch Jacques, den alten Austernzüchter, kenne, im nächsten Dorf südlich von L'Herbe. Der hat doch wahnsinnig viel Landbesitz. Ich also hin und dort geklopft. Jacques hat sofort geöffnet und mich erkannt, und wir sind uns erst mal in die Arme gefallen. Dann haben wir zusammengesessen, und ich musste schon wieder Austern essen. Als der Sturm begann, saßen wir an seinem Kamin und tranken sehr guten Cognac. Ich habe ihm von dem Problem erzählt, und er hat angefangen zu überlegen. Dann brach die Düne, wann war das? Kurz nach zehn. Und dann sind wir raus, weil ich dachte, dass du in Gefahr bist. Aber es gab keinen Weg zu euch, wir haben alles versucht, das halbe Cap stand unter Wasser. Die Feuerwehr hat gepumpt und gepumpt, aber es war zu gefährlich, deshalb haben wir es nicht zur Rue de Paradis geschafft. Also bin ich bei Jacques geblieben – und nach Mitternacht und eine Flasche Cognac später haben wir uns geeinigt. Für eine geringe Entschädigung der Gemeinde stellt er den Bewohnern der Straße sein Land zur Verfügung. So können sie hier im Ort bleiben – und sogar nah am Bassin. Das ist doch keine schlechte Lösung, oder?«

Luc traute seinen Ohren nicht, dann zog er Alain wieder an sich und schloss ihn in die Arme.

»Das ist großartig, Papa, *du* bist so großartig. Aber nun ...«, er riss sich los, und Alain schob ihn gleichzeitig: »Ja, ich weiß, fahr schon, los doch ...«

Noch im Einsteigen rief Luc: »Sag du es der Rue de Paradis, sie können gute Nachrichten jetzt gebrauchen.«

Von Norden hörte er Sirenen, es waren Feuerwehrautos, die angerast kamen, und hintendrein Lous kleiner Citroën der

Polizei von Lacanau. Er stieg wieder aus, als die ganze Karawane mitten auf der Straße hielt. Die Feuerwehrleute packten ihre Pumpen aus, Luc wies sie in die Richtung des Restaurants. »Helfen Sie den Leuten dort drinnen«, rief er.

Dann ging er zu Lou.

»Wie geht es Aubry?«

»Ist im Auto aufgewacht und hat gejammert. Aber alles gut. Er wird es schaffen. Wie geht es dir?«

»Das sage ich dir, sobald ich weiß, ob ich zu spät war für mein Baby. Dort drinnen findest du Brigitte Deschamps. Sie hat ihren Mann ermordet. Bring sie nach Bordeaux bitte. Und Albert Peronne. Ich erklär dir alles später, ja?«

»In Ordnung, Commissaire. Viel Glück.«

Luc startete den Motor, wendete und jagte mit quietschenden Reifen davon, die Départementale 109 entlang, durch die elf kleinen Dörfer des Cap, die Geschwindigkeitsbeschränkungen waren jetzt wirklich egal, außer ein paar Feuerwehrleuten war noch niemand im Auto unterwegs, er raste an Claouey vorbei, warf einen letzten Blick auf das Bassin und fuhr dann durch den endlosen Seekiefernwald, der von der schnurgeraden Straße durchschnitten wurde. Hoffentlich, hoffentlich kam er noch zur rechten Zeit, betete Luc, und schon nahm er die Umgehungsstraße um Saint-Jean-d'Illac und fuhr geradewegs hinein nach Bordeaux. Nördlich von Pessac und westlich des Stadtzentrums lag das gewaltige CHU, das Universitätskrankenhaus der Stadt. Wie oft war Luc dienstlich hier gewesen, um Verbrechensopfer zu vernehmen – oder um in der Pathologie mit den Experten zu sprechen. Nun aber fuhr er noch ein Stück weiter, zur Entbindungsklinik, die nach Eleonore von Aquitanien benannt war, der einstigen Königin von Frankreich und England. Welch gewaltiger Name, dachte Luc und fand im selben Moment spannend, wie sich sein Unterbewusstsein mit derli Dingen vom eigentlichen Geschehen ablenkte. Er parkte vor dem grauen Hochhaus und den modernen neuen weißen Blöcken, dann rannte er hinein. Blumen, dachte er und schüttelte gleichzeitig den Kopf, »nein, nein, schnell«, murmelte er und sprintete zum Empfang: »*Bonjour, Madame*«, begrüßte er die Frau, die dort saß. »Ich suche Anouk Filipetti.«

Die junge Frau suchte eine endlos scheinende Zeit an ihrem Bildschirm. »Sie ist schon im Kreißsaal, gehen Sie zum Schwesternzimmer. Es ist Saal Nummer sieben.«

Im Weglaufen drehte er sich noch mal um, rief »*Merci!*«, dann hielt er auf die Tür zu, an der »Dienstzimmer« stand. Eben öffnete sie sich, und eine junge Frau kam heraus. »Monsieur Verlain?« Luc rechnete mit dem Schlimmsten, woher wusste sie das? Doch die junge Frau lächelte, anscheinend hatte sie seinen entsetzten Blick richtig interpretiert.

»Keine Sorge, Anouk hat Sie mir beschrieben – und sie hat das sehr gut gemacht. Kommen Sie, ich bringe Sie hin. Ich bin Hebamme Julie. Ich betreue Ihre Freundin.«

»Wie geht es ihr?«

»Sehr gut. Wir machen gerade eine kleine Pause. Wir wollen es langsam angehen lassen, damit Sie dabei sein können. Klappt nicht immer, aber Ihre Tochter möchte es möglich machen. Sie lässt sich Zeit.«

Luc atmete tief ein und spürte, wie der Stein von seinem Herzen fiel. Er war nicht zu spät.

»Geht's Ihnen gut? Sie sehen etwas erschöpft aus. Nicht dass ich mich gleich noch um Sie kümmern muss.«

»Nein, alles gut. Es war eine … nun ja, etwas spezielle Nacht.«

»Ja, Anouk hat so etwas erwähnt.«

Sie zog eine geschlossene Schiebetür auf und ließ Luc eintreten. Da saß sie, Anouk, auf einem weißen Stuhl, sie trug einen Krankenhauskittel und lächelte ihn an. Er hatte die schlimmsten Befürchtungen gehabt, doch sie stand einfach auf, kam auf ihn zu und nahm ihn in die Arme.

»*Mon cher*«, flüsterte sie, »wie geht es dir?«

»Das ist doch jetzt ganz egal«, flüsterte er, »sag mir lieber, wie es dir geht!«

»Bestens«, sagte sie und schob ihn von sich weg, »ich laufe hier so rum und sitze ab und zu, weil die PDA wirkt und die Wehen nur langsam stärker werden. Julie sagt, es ist ganz normal, dass es beim ersten Baby ein bisschen dauert. Aber sag mir doch noch, ob alles gut gegangen ist. Hast du deinen Mörder gefunden?«

Ihre Stimme war wieder nur noch ein Flüstern, obwohl Julie sich ans andere Ende des Kreißsaals zurückgezogen hatte, um den werdenden Eltern ihren Moment zu lassen.

»Meine Mörderin. Die Frau des Bürgermeisters, sie hat«, Luc schüttelte den Kopf, »nein, das passt nicht hierhin, das ist einfach zu finster.«

Er nahm Anouk wieder in den Arm. Plötzlich drückte sie ihn sehr fest, gleichzeitig entwich ihr ein kurzer Schrei, und Julie kam näher. Lächelnd sagte sie:

»Nun, da Sie da sind, scheint Ihre Tochter entschieden zu haben, dass es losgehen kann. Na, dann wollen wir mal. Liegen oder stehen, Anouk?«

Epilog

Es war, als hätte der liebe Gott es einfach passend machen wollen: Nachdem sie aus dem Krankenhaus entlassen worden waren, hatten sie sich zwei Wochen in Anouks Wohnung eingerichtet, hatten gekuschelt und einander kennengelernt. Währenddessen war der Herbst über Bordeaux gekommen, es hatte geregnet, und der Himmel hatte seine unterschiedlichsten Grautöne offenbart. Doch an diesem ersten Tag, an dem sie sich nach draußen trauten, war der Spätsommer zurückgekehrt. Eine angenehme Wärme lag über den Straßen und Gassen, es war Sonntag, der Tag der *fête du vin nouveau*, das Fest zu Ehren des neuen Weinjahrgangs, das immer Mitte Oktober stattfand. So zogen die Bordelesen und die Touristen gemeinsam über den Quai nach Norden, denn die *fête* mit den Winzern und vielen Antiquitätenhändlern fand im Quartier des Chartrons statt, dem Viertel der alten Weinhändlerhäuser. Die großen Sandsteinvillen mit ihren Balkonen sahen so nobel und zugleich solide aus, wie sich die alten Bewohner von Bordeaux gerne gaben.

Anouk und Luc wollten den Rummel in Chartrons meiden, und dank dem Fest war in der *vieille ville* reichlich Platz.

277

»Du schiebst weiter«, sagte Anouk lachend und drückte Luc den Kinderwagen in die Hand. Sie hatten gerade die Straßenbahnschienen am Place du Palais überquert und ließen sich jetzt durch die kleinen Gässchen treiben. Die Bars hatten ihre Terrassen geöffnet, noch ein sonniger Sonntag, an dem sie vor den Lokalen ordentlich Umsatz machen würden.

»Hast du etwas von Aubry gehört?«, fragte Anouk nach einer Weile.

»Du hast aber auch ein Talent, mir einen schönen Tag zu verdüstern«, sagte Luc lachend. »Er ist aus dem Krankenhaus entlassen und hat sich in eine Rehaklinik nahe Lyon verlegen lassen, weil seine Familie dort wohnt.«

»Und wird er wiederkommen?«

»Ich habe jedenfalls nichts getan, was das verhindern könnte.«

»Du hättest doch in dem Bericht die Wahrheit schreiben können: Er hat die Waffe getragen, ohne dich darüber zu informieren. Er war nicht dafür ausgebildet – deshalb hat ihn Peronne ohne weiteres entwaffnen können. All das – sogar das Leben von Franck Morel stand auf dem Spiel. Damit wäre er weg vom Fenster.«

»Aber du weißt, dass ich so nicht bin. Ich werde mit ihm sprechen, wenn er wieder auf den Beinen ist. Vorher entscheide ich gar nichts.«

»Du bist zu gut für diese Welt.«

Sie wandten sich an der Place Saint-Pierre nach rechts, gingen unter den ausladenden Kastanienbäumen hindurch, die mit ihrem dichten Laub den Platz beschatteten. Die Glocken der alten Kirche schlugen vier Uhr. Luc liebte diesen Platz, früher hatten sie hier oft in einer der Bars den Apéro genommen, bevor sie dann im Bistro »Girondin«, einem ihrer liebsten Restaurants auf der Rue Saint-Rémi essen gegangen waren.

»Was sagt der Staatsanwalt zu Madame Deschamps?«

»Er spricht von einem heimtückischen und geplanten Mord. Du weißt ja, wie er ist.«

»Glaubst du das nicht?«

»Ehrlich gesagt: nein. Ich glaube, es hatte sich über all die Jahre so viel angesammelt – dann wieder diese neue Affäre, von der sie wusste, und schließlich der Stein aufs Auto und ihr Mann interessiert sich überhaupt nicht, wie es ihr geht. Das war so frisch, und keine zwei Stunden später findet sie sich in dieser absoluten Ausnahmesituation wieder und erkennt, dass sie jetzt einfach handeln kann und muss. Und das tut sie, mit totaler Wucht. Ich glaube, dass viele Eheleute in ihrem Leben an diesen Punkt kommen – all diese kleinen Verletzungen –, doch nur die wenigsten kriegen dann auch die Chance, ihren Partner des Nachts im Auge eines Orkans erledigen zu können.«

»Na, dann pass mal gut auf dich auf, falls wir mal in einen Orkan kommen, Luc.«

»Ich werde daran denken«, antwortete er, und beide mussten lachen.

»Wir sollten in ein paar Wochen mal ans Cap fahren. Ich würde gerne sehen, was aus der Rue de Paradis geworden ist.«

»Stehen die Häuser denn noch?«

»So hat es Lou erzählt. Die Bewohner dürfen noch darin bleiben, bis ihre neuen Häuser fertig sind. Aber die Baugenehmigung für das neue Viertel am Austernhafen wurde bereits erteilt. In ein paar Monaten soll alles schlüsselfertig sein.«

»Wenn es nicht so tragisch wäre, wäre es ja beinahe ein Happy End.«

»Es ist schrecklich«, sagte Luc kopfschüttelnd, »dass aus jeder Familie jemand in einen der Todesfälle involviert war.«

Sie überquerten die Quais und die Place de la Bourse, und

der breite Fluss tauchte vor ihnen auf. Auch hier waren nicht viele Menschen unterwegs.

Anouk wies auf den *Miroir d'eau*. »Wollen wir uns einen Moment dort hinsetzen?«

»Klar, gerne.«

Normalerweise stand auf dem Granitstein des größten Wasserspiegels der Welt das Wasser stets zwei bis drei Zentimeter hoch, und die Touristen kühlten sich ihre müden Füße darin, und kleine Kinder legten sich der Länge nach hinein, er konnte es kaum erwarten, mit seiner Tochter hier zu toben. Doch in diesem Moment gurgelte und gluckerte es, und die ausgeklügelte Mechanik der Sehenswürdigkeit saugte das kalte Wasser ab.

»Morgen musst du wieder arbeiten«, sagte Anouk, und ihre Stimme war auf einmal brüchig. »Das war ein sehr schöner Monat, so nah mit dir. Daran hab ich mich jetzt echt gewöhnt.«

»Ja, ich werde mich auch verloren fühlen, im Büro ohne dich. Aber ich komme ja jeden Abend nach Hause.«

»Du kriegst auf jeden Fall Cap-Ferret-Verbot, du alter Gefahrensucher, nicht dass du noch mal im schlimmsten Sturm aller Zeiten landest …«

»Ich kann es kaum erwarten, bis du wieder an meiner Seite arbeitest.«

»Na, ein paar Monate dauert es wohl noch … Wenn man vom Engel spricht.«

Genau in diesem Augenblick zischten die kleinen Fontänen des Wasserspiegels, und aus den Düsen sprühte kalter feiner Wassernebel, so wie jede halbe Stunde am *Miroir d'eau*. Das war ein phantastisches Bild, die dünnen Wasserschwaden über dem hellen Stein und hinter allem die stolze Szenerie der hochherrschaftlichen Gebäude der Place de la Bourse. Doch das Rauschen der Düsen hatte offenbar jemanden aufgeweckt, denn der Kinderwagen begann zu wackeln, und ein leises Weinen erklang. Anouk und Luc standen gleichzeitig auf, der Commissaire beugte sich herab und nahm das Baby aus dem Wagen und wiegte es ganz sanft in den Armen.

»Na, hast du ausgeschlafen, *ma petite Aurélie?*«

FIN

Vielen Dank für Ihre Treue, liebe Leserinnen und Leser.
Der nächste Band Sternenmeer.
Luc Verlains sechster Fall *erscheint im Herbst 2022.*

Merci beaucoup

Die Tage der Flut in La-Faute-sur-mer haben mich nachhaltig
bedrückt und mir vor Augen geführt, wie stark die Natur-
kräfte sind, die unser Leben über Nacht verändern können.
Die Trauer der Bewohner in jenen Tagen war genauso greifbar
und eindrücklich, wie ihr Kampfgeist in den folgenden Monaten, als es darum ging, ihre Häuser wieder aufzubauen und
vor dem Abriss zu bewahren. Wir waren damals ein großes
Team vor Ort: Danke an Carolin Wonka, Dunja Sadaqi, Marc
Semaan, Christophe Obert und natürlich Romy Straßenburg.

Das Cap Ferret ist so wunderschön, so pittoresk, dass alles
hier URLAUB schreit. Ich hatte aber auch den besten Fremden-
führer: Merci beaucoup, cher Gernot Rohr. Der einstige Fuß-
ballspieler des FC Bayern wurde 1982 Franzose, in dem Jahr,
das mein Geburtsjahr ist. Er führte Girondins Bordeaux als
Trainer ins Finale des UEFA-Cups, hier entdeckte und formte er
Legenden wie Zinedine Zidane. Heute trainiert er die National-
mannschaft von Nigeria. Seit vielen Jahren besitzt er das Hôtel
des Pins im Schatten des Leuchtturms am Cap Ferret. Er kennt
und liebt diese Halbinsel so sehr – wir haben in seiner Heimat
gemeinsam eine wunderbare Zeit verbracht. Merci, Maître.

Während der letzten Arbeiten an diesem Buch verwüsteten verheerende Fluten weite Landstriche von Rheinland-Pfalz und Nordrhein-Westfalen – die Bilder aus dem Rhein-Erft-Kreis und dem Ahrtal haben die Menschen in ganz Deutschland erschüttert. Auch mich lassen die Schicksale der Betroffenen nicht los. Ich möchte nicht, dass nun, kurz vor Weihnachten, all diese Menschen so langsam vergessen und von neuen wichtigen Ereignissen von der Agenda verdrängt werden. Ich werde deshalb einen Teil meiner Einnahmen aus diesem Buch an zwei Familien spenden, die besonders schwer getroffen wurden. Sollten Sie selber betroffen sein oder Familien kennen, die schwere finanzielle Probleme beim Wiederaufbau haben, melden Sie sich bitte bei mir unter *ao@alexander-oetker.de* und erzählen Sie mir von der Situation – ich werde mich dann mit Ihnen in Verbindung setzen. Ich hoffe, damit etwas helfen zu können.

Ihnen allen, liebe Leserinnen und Leser, liebe Buchhändlerinnen und Buchhändler, danke ich für Ihre große Unterstützung in der Corona-Krise – mit jedem verkauften Buch haben Sie uns Autorinnen und Autoren persönlich unterstützt, in einer Zeit, als alle Lesungen ausfallen mussten. Auch dank Ihnen ist weiterhin möglich, was derzeit so wichtig ist wie noch nie: dass wir uns mit Büchern, Filmen, mit Ausstellungen und Musik weiterbilden, informieren, unterhalten lassen und die Welt erfahrbar und erlebbar machen.

Danke Ihnen allen – von Herzen.
Ihr Alexander Oetker

Alexander Oetkers Commissaire Luc Verlain
im Hoffmann und Campe Verlag und bei Atlantik

Retour
Luc Verlains erster Fall
Ein Aquitaine-Krimi
Taschenbuch, 304 Seiten
ISBN 978-3-455-00349-9

Château Mort
Luc Verlains zweiter Fall
Ein Aquitaine-Krimi
Taschenbuch, 336 Seiten
ISBN 978-3-455-00596-7

Winteraustern
Luc Verlains dritter Fall
Ein Aquitaine-Krimi
Taschenbuch, 336 Seiten
ISBN 978-3-455-00937-8

Baskische Tragödie
Luc Verlains vierter Fall
Ein Aquitaine-Krimi
Klappenbroschur, 288 Seiten
ISBN 978-3-455-01006-0

»*Retour* ist ein richtiger Wohlfühlkrimi, der in
Sachen Spannung richtig Gas gibt.«
Oliver Steuck, *WDR 2*

»Ein Kriminalfall, der einem den Atem stocken lässt.«
Ulli Wagner, *Saarländischer Rundfunk* über *Winteraustern*

»Lebenslust, Tod und Leidenschaft. Ich kenne derzeit keinen, der Frankreich so
beschreiben kann wie Alexander Oetker. Er legt uns das Land zu Füßen, indem
er uns Dinge zum Nachdenken und zum Nachfühlen erzählt.«
Adrian Arnold, *Schweizer Fernsehen*

CHÂTEAUS, GRAND CRU UND SAVOIR-VIVRE

Bordeaux ist längst aus seinem Dornröschenschlaf erwacht und macht Frankreichs Hauptstadt mächtig Konkurrenz. Alexander Oetker widmet der Stadt und der herrlichen Atlantikküste eine liebevolle Hommage. Dafür reist er vom UNESCO-Weltkulturerbe Saint-Émilion bis zum Bassin d'Arcachon an der Atlantikküste, von den Surfspots des Baskenlands bis zum fruchtbaren Flussdelta der Gironde. Ein durchweg vergnügliches Leseerlebnis, in dem wir erfahren, wie ein Rotwein durch ein Comic zur Legende wurde, was Saufen und Laufen miteinander zu tun haben können und warum die Bordelaises im Vergleich zu anderen Franzosen so lässig sind.

ALEXANDER OETKER
GEBRAUCHS ANWEISUNG
für
Bordeaux und die Atlantikküste

€ 15,00 (D) / € 15,50 (A)
ISBN 978-3-492-27738-9

PIPER So vielseitig wie unsere Leser.   piper.de ❶ ❷ ⓸